KB260936

김윤완 소설창작집

하얀 깜부기

한누리미디어

흙을 살리자

흙이 죽어가고 있다.

갖가지 공해에 오염되어 죽어가고 있다.

시멘트 더미에 질식해 죽어가고 있다.

부동산 투기꾼들에게 목 졸리어 죽어가고 있다.

그러나 흙이 다 죽어가는 판에 흙만 믿고 살아가던

농민들은 어떤 처지에 있는가.

흙처럼 순박한 그들은 지금 어떤 상황인가.

흙이 살고 농민이 살아야 한다.

그러나 흙을 생각하고 농민을 걱정하는 가슴이 열린 사람이 과연 몇이나 될까. 이런 안타까운 마음을 여기에 모아 보았으나, 미숙하여 부끄러움이 앞선다.

어려운 여건에서도 소설창작집 출간을 맡아주신 도서출판 한누리미디어 김재엽 사장님, 바쁘신 중에도 평문을 써주신 임헌영 교수님, 나의 문학을 지켜보시고 일깨워 주시는 재직교의 채수문 교장 선생님과 홍의랑 교감 선생님 및 나에게 언제나 뜨거운 채쩍을 가하며 부축해 주시는 선배, 동료 여러분들과 그리고 평생을 나의 문학을 위해 희생과 봉사로 버팀목이 되어 준 나의 사랑하는 가족, 형제들께도 진심으로 감사를 드린다.

1999년 초여름에

다가 서사에서 저자 識

김윤완 소설창작집 **하얀 깜부기**

차 례

하얀 깜부기

개동씨는 불만이 이만저만이 아니었다. 그도 그럴 것이 농사는 떼돈 버는 사업도 못 되지만 그렇다고 편한 직업도 절대로 아니다. 그러나 다른 직업에 비해 누구의 간섭도 받지 않고 제 땅에 제가 심고 싶은 곡식을 제 마음껏 씨뿌려 가꿀 수 있다는 자유가 있다. 그런 것이 농업의 매력이자 특권이라고 생각했었다.

그런데 몇 년 전부터 그 자유와 특권을 송두리째 박탈 당했다는 데 개동씨의 불만이 큰 것이었다.

겉으로 내놓고 말은 않지만 그 불만은 개동씨 혼자만의 불만이 아니었다. 성심리 사람들 대부분이 갖고 있는 불만이었다.

개동씨가 특히 속상해 하는 것은 마을 사람들의 표리부동한 태도였다. 뒤에서는

"맹추란 놈 무식해서 아무것도 모르는 주제에 동네 농사를 제 멋대로 좌지우지할라구 그려. 되지 못한 놈 같으니라구, 이럴 게 아니라 우리가 다 들구 일어나야 혀."

입에 거품을 물고 있는 흉 없는 흉 다 보며 욕을 하다가도 맹추만 나타났다 하면 서로 앞을 다투어 쫓아가
"반장님. 반장님."
하고 아첨을 떨며 매달리는 덴 그들이 맹추보다 더 미웠다.
사람들이 다 그 모양이니 누구한테 터놓고 속상한 얘기를 할 수도 없어, 혼자서 끙끙 앓다 못해 부인한테
"맹추란 놈 안 되겠어. 농사엔 농짜두 모르는 놈이 제멋대루 우릴 손아귀에 넣구 좌지우지하는 걸 보면 눈에서 쌩불이 나."
"아니 여보 누가 듣기라두 허면 워쩔려구 그런대유. 다들 그 사람들 패라는디. 아뭇 소리 말구 당신이 '나는 바뽀네' 허구 그냥 꾹꾹 참어유."
그렇게 부인이 한 술 더 뜨는 데는 더욱 울화가 치밀어 미치고 환장할 지경이었다.
지금이 어떤 시대인데 동네 반장한테 꼭 쥐여 찍소리 못하고 반장이 허락한 한 가지 품종 외엔 아무것도 재배할 수 없단 말인가. 농사에 관한한 어느 독재국가에서도 그토록 통제하는 나라가 있다는 얘기는 생전 들어보지도 못한 기상천외한 짓거리였다. 맹추가 반장을 맡은 후 매년 계속되고 있는 기가 막힌 마을이 성심리였다.
맹추가 반장을 맡은 후 농사도 빅딜로 지어야 한다고 했다. 매년 겨울에 반회를 열어 벼를 심을 사람, 보리를 심을 사람, 콩을, 팥을, 담배를, 참깨를, 무와 배추를, 그리고 파를 심을 사람 등등을 지정해 줬다.
그러면 동네 사람들은 다음 해 정해진 그 농사만을 지어야 했다. 이른바 전문화 농법이라는 허울 좋은 미명하에 반장인 맹추가 제멋대로 동네 사람들을 꼼짝 못하게 독재를 했다.

한 가지 농사만 일년 내내 지으면 기술도 전문화 된다고 했다. 그리고 전문적인 관리와 기술에 의해서 농사를 지었으니 수확량도 월등히 많을 것이라고 했다. 그리고 작물의 품질도 좋을 것이라는 게 맹추의 이론이었다.

그런데 벼농사를 지은 사람은 콩이나 팥 채소와 심지어는 파, 마늘같이 하찮은 양념에서부터 무엇이든 다 사 먹어야 했다. 자기 집에서 재배를 한 한가지 품종을 제외한 것은 다 사 먹어야만 되었다.

모든 게 그런 식이었다. 일년간 농사를 지어 보니 전문적 지식에 의한 전문농의 부푼 꿈은 말짱 헛꿈이었다. 이것 저것 다 사 먹다 보니 이거는 완전히 '봉사 제 닭 잡아 먹기'였다.

추수가 끝난 다음 일년간 외상으로 사 먹은 것을 계산하고 나니 남은 것은 빚 뿐이었다.

다음 해엔 농사가 전에 없이 풍년이어서 맹추가 목에 힘주며 그것 보라며 큰 기침하고 다녔다. 그런데 농사를 다 지은 팔월 말경 난데없이 한낮에 시커먼 구름짱이 떼로 몰려오기 시작했다. 그러더니 디립다 비가 퍼 붓는데 이건 비가 아니라 동이째 쏟아 붓는 것이었다.

한 시간에 85mm인가 얼마인가 기상청이 생긴 이래 최고의 게릴라식 비가 뒤 시간 정신없이 쏟아 부었다. 그러자 집이고 길이고 전답이고 간에 물바다에 산사태까지 겹쳤다. 그러자 가재도구는 말할 것도 없고 전답을 깡그리 휩쓸어 갔다.

물난리가 지난 다음 쓰러진 집을 다시 세워야 했다. 물에 찼던 집안에서 물을 퍼내고 청소도 해야 했다. 물에 흠뻑 젖은 빨래며 터진 제방뚝도 쌓아야 했다. 그리고 쓰러진 벼 세우기 농약살포 등

• 하얀 깝부기 •

정신을 차릴 수가 없는 판에 여기 저기서 불러제키는 건 반장 맹추였다.

"여보게 반장 면에 가서 자원 봉사자 좀 알아보게."

"여보게 맹추 텔레비젼을 보면 수해복구에 중장비두 지원을 해 준다는디 그것 좀 부탁혀 봐."

"물에 잠겼던 마을엔 잘못 허면 전염병이 돈다는디 소독 좀 해 달라구 혀봐."

"여보게 무엇보다 우선 마을 길부터 고치구 봐야 혀."

여기 저기서 발을 동동 구르며 아우성쳐도 반장이라는 것은 느긋이

"전들 별 수 있간유. 기다려 봐유. 바뻐 죽겠는디 성가시게 졸르기는……."

배짱을 통통 팅기었다. 그러다가 자원 봉사자나 장비가 지원되면 물이 밀어제켜 들어오는 동네의 터진 개울뚝이나 끊어진 도로를 먼저 복구하는 것이 아니었다. 우선 저의 집 마당고르기부터 잽싸게 불러다 시켰다. 그러자 동네 사람들의 원성이 이만저만이 아니었다.

"젠장 반장 아닌 놈 서러워서 워디 살겠어."

그리고 전 같으면 마을 사람들이 자기 일 젖히고 나서서 피해가 큰집부터 도와주며 공동으로 일을 처리했을 것이었다. 그런데 반장도 그 모냥이고 또 빅딜인가 지랄인가를 한 후부터는 모두가 제 실속만 차리게 되었다. 사람들이 그렇게 변해 상부상조니 협동심이니 봉사정신 같은 건 국어사전에나 나오는 단어가 되었다. 모두들 제 일밖에 모르는 인색한 동네가 되었다.

그 해 가을에 맹추네 동네인 성심리를 뺀 다른 동넨 풍년이었다.

그렇기 때문에 모든 농산물 값이 폭락하였다. 그래서 싼 값으로 그 동네 가서 물건을 구입하려 해도 그런 행위는 유통구조를 마비시키기 때문에 일체 안 된다는 것이었다.

그러나 개동씨는 풍년든 옆 마을에 형님이 살기 때문에 김장 채소는 거저 얻어오고 쌀도 뒤 가마니 풍년이 들면 갚기로 하고 가져왔었다. 어른들은 쉬쉬하며 아무일도 없는 척했지만 아이들이 다니며 자랑하다가 들통이 나자 반장인 맹추는 득달같이 반회를 소집했다.

"여러분 우리 마을은 농촌 마을로는 전국에서 유일하게 빅딜을 한 동넵니다. 이 빅딜은 유통구조의 투명성이 정확히 보장되어야만 성공할 수 있는 것입니다. 그런디 유감스럽게두 개동씨가 그 전통을 깼습니다. 여러분 어떻게 했으면 좋겠습니까."

반장이 안건을 내놓자 모두 한편으론 놀라고 한편으론 차라리 이번 기회에 빅딜인가 지랄인갈 깨자고 여기저기서 쑤근거렸다. 그런 기미를 눈치 챘는지 맹추는

"반원 여러분 의견을 말씀해 주시지유."

그러나 아무도 발언을 하는 사람이 없었다. 다른 사람들이 발언을 하고 싶어도 꾹 참고 있는 것은 반장을 비롯한 몇몇 과격한 젊은이들은 개동씨를 처벌해야 된다는 태도임이 역력했기 때문이었다. 그리고 맹추가 회의 결론을 그쪽으로 유도할 게 뻔했다. 그런데 섣불리 잘못 말을 끄집어 냈다간 개동씨를 도와주기는 커녕 더 불이익과 챙피만 톡톡히 당할 걸 뻔히 알기 때문에 발언을 못하고 있는 것이었다. 그러자 반장이 바로 옆에 앉아 있는 막달이를 지명하는 것이었다.

"막달 회원이 얘길 좀 해 보시쥬."

• 하얀 깜부기 •

"야. 그런디 그건 원칙에서 어긋난 것이 안유?"

"그랬으니께 그 처리 문제에 대해서 얘길 하라는 겁니다요."

막달이 누구인가? 반장인 맹추와는 둘도 없이 죽이 잘 맞는 날 건달이었다. 빅딜을 하기 전까지는 송곳 꽂을 땅 한 평 없는 주제에 밤낮 공술자리만 밝히며 허풍만 떠는 동네 사람들의 눈엣가시인 백수 건달이었다. 그러던 그가 빅딜을 한다니까 슬그머니 남의 산 밑을 파엎고 밭을 만들었다. 그러고 주로 파니 마늘 같은 양념류만 독점으로 반장이 재배케 해서 톡톡히 재미를 보고 있는 위인이었다. 그러니 두 눈에 불을 켜고 나올 수 밖에, 그걸 알고 반장이 발언을 시켰던 것이었다.

"야 알것슈, 그거야 원칙대루 벌금을 물려야쥬."

맨 처음 빅딜을 시작할 때 여러 가지 규약을 정했었다. 그중에서 한 가지가 어떠한 경우에도 다른 동네서 농작물을 구입할 수 없다는 것이었다. 만약 그걸 위반하면 구입한 물건값의 배를 벌금으로 물어야 한다는 조항을 말한다.

"지금 막달 회원이 원칙대루 벌금을 물려야 된다는 발언을 했는디 다른 회원의 또 딴 얘기가 있나유."

"암 그래야지유. 우리가 지키자구 정한 규칙이니께. 그대루 지켜야 옳지유."

그러자 반장은 음흉한 미소를 지으며

"그러면 그렇게 결정을 할까유?"

막 그렇게 결정을 짓겠다고 선언을 하려 할 때 회관 귀퉁이에 묵묵히 앉아 있던 윗말 송씨가 손을 번쩍 들고 일어났다.

"저는 반대라기보다는 딱한 사정을 이해를 해야 되지 않나 하는 뜻으루다가 얘길 허것슈. 다름이 아니라 개동씨는 지난 여름에 산

사태로 30마지기의 논이 다 쑥밭이 된 제일 피해를 많이 입었다는
건 아마 잘들 아실뀨. 그려서 옆동네 사는 형님이 아우의 형편을
생각해서 김장거리와 쌀 뒤가마를 준 모양인디 그게 무신 죄가 되
나유. 안 그러면 농사진 것 홍수로 다 날린 사람이 뭘 가지구 워떻
기 살 것슈. 정부서두 수재민을 대대적으루 돕구, 전국민이 수재의
연금을 내 도와주고 있잖유. 그런디 하물며 같은 동네서 사는 우덜
이 딱한 사정을 봐줘야 되잖것슈."

"그랴 원체 그렇게 해야 혀."

"암 그렇구 말구 봐줘야 허지."

그러자 이야기가 이상한 곳으로 흘러가는 것을 감지한 반장이
이래선 안 되겠다 싶었다. 그래서 안면몰수하고 경우도 없이 대드
는 아랫말 황씨에게 발언을 시켰다.

"안 되지유, 이 사정, 저 사정 다 봐 주다 보면 동네는 뭐가 되
유. 그건 절대루 안 되유. 원칙대루 해윳."

그러자 송씨가 다시 일어나 발언을 했다.

"그래. 안 되면 원칙대루 하잔 얘기잖유. 수해루다가 곡식 한 알
갱이두 건지지 못했는디 그럼 긴 겨울 처자식 워떻게 먹여 살리구
벌금은 뭘루 내것슈. 우리가 도와주진 못할 망정 벌금을 내라는 건
말두 안 되유."

그러자 지지 않겠다는 듯이 황씨가 벌떡 일어나더니

"그거야 농협이나 마을 협동조합에서 대부를 받아서 그걸루 내
면 될 게 안유."

"안 그래두 빚만 자꾸 늘어나가는 판에 돈을 얻어 쓰면 그 돈은
워떻게 갚께유."

여기 저기서 불끈대며 원칙대로 하는 것의 부당함을 노골적으로

성토하는 사람이 늘어나자 약삭빠른 반장은

"여러분 이 안건은 대단히 중요한 문제이니 만큼 당장 결론을 내리기가 어려울 것 같습니다. 내일 다시 회의를 해서 결정하기로 하고 오늘은 이걸로 끝내겠습니다."

사면초가에 몰리자 자칫 잘못 했다간 빅딜 자체가 흔들릴 것 같음을 직감한 반장 맹추는 회의를 서둘러 끝냈다. 그러고는 처음부터 빅딜을 주장했던 저의 패거리들을 따로 저의 집에 불러서는 그 처리문제를 숙의했다.

(그들을 동네 사람들은 보통 빅딜파라고들 불렀다.)

그러나 반대쪽의 의견이 워낙 정당한 것이고 또 그 의견에 동조하는 사람들이 자기들 몇몇을 빼고는 전부였다. 그렇기 때문에 정상적인 방법으론 안 되겠다는 결론을 얻었다.

그날 회의에서 발언한 사람과 발언은 안 했다손치더라도 과거의 일로 봐서 자기들의 의사에 적극 반대할 사람들을 선별해서 제재를 가하기로 했다.

우선 송씨부터 한밤중에 술집으로 불러낸 다음 쇠파이프와 몽둥이를 들은 빅딜파들이 송씨를 방구석에 몰아 붙이고는

"당신, 동넬 깰 판여."

"아니 그게 무슨 얘기여."

"무슨 얘긴. 같이 잘 살아보겠다는 건데 당신 꼬춧가루를 뿌려 엉."

"꼬춧가루라니유……."

"야 이게 딴청이네. 그러다간 제명에 못 죽어."

"……."

"입 조심허는 게 좋을 거여, 동네서 쫓겨나기 전에. 어디 더 두고 볼껴 알았으면 꺼져."

그런 식의 협박이었다. 그렇게 한 사람 한 사람 불러 내다 겁을 주니 저 죽을 줄 모르고 누가 개동씨 편을 들겠는가. 결국은 개동씨는 벌금까지 물고 동네에서 따돌림을 당하게 되었다. 그 뿐만이 아니라 그러한 파렴치한 사실을 개동씨의 형이 자기네 동네 사람들에게 얘기 했다 해서 잘못 했다간 빅딜파들에게 몰매를 맞을 뻔했 다. 그런 것을 개동씨가 나서서 손이 발이 되게 빌고 반 장한테 쌀가마니나 져다 바치고서야 무사했었다.

개동씨는 더 이상 성심리에 살고 싶지 않았다. 피도 눈물도 없는, 거기다가 말 한 마디 제대로 못하고 억압 속에서 무엇 때문에 제 땅 가지고 제 멋대로 농사도 못 짓는 독재 마을에서 사느냐는 것 이었다.

그리고 반장 눈치만 보며 죽도록 농사를 지어 봤댔자 엉뚱한 놈 배만 채워 주고, 해마다 늘어가는 건 빚 뿐이었다. 거기다 정내미가 떨어진 동네, 뭔 미련이 남았다고 붙어 사느냐며 농사채를 팔려고 내놓았었다.

처음에는 멋모르고 외지 사람이 전답을 사겠다고 덤볐다. 그러다 가도 이웃 동네 사람들한테 빅딜마을의 (성심리를 빅딜마을로 부 르기도 했다) 사정을 전해 듣곤 '어마 뜨거라' 하고 포기하곤 하였 다.

그러니 개동씨는 땅을 팔래야 팔 수도 없었다. 그래서 울며 겨자 먹기로 죽기보다 더 살기 싫은 동네서 억지춘향으로 농사를 지을 수 밖에 없었다.

동네는 점점 더 삭막해지고 빚은 빚대로 늘어갔다. 그 후하던 인 심은 간 데 없고 누구나 돈밖에 몰랐다. 전 같으면 이웃끼리 호박

이며 옥수수며 감자며 파, 오이 같은 걸 어디 돈 받고 팔 생각이나
했을까만 이제는 그게 아니었다. 빅딜인가 뭔가를 해서 채소만 전
문으로 재배하는 집에선 그것 한 가지로 일년을 살아야 했다. 그러
니 옛날처럼 인심이나 풍풍 쓰다간 쪽박차기 안성맞춤이니 자연
야박할 수 밖에 없었다.

마을 사람들은 모이기만 하면 이대로 몇 년 더 가다간 살림이
아예 거덜나겠다고 걱정이었다. 옛날 농사짓던 그때로 다시 돌아가
야 그나마 입에 풀칠이라도 하겠다며 걱정들이 태산 같았다. 그러
나 맹추 앞에서는 꼼짝을 못하고 빅딜마을에 살게 된 것을 후회하
며 자유로운 다른 마을을 못내 부러워만 하였다.

반장인 맹추도 저의 패거리들에게 들어서 알고 있는 것 같았다.
마을 회의가 있을 때마다 입버릇처럼 하는 얘기가 요즘 대기업들
도 앞을 다투어 빅딜을 하는데 농업에선 더 더욱 그 길만이 살 길
이라고 떠벌렸다. 지금 같은 국제 경쟁시대에 살아남기 위해서는
빅딜을 해서 전문화가 되어야 한다고 했다. 그렇지 않고 옛날식으
로 이것 저것 찔끔찔끔 재배해 가지고는 항상 낙후성과 가난을 면
치 못한다고 하는 얘기도 잊지 않고 입에 달고 다녔다.

그렇게 또 몇년이 후딱 지나갔다. 그런데 소득이 높아지기는 커
녕 점점 빚만 더 늘었다. 그렇다고 반장한테 대놓고 건의를 하고
싶어도 잘못 하다간 아무도 모르게 깊은 밤중에 끌려가 갖은 공갈
협박과 구타까지 당할 게 무서워 겉으론 내색을 못하고 속으로만
앓았다.

한 번은 그런 사정을 무슨 시민운동단체인가에 진정서를 보냈다.
그런데 그걸 알게 된 반장한테 온 동네 사람들이 끌려가 그의 공
갈협박에 밤새도록 얼마나 달달 떨었는지 모른다. 그때를 생각하면

마을을 금방 뜨고 싶은 생각 밖엔 나지 않았다.

그렇게 반장한테 압박과 설움을 받으며 탈출구 없는 암울한 세월만 죽이고 있었다. 그런데 뜻하지 않게 반장이 서울에 있는 종합병원에 입원을 하게 되었다.

터놓고 말은 안 했지만 맹추가 동네 사람들에게 못할 일을 너무 해서 그 죄값을 치룬다고들 했다. 그리고 아예 병원에 드러누워 마을에 나타나지 않았으면 좋겠다고도 했다. 그렇게 별별 소리가 아낙네들의 입에서 오르내렸다. 어쨌든 반장이 동네에 없으니 살 것만 같다고 좋아들 했다.

반장과 한 통속인 빅딜파들은 쉬쉬하며 병은 무슨 병이냐며 별 것 아니라고 했다. 그러나 동네 사람들은 어떻게 들었는지 간이 뭤다는 둥 반신불수가 되었으니 얼마나 입원을 해야 할지 확실치는 않으나 금방 퇴원할 것 같지는 않다는 둥 말도 많았다. 그러나 빅딜파들은 며칠만 있으면 퇴원할 것이라며 큰 소리만 탕탕 쳤다.

그들은 내일 모레면 퇴원한다는 거짓말만 계속했다. 그러나 두 달이 지나도 맹추는 퇴원을 못했다. 그러자 그 사람 걸어서 나올 사람이 아니라느니 남 모르게 빅딜파들이 묘자리를 보러 다닌다느니 만성 간암이란 사망진단서를 받았다느니 하는 종잡을 수 없는 소문만 무성했다. 그러니 어떤 것이 진짜고 어떤 것이 가짜인지 아무도 몰랐다. 병명이라도 탁 까놓고 알려주면 이런 저런 억측과 유언비어도 없으련만 빅딜파나 맹추 가족들은 동네 사람들이 물어보면

"별 것 아니래유. 리알 모레면 나온대유."

그 말 뿐이었다. 동네 사람들이 면회를 가도 환자가 있는 병실엔 얼씬도 못하게 가족들이 가로 막고 나서니 정확한 걸 아는 사람은

아무도 없었다.

그렇게 반장이 없는 사이에도 반에서 처리해야 될 일은 자꾸 무더기로 쌓였다. 그러나 해결을 못하고 주춤주춤 미루다가 면서기한테 따끔한 독촉도 여러번 받았다. 그렇지만 빅딜파들은 내일 모레면 퇴원한다는 말로 얼렁뚱땅 넘겨 버릴라고만 하다 보니 동네 일이 완전히 마비가 되었다. 그러자 동네 사람들이 다 들고 일어나 반장을 새로 뽑자고 아우성이자 처음엔 빅딜파들은

"반장이 내일 모레면 퇴원할틴디 선거는 무슨 선거여."

하면서 강력히 반대하다가 시일이 너무 오래되어 궁지에 몰리니까 음흉스럽게

"전임 반장인 맹추씨가 지명하는 사람을 뽑기로 하는 게 어떻것슈. 그래야만 벌려논 사업도 일관성 있게 잘될 것이구."

소꿉놀이에서도 통하지 않을 씨도 안 먹는 짓거리를 조건이라고 내놓았다. 그러니 동네 사람들이 가만히 있을 리가 없었다. 더구나 빅딜파를 맹추 하나 때문에 마음대로 건드리지 못했었다. 그런데 맹추가 없는 빅딜파는 종이 호랑이에 불과했다. 그래서 이제는 꺼리낄 것 없이 내놓고 바른 말을 팡팡 해제켰다.

"우리 그럴 것이 아니라 민주적인 방법으로 반장을 선출허지유. 반장은 반을 위해서 필요한 사람이니 반원들이 민주적인 방법으로 선출허는 게 옳지 않것슈."

몇년 전에 바른 말을 했다가 초죽음이 되게 공갈협박을 당했던 송씨의 말이 끝나기가 무섭게 여기 저기서

"옳유. 그렇게 해유."

"암. 암. 그렇게 해야쥬."

그래서 우선 후보자를 추천하고 그들의 의견을 들은 다음 투표

로 뽑기로 하였다. 빅딜파에서는 더 기다리자는 둥 별별 이유를 대
반대를 했다. 그러나 다수결의 원칙에 의해서 그들의 시커먼 계획
은 완전히 수포로 돌아갔다.

반장 후보로 빅딜파에서는 막달을 추천했다. 반대쪽에서는 개동
씨를 추천했다. 개동씨는 죽으면 죽었지 못한다는 것을 노인들이
나서서 사정하여 가까스로 대답을 받아냈다.

후보자가 두 사람이기 때문에 우선 그들의 소견부터 듣고 그 다
음에 투표를 하기로 하였다. 사회는 바른 말 잘하고 사리에 밝은
송씨가 맡아 진행을 했다.

"에 그러면 반장 후보로 추천을 받은 두 분께서 앞으로 나오십
시오. 그리고 반장으로서의 계획이라든가 포부라든가 어쨌든 반장
으로서의 자기가 반을 위해 하고자 하는 일 등을 발표해 주기시
바랍니다. 그리고 반원들께서는 잘 들으시고 가장 우리 마을을 사
랑하고 발전시킬 수 있는 적임자에게 신성한 한 표의 선택을 해
주시기 바랍니다."

그 말이 끝나자 마을회관이 떠나가라 박수가 터져 나왔다. 사실
지금까지 반장 선출이라고 해봤자 연세 많으신 노인 몇분이 결정
하면 그 사람이 반장이 되었었다. 그렇기 때문에 마을 사람 전체가
참여하는 반장선거는 성심리가 생긴 후 처음 있는 일이었다.

하기는 별난 맹추 말고는 반장이라는 게 뭐 동네 심부름꾼에 지
나지 않았었다. 그랬었는데 그 전통이 깨지고 막강한 횡포를 부린
건 맹추 하나 뿐인 별종이었다.

소견 발표는 빅딜파의 막달부터 했는데 막달은 30대 초반의 무
식한 건달이었다.

"에 저는유 맹추 반장님을 그대로 이어받아 빅딜을 잘 해설라머

니 잘 살게 헐뀨. 다른 말 없슈."

다음은 빅딜 반대파인 개동씨가 소견을 발표하였다.

개동씨는 40대 후반의 정직하고 마음이 착해 마을 사람들이 다 신뢰하고 따르는 사람이었다.

"안녕하십니까. 저를 반장 후보로 추천해 주신 여러 어른들께 우선 감사를 드립니다. 그런데 반장 같은 거 하고 싶은 생각은 추호도 없는 게 저의 솔직한 심정입니다만 어르신들께서 하두 말씀허셔서 예의상 나오기는 나왔습니다만 앞으로 당락이 어떻게 될지는 모르겠으나 만약에 제가 여러 어르신들의 뜻에 따라 반장의 소임을 맡는다면 저는 열심히 심부름꾼의 소임을 다하겠습니다."

그러자 아랫마을 황씨가 일어나서는

"빅딜여. 아녀. 태도를 분명히 혀."

"빅딜로 할 것이냐, 아니냐 하는 것은 반회의에 붙여서 그 결정에 따르겠습니다. 그 문제는 반장 혼자서 결정할 문제가 아니라고 생각합니다. 그건 우리 모두의 생존과 직결되는 문제니까유."

그러자 황씨는 다시

"하나를 선택하슈. 분명하게."

"둘 중에 하나를 선택하라면 강제적 빅딜을 깨고 자유 의사대로 농사를 짓는 것이 최선의 방법이라고 저는 개인적으로 생각합니다."

빅딜. 빅딜은 맹추가 와서 맨 처음 시작한 것이었다.

맹추는 본디 토박이가 아니었다. 여기 저기 떠돌아다니다가 지쳐 쓰러진 곳이 바로 이른바 빅딜 마을이었다.

칠갑산 밑의 험악한 산골인 이 마을에 처음 발을 들여 놓을 땐 사람꼴이 아니었다. 얼마나 못 먹고 고생을 했는지 식구들이 다 눈은 퀭하니 뼈와 가죽만 남아 금방 송장 치울 것만 같았다. 하도 불쌍하여 마침 산 밑에 빈 집이 있어 그 집에서 살도록 해줬다. 그리고 동네 들어온 사람 굶어 죽어서야 되겠느냐며 이 집 저 집에서 곡식이며 반찬이며 양념 등을 갖다 주었다. 그리고 일철엔 좀 서툴기는 하지만 안팎을 서로 데려다가 일을 가르치며 시키고는 품값을 후히 주곤 하였다. 그럴 때마다 그들 내외는

"감사합니다. 이 은혜는 평생 잊지 않겠습니다. 감사합니다."

코가 땅에 닿게 인사하며 고마워 했다. 그리고 인사성도 밝고 또 부지런하고 남의 일을 제일 처럼 몸 안 아끼고 착실히 하였다. 그래서 동네에 들어온지 일년도 채 못 되어 본토박이처럼 동네 사람들과 어울려 스스럼 없이 지내게 되었다.

일을 하다 쉬는 동안에 이런 저런 이야기 끝에 간간이 맹추는 지난 애기를 했다. 그걸 종합해 보면 맹추는 서울에서 중소기업을 운영하던 사장이었단다. 그런데 경리 사원을 잘못 써 회사 공금을 싹 쓸어가지고 도망가는 바람에 회사가 망하게 되어 이 고생이라는 것이었다. 그리고 기업들도 빅딜을 해서 과열 경쟁을 막아야 되지만 농촌은 빅딜이 더욱 필요하다고 했다. 처음에는 조심스럽게 애길 하더니 건들건들하는 젊은 놈들이 차츰 관심을 갖는 기색을 보이자 적극적으로 나왔다.

그의 이론에 의하면 농업도 전문적인 경영을 해야 한다는 것이었다. 지금까지는 우리 농촌 어디나 할 것 없이 봄철엔 시금치, 파, 상추, 아욱, 마늘이고, 여름에는 오이, 참외, 수박, 고추였으며, 가을에는 콩, 팥, 고구마, 김장 채소에 벼농사였다. 똑같은 것을 전국의 모든 농가에서 똑같이 재배하고 있는 것이다.

• 하얀 깝부기 •

그러니까 어떤 해엔 어느 작물이 작황이 뛰어나게 좋으면 전국이 다 풍년이었다. 그러니 가을에 김장값이 비료값은 고사하고 실어 나르는 운반비도 안 되어 김장밭을 갈아엎는 경우라든가, 축산이나 모든 게 다 그렇지 않느냐는 것이었다. 마치 대기업들이 어느 업종이 수지가 맞는다 하면 너도나도 다 그 업종에 달라붙는 것과 같다는 것이었다. 그렇게 경쟁하다 보면 생산가도 밑도는 값에 판매하여 대기업이 휘청거리는 상황도 다반사였음을 너무도 잘 알고 있는 상식이 아니냐는 것이었다. 농사도 한 집에서 전문적으로 한 가지씩만 재배하면 그런 낭패를 당하지 않는다는 것이었다. 앞집에서 소를 키우면 뒷집에선 또 소가 아니라 돼지나 염소를 키우듯이 한 집에선 벼농사 다른 집에선 콩농사 또 다른집에서는 채소재배 이런 식으로 빅딜을 하면 확실하게 성공할 수 있다는 것이었다.

안 그래도 농촌에서 풍년드는 해마다 가격이 폭락해 뼈를 깎는 고통을 겪던 경험이 수없이 많았던 터라 단순한 젊은 사람들은 그 말에 홀딱 넘어갔다. 노인들은 더 신중히 생각을 해 보자고 만류하는 것도 강력히 반대하고 빅딜의 이론에 밝은 맹추를 반장으로 추대하였다.

그리고 한 겨울내내 다음해 농사를 연구한답시고 사랑방에 틀어박혀 밤마다 소주 파티에 농촌 젊은이들의 주머니만 털게 하였다. 그러더니 다음 해 봄에 집집마다 그 해에 농사 지을 품목을 배정해 주었다.

그런데 농사도 지을 땅도 별로 없어 빈둥빈둥하며 무위도식하는 반장과 죽이 맞는 놈들에겐 양념이라든가 채소 같은 힘도 별로 안 들고 동네 사람들이 꼭 사 먹지 않고서는 안 될 수지 맞는 품목들을 배정해 주었다. 그러나 농사를 업으로 뼈가 굵어온, 많은 농토를

가진 진짜 농사꾼들에겐 벼농사나 돈벌이가 별로 안 되는 평범한
품목을 배정하여 공정치 못하다며 불만도 많았었다. 그러나 빅딜인
가 뭔 제도가 하도 새롭고 농촌이 빚 안 지고 부자될 방법도 그것
하나 밖에 없다 하니 울며 겨자 먹기로 따르는 수 밖에 없었다.

맹추는 봄부터 젊은 사람들을 데리고 다니며 마을 진입로에 잘
심어 가꾼 꽃나무들을 모조리 잘라내고 거기에 콩을 심고 팥을 심
었다. 마을 진입로 뿐만 아니라 마을회관 화단이나 각 가정의 화단
을 모두 파 엎고 농작물을 심으라고 했다.

맹추는 반장을 맡고 나서부터 사람이 180도 달라졌었다. 반장을
맡기 전까지는 그렇게 친절하고 노인을 보면 머리가 땅에 닿게 인
사하던 그가 반장이 되고 나서부턴 노인을 봐도 모른 척 외면했다.
그리고 어른 애 가리지 않고 반말 짓거리로 명령이었다.

처음에는

"빅딜을 성공시키자면 어쩔 수 없으니 어르신들께서 도와주시고
무례한 일이 있더라도 용서해 주십시오."

워쩌고 입에 발린 소릴 몇번 하더니만 시일이 좀 지나자 어른
애 없이 핀잔이 다반사고 완전히 독재자로 군림했다.

그렇다고 빅딜인가, 뭔갈 해서 더 잘 살게 되었느냐 하면 더 잘
살기는 고사하고 거지 되기 딱 알맞았다. 제 집 땅에 파, 마늘, 깨
같은 양념이나 여름철 따 먹을 풋고추 한 포기도 갈지 못하게 했
다. 그러고 모를 심은 논뚝엔 콩이나 팥을 심는 게 정상인데 그건
빅딜에 어긋난다며 절대로 못 심게 했다. 또 콩밭에 섞어 심는 수
수와 콩밭가의 들깨 심는 것도 안 된다고 금했다. 그리고 자기네가
농사를 짓지 않은 것은 일일이 그것도 동네 안에서만 다 사 먹어
야 하니 그 비용이 이만저만이 아니었다.

• 하얀 깝부기 •

몇 년 지나고 나서 가만히 생각해 보니 동네 사람들이 죽도록 땀 흘리며 일해서 결국은 땅 한 평도 없는 반장과 그 패거리들 뒷바라지 하는 꼴이 되고 말았다.

반장과 그 패거리들은 마을 전체의 빅딜을 조절하고 운영한다며 어수룩한 촌 사람들의 눈을 속여 저의들 마음대로 배만 채웠기 때문이었다. 뒤에 안 일지만 저의 패거리들에겐 값비싼 참깨나 마늘 고추 같은 걸 재배케 하고는 몰래 뒷구멍으로 고추니 마늘이니 깨 등을 값싸게 외국에서 수입해 폭리를 챙겼다니 반장이란 맹추가 계획적으로 동네 사람들을 못 살게 한 천벌을 맞을 놈이었다.

더구나 그간 몇 년간 빼돌린 돈으로 서울에다 집을 두 채나 샀다고 했다. 그간 피땀으로 일한 성심리의 돈이 다 그 놈이 한 입에 털어 넣고 꿀꺽한 셈이었다. 그토록 마을을 공포 분위기로 만들어 꼼짝 못하게 하고 자기들의 부정을 눈치챈 사람들에겐 가혹한 협박으로 입을 막은 것도 다 그런 뒤 구린 게 있어서였다는 걸 마을 사람들은 뒤늦게 깨달았었다.

맹추가 성심리에 들어온 것도 우연이 아닌 것 같았다. 사전에 마을의 모든 걸 다 알아본 다음 만만하니까 털어먹기로 계산하고 음흉스럽게 거지꼴로 들어와 동정을 산 다음 본색을 드러낸 배은망덕한 사기꾼이라고들 했다. 뒤에서 동네 사람끼리는 내놓고 맹추의 욕을 하면서도 그가 부정으로 속인 내용을 정확히 모르면서 잘못 대들었다간 오히려 되 당할까 겁이나 주저주저하고 있는 성심리 사람들이었다.

더 큰 일은 빅딜인가 뭘 한다고 동네 품앗이도 이웃간의 정도 없어지고 완전히 돈밖에 모르는 삭막한 동네로 변한 것이었다.

소견 발표까지 끝났으니 투표로 들어가는 게 원칙이었으나 빅딜
파에서 이 회의에 참석치 못한 사람도 있으니 5일 뒤로 미루자고
트집을 잡고 나왔다. 그래서 5일 뒤에 투표를 하기로 하고 그 날은
폐회를 하였다.

빅딜파에서 5일간의 시간 여유를 달라는 것은 빤히 속이 들여다
뵈는 수작이었다. 그러나 개동씨는 모른 척하고 하자는 대로 따르
기로 했다. 왜냐하면 아무리 감언이설과 술을 받아주며 표를 구걸
하더라도 그들에게 끌려갈 사람이 없음을 너무나 잘 알기 때문이
었다.

아니나 다를까. 들리는 소문에 의하면 그 날 밤부터 술과 고기를
사가지고 찾아다니고 주막으로 불러내서 푸짐히 대접하며 별별 달
콤한 사탕발림으로 동네 사람들을 꼬셔댄다고 했다. 한편으론 맹추
한테 찾아가 음모를 꾸미는가 하면 빅딜파의 부인들도 몇개 조로
나누어 화장품을 나눠주며 동네 부인들을 공략한다는 소문도 들렸
다. 그런가 하면 별별 장미빛 약속으로 어리숙한 노인들의 표를 긁
어 모을려고 안간힘을 쓴다는 얘기였다. 그러나 개동 쪽에서 하는
거라곤 아무것도 없었다.

노인들은 혹시나 걱정되어

"여보게 개동이 우리 쪽에서두 워떻기 좀 헤야 되는 것 아녀."

그럴 때면 태연히

"그까짓 반장이 뭐라구 그러구 다닌대유. 시켜 주면 허는 거구
안 시켜 주면 마는 거지유. 낯뜨겁게 워떻기 부탁을 허구 다닌대유.
전 그건 못휴."

"그려, 인심이 천심이여. 아 한 번 속지 두 번 속을 줄 알구. 천
하에 불한당놈들 같으니라구."

"아녀, 우리덜끼리두 똘똘 뭉쳐야 혀. 개동이 자네는 가만 있게. 우리끼리야 다 맘이 한 맘이 아닌가베."

"말이 나왔으니 말이네만 전에 개동이 자네가 수해를 입었대서 자네 형님네서 김장꺼리와 쌀 가마닐 가지고 왔대서 벌금을 다 물리고 자네 백씨까지 봉변을 당할 뻔하지 않았는가. 수해 입은 사람 도와는 못 줄 망정 형제끼리 도와줬대서 벌금을 물리는 그런 금수 같은 것덜이 워디 있단 말인가. 그런 그 놈들한테 표를 주면 그건 사람두 아니지. 암 사람두 아녀."

그러나 사람의 마음은 알다가도 모를 일이었다. 첫날은 다들 빅 딜파를 욕하고 개동씨를 옹호하던 사람들도 날이 갈수록 달라졌다. 들리는 소문엔 개동씨 지지자라고 굳게 믿고 있던 이웃집 사람들도 막달이가 술대접하는 사람들 틈에 끼여 막달이를 침이 마르게 칭찬했다고 하기도 하고 또 밤새도록 동네 사람들을 찾아다니며 막달이 선거운동을 하는 사람도 있다고 했다.

수십 년간 우정을 나누던 친구가 막달이 편에 붙어 개동씨 욕을 하는 사람도 있다고도 했다. 어쨌든 자고 나면 불리한 소문만 들리었다. 그런가 하면 막달이는 선거 공약으로

첫째, 동네 상류쪽에 수리조합을 막아 수해와 가뭄을 해결한다.

둘째, 서울 아파트촌을 중심해서 농산물 계약 지배를 하여 소득을 증대시킨다.

셋째, 농한기에 마을회관에서 컴퓨터 무료강습회를 실시하고 대기업으로부터 컴퓨터도 한 가정에 한 대씩 기증받도록 힘쓰겠다.

넷째, 일년에 한 번씩 연예인을 초청해서 경로잔치를 베푼다.

다섯째, 2년에 한 번씩 무료 종합검진을 받을 수 있도록 노력하겠다.

등의 무슨 도의원이나 국회의원 후보자 공약을 발표하듯 거창한 공약을 발표했다. 온 동네 사람들을 자기 아버지의 생일잔치라는 그럴 듯한 명목으로, 개를 잡고 소갈비를 두 짝이나 사온 거창한 잔치에, 남녀노소할 것 없이 60여 호나 되는 마을사람들이 다 초청되어 실컷 마시고 먹는 자리에서 터뜨렸다.

안 그래도 막달이가 전에 없이 그렇게 효자고 착하고 똑똑한 사람이라고 붕붕 뜨는 판에 빅딜촌 에서는 감히 생각도 못한 공약을 터뜨렸으니 그건 바로 폭탄 바로 그 거였다. 여기 저기서 박수가 터져 나오고 박막달 만세를 목이 터져라 외치기도 해서 축하 분위기가 고조될 때

"우리 박막달씨를 반장으로 뽑읍시다."

"우리 동네의 보배 박막달씨를 반장으로 모십시다."

"박막달 만세. 만세."

새벽까지 이어지는 잔치는 막달에 대한 찬사 찬사 찬사의 폭포였다.

다음날도 전날 밤새도록 많이 먹어서 속이 쓰려 누워 있는 사람들을 해장이나 하라며 또 동네의 유지들을 불러내었다. 아침부터 술을 먹여대니 해장술에 취한다고 저녁 나절엔 곤죽이 되어 부축을 받으며 간신히들 집에 갈 정도로 연일 잔치판이었다.

투표는 하루 앞으로 코 앞에 닥쳤는데 분위기는 예상을 뒤엎고 완전히 막달쪽이었다.

세상물정 모르는 노인들은 막달이의 공약과 푸짐한 대접을 받고 나선 어제까지 불효자식이니 천하에 몹쓸 깡패니 하며 아예 사람 취급도 않던 노인들이 하룻밤 사이에 마음이 싹 바뀌었다. 병원비가 무서워 병원 문 앞도 얼씬 못했던 그들에게 2년에 한 번씩 무

료 건강진단을 하게 해 준다니 꿈만 같은 얘기가 아니고 무엇이겠는가.

그런 분위길 모를 리 없는 막달이 등 빅딜파들은 맹추씨의 귀신 같은 선거전략에 혀를 내두르며 이제 반장은 따논 당상이라며 자축파티부터 하며 큰 소리만 탕탕 치고 다녔다.

그러나 개동씨 쪽은 고요 바로 그 거였다. 막달이 쪽에서 저렇게 나오니 인심이 다 그 쪽으로 쏠렸대서 유치하게 가능성도 없는 공약을 남발해 맞불작전을 쓸 수도 없었다. 또 막달의 공약이라는 게 모두 허위임을 분명히 알면서도 어떻게 주민들을 설득시킬 방법이 없었다. 지금 아무것도 모르는 부인과 노인들은 연예인 초청 경로잔치니, 수리조합이니, 말로만 듣던 컴퓨터 강습과 컴퓨터 1대씩 무료제공이니, 생각만 해도 살 맛나 죽을 지경인데 그 불을 어찌 끈단 말인가.

개동씨가 괴로워 하는 것은 반장이 되고 안 되고가 문제가 아니었다. 그것보다는 수단과 방법을 가리지 않고 거짓말을 밥먹듯 해대고 그걸 철석같이 믿는 순진한 마을 사람들이 다음에 실망하고 실의에 빠질 게 더욱 큰 걱정이었다.

개동씨와 가까운 친구들이 닥쳐 올 동네의 암울한 내일들을 생각하며 괴로워 하고 있을 때 슬그머니 방문이 열리더니 송씨가 들어와

"이 사람들 뭘 그렇게 죽을 상이 되었는가. 걱정 말고 술이나 한 잔씩들 하세. 걱정한다고 해결될 일이여. 자 이리들 와."

송씨를 뒤따라 그의 부인이 함께 이고 들고 온 밤참이며 얼큰한 찌개에 소주까지 몇병 가지고 와 권하며 그 부인까지

"기운들 내셔유. 저쪽에서 잔치를 하고 야단이지만 마음은 그렇

지들 않을 거유. 걱정 말어유."

"예 아주머니 참 고마워유. 잊지 않을 게유."

술을 권커니 작커니 하고 마시고 있는데 난데 없이 동네 노인층에선 제일 연세도 많고 덕망이 높아 마을 사람들로부터도 존경을 받는 김 노인이 자정이 넘은 야심한 밤에 찾아왔다.

"아니 어르신 이 밤중에 어인 일로유."

"앉게들 자네들이 너무 걱정할 것 같아 내 왔지. 애야 그것 여기다 내려 노려무나. 그리고 걱정들 말고 잠들이나 푹 자두게. 응, 잘될 거여. 자네가 얼마나 착하고 정직한가. 그런디 참 막달이 아버지 생일이 지난 7월에 지났는디 또 무슨 생일여. 아 그 날 미역국도 못 얻어 먹었다고 한탄해서 내가 술까지 받아줬는디."

김씨 어른이 아들을 시켜서 가지고 온 것은 집에서 키운 토종닭이었다. 서울서 대학 다니는 손자나 어쩌다 내려와야 한 마리 잡아준다는 그 집에서 보물처럼 아끼는 그 귀한 닭을 서너 마리나 잡아서 볶아 온 것이었다.

새벽녘까지 마을 어른들이 개동씨네 사랑방엘 찾아와 걱정 말란 얘길 잊지 않고 힘을 북돋아 주었다.

그렇게 길고 긴 밤을 눈 한 번 붙이지 않고 새운 개동씨는 평상시와 다름없이 아침 일찍 쇠물을 쒀 소에게 퍼다 주었다. 그리고 아침밥을 먹는 둥 마는 둥 눈을 조금 붙이고 있었다.

그런데 사람들이 왔다기에 사랑에 나가 보니 다들 얼굴이 헬쑥하니 말이 아니었다. 그런 그들을 보면서 개동씨는 후회스럽기만 했다. 이렇게 많은 사람들에게 걱정을 끼칠 줄 알았으면 그때 끝까지 우기며 고사를 했어야 되는 건데 후회막급이었다.

개동씨 아내는 매일 뜬 눈으로 밤을 꼬박꼬박 새우며 걱정하여

• 하얀 깝부기 •

얼굴이 반쪽이 되었다. 새벽마다 장꽝에 냉수를 떠놓고 치성을 드리던 걸 생각하면 오늘 낙선을 하면 무슨 면목으로 그런 아내를 볼 것이며 아이들은 어떻게 대할까, 또 자기 때문에 그토록 애를 쓴 친구들과 동네 어른들은 무슨 면목으로 대한단 말인가, 생각하면 착잡하기만 하였다.

"여보게 개동이, 너무 마음 쓰지 말고 이젠 모든 걸 하늘에 맡기세. 10시부터 투표니 가봐야지."

"내가 쑥스럽게 일찍 가서 뭣허게."

"아닐세, 그래두 그게 아녀. 투표하러 오시는 분들께 인사라두 해야지."

"그러게 그게 좋겠네. 투표의 승패를 떠나서 인사는 하는 게 사람의 도리가 아니겠나."

아닌 게 아니라 투표에 낙선한다 해도 버릇없는 놈이라는 말을 들어서는 안 될 것만 같았다. 그래서 자기 부인도 함께 가자고 해서 투표장인 마을회관으로 갔다. 벌써 사람들이 많이 와 있었다. 해장술을 어디서 먹고 왔는지 얼굴이 시뻘겋게 된 사람들도 많았다.

마을회관 입구에는 언제부터 왔는지 탤런트 뺨치게 화장을 짙게 하고 옷을 곱게 차려 입은 막달 부인과 빅딜파의 젊은 부인들이 똑같은 머리형에 똑같은 색의 치마저고리를 입고 투표를 하러 오는 사람마다 코가 땅에 닿게 인사를 했다.

"기호 1번 박막달 부탁합니다."

"기호 1번 박막달 부탁합니다."

를 목소리를 맞춰 합창으로 해대는 게 볼거리가 되어 동네 아이들이 추운 겨울 날씨에도 아랑곳 않고 넋을 잃고 구경들을 하고 있었다.

거기에 비해 개동씨 쪽은 너무나 초라했다.

개동씨나 그 부인이나 빗질도 거의 안 한 머리에 무릎이 팍 나온 일할 때 막 입어 땟국물이 자르르 흐르는 바지와 잠바떼기를 걸치었으니 빅딜파에 비하면 거지도 상거지였다.

그러나 조금도 기죽지 않고 투표장에 오는 사람들에게 인사를 깍듯이 하였다. 막달은 어디 갔는가 없더니 다른 사람들의 말에 의하면 마을회관 옆 슈퍼에서 투표장에 오는 사람들한테 술을 사 먹이고 있다고 했다. 투표가 거의 끝날 무렵에 비틀거리며 마을 회관으로 들어오고 있었다.

투표는 오전 중에 끝났다. 기권이란 입원한 맹추 한 사람 뿐이었다. 그렇게 치열하고 마을 사람들의 관심이 높은 선거였다.

투표가 끝나자 정해진 개표 위원에 의해 개표가 시작되었는데 처음에는 두 후보가 엎치락 뒤치락 막상막하로 애간장을 녹이더니 중반을 넘어서면서 개동씨의 몰표였다.

대세가 이렇게 의외로 기울자 빅딜파들의 낯빛이 험악해지더니 개동씨의 압승으로 끝나자 빅딜파에서 아무 이유도 없이 재검을 제기했다. 그러나 개동씨 쪽에선 여유만만하게 재검에 응해 재검을 한 결과는 조금도 다름이 없었다.

그래서 송씨가 투표결과를 발표하고 개동씨의 당선을 선언하였다. 그러나 회관문이 후닥닥 열리며 빅딜파 청년 여나문이 몽둥이를 들고 쳐들어와

"이 투표는 무효여."

"이건 엉터리 속임수여. 무효여. 무효."

개표가 끝나서 막 회관을 나가려는 개동씨 측의 선거 참모들을 못 나가게 문을 막고 서서 협박하는 것이었다.

그러나 결연히 자리를 박차고 일어난 송씨는

"이게 무슨 짓들이여. 투표에서 졌으면 겸손히 승복할 줄도 알아야지. 이게 무슨 추태여."

"뭐여. 부정선거해 놓고두 그래두 할 말이 있어."

"부정선거라니 증거를 대보게."

"몰표가 나오는 거. 그게 부정이 아니고 뭐여."

"동네 사람들이 찍은 대로 나온 건데 무슨 헛소리여. 그따위 억지 쓰지 마. 민심은 천심여."

회관 속에서는 문을 막고 서서 부정이라고 억지 고함을 지르는 빅딜파와 반장으로 당당히 당선된 개동씨 측과 밀고 당기며 고함을 내지르는 험악한 분위기였다. 그러나 회관 밖에서는 개표가 끝나기도 전부터 막달이가 차려온 술과 음식을 먹으며 〈박막달 반장 당선 만세〉의 플랭카드를 높이 들고 농악에 맞춰 빅딜파들이 춤을 추고 있었다.

그걸 보며 동네 사람들이 비웃는 줄도 모르고 술에 취한 막달이는 얼굴 가득 만족한 웃음을 머금고 비틀비틀 농악에 맞춰 춤을 추고 있었다.

정말로 샴페인을 너무 서둘러 터트렸다.

촌닭

　망신을 당하려면 새 옷 입고 오줌독에 빠진다더니 아무리 생각해도 귀신이 곡할 노릇이었다.

　엊저녁내 다리가 부러지게 뛰고 흔들며 신나게 놀아놓고 날이 채 밝기도 전에 도둑 누명을 씌우다니 서울이란 참말로 못 믿을 곳이었다.

　밤새도록 형님형님하며 부둥켜안고 술잔을 나누던 작자가 금방 돌아서 멱살을 거머쥐고 도둑 누명을 씌우다니 이 억울함을 어디 가서 하소연한단 말인가.

　"당신이 의도적으로 도둑질을 할려고 한 거 아녀?"

　"여보 도둑이라니 생사람 잡지 마."

　"도둑이 아니면 왜 남의 옷을 입고 있어."

　"아 그거야 내 옷인 줄 알고 입은 거지."

　"그렇게 어물쩡 구렁이 담 넘어가듯 하고는 입고 달아날려구 한 게 아녀?"

“여보슈, 그러는 당신은 내 옷을 어떻게 했소. 내 옷 내놔.”

“이게 도둑질하다 들킨 주제에 오히려 남한테 뒤집어 씌워.”

“뭐여, 이래뵈두 나는 우리 동네서 한다 하는 유지여. 면장 출마도 두 번이나 했고 동네 이장도 해 먹은 난디 그래 할 짓이 없어 내가 도둑질을 혀. 그 따위 누명을 씌우고도 하늘이 무섭지 않어?”

“당신 안 되겠구만 나이살이나 먹고 해서 웬만하면 봐줄랬더니 뭐 낀 놈이 성낸다고 오히려 더 큰 소리여.”

“안 되면 뭐 어쩔 테여 마음대로 해봐. 나도 꿀릴 것 없응께.”

“그래 그럼 이 촌놈아 혼좀 나봐라.”

“뭐 촌놈아 혼좀 나보라구. 그래 나 촌놈이다. 촌놈이라구 싹 무시허는 모양인디 그렇게 호락호락 안 될 걸.”

“이게 뭘 잘 했다구 잔소리여.”

“야 이 집에서 나는 옷 잃고 구두꺼정 잃어버렸다. 그건 너 어떡헐 거여. 우선 그것부터 변상혀.”

“뭣이 어째, 이게 정말로 뜨거운 맛을 봐야 알겠나.”

“뜨거운 맛이구 지랄이구 춘만이 오라구 혀 춘만이가 오면 다 해결 될팅께.”

“춘만이가 누구여.”

“아 이 집 주인 말여.”

“이 작자가 무슨 잠꼬댈 하고 있어. 춘만인 무슨 얼어죽을 춘만이. 이 집 주인은 나여 나.”

“그럴 리가 없는디 그럴 리가 없어.”

옥신각신하다가 집주인의 신고를 받고 나온 순경에 의해 병식씬 파출소에까지 끌려가게 되었다. 낭패였다. 머리 털난 후 파출소에 끌려가기는 처음이었다.

그래도 시골에서는 한다 하는 유지였다. 그래서 집만 나서면 앞을 다투어 쫓아와 인사를 하고 장에 가도 서로가 술을 사겠다고 잡아 끌었다. 그래서 언제나 대취해 비틀걸음으로 집에 오곤 했다. 그것도 택시를 대절해 집에까지 깍듯이 모셔다 주는 자기였다. 아 그런 자기가 도둑으로 몰려 파출소까지 끌려가다니 동네 사람이 알까 두려웠다.

자기는 분명 친구 환갑잔치에 와서 이 사람 저 사람, 알고 모르고 가리지 않고 함께 어울려 술먹은 죄밖에 없었다. 그런데 이게 무슨 망신인가. 생각만 해도 분통이 터지고 억울해 가슴이 찢어질 것만 같았다.

병식씨가 몇 십년만에 처음으로 서울 나들이를 했다. 그것은 어릴 때 아래 윗집에서 자란 벌거숭이 친구 춘만이가 환갑잔치를 한다고 초청장이 왔기 때문이었다. 서로 왕래도 없는 사람. 그것도 가을걷이에 눈코뜰 새 없이 바쁜 철에 서울까지 뭣하러 가느냐며 아내는 극구 만류했었다. 그러나 그런 아내를 뿌리치고 쌀 한 가마를 내다 팔아 그 돈을 가지고 새벽같이 떠났던 것이었다.

춘만이 말로는 동네서 같이 자랐던 친구들, 그간 삼지사방으로 뿔뿔이 흩어져 소식도 모르는 친구들도 다 모인다고 했었다. 그러니 만사 제폐하고 꼭 오라는 춘만이의 청첩장과 간곡한 전화까지 받고는 며칠째 잠을 설치며 그 날을 손꼽아 기다렸었다.

병식씨는 워낙 놀기를 좋아하고 사람 좋기로 동네에서 호가 난 사람이기도 했다. 그러나 그것보다도 얼굴조차 잃어버린 소꿉친구들을 만난다는 게 워디 보통 일이냐는 게 병식씨의 주장이었다. 그런 시아버지의 마음을 충분히 알 것 같은 며느리가 읍내에서 제일

• 촌닭 •

유명한 양복점에 병식씨를 모시고가 새 양복까지 맞춰줬다. 그리고 새 구두까지 사 신겨 주었으니 그 기분이 어쨌겠는가.

집을 떠나는 날은 너무 마음이 설레어 소풍가는 초등학교 아이 같았다. 전날 밤 잠도 설치고 아침밥도 먹는 둥 마는 둥 직행버스를 타고 꼬박 세 시간을 달려왔었다. 환갑잔치는 친척들과 몇몇 친한 친구들만 초청해 집에서 차렸다.

오랜만에 만나는 친구들과 너무 반갑고 기뻐 노래를 부르고 춤을 추며 집안이 떠나가라 놀아제켰다.

빈 속에 독한 술만 퍼넣어 정신이 왔다 갔다 하는데 마침 담배가 피우고 싶었다. 그런데 담배가 떨어져 담배를 사려고 슬리퍼를 끌고 밖에 나왔었다. 그런데 담배집을 찾아 한참을 헤맨 끝에 담배를 사서 피우니 또 소변이 마려웠다.

그래서 변소를 찾으려니 서울 주택가에서 그게 용이하질 않았다. 한참을 또 헤매다 간신히 소변을 봤었다. 그러고는 다시 친구네 집을 찾아오는데 그 집이 그 집 같고 그 골목이 그 골목 같았다. 그래서 정신없이 이 골목 저 골목을 헤매는데 한 시간도 더 쏘다녔었다. 그러다가 어느 골목을 들어서니 사람들이 왁자지껄 떠드는 소리가 났다. 찬찬히 살펴보니 틀림없는 친구 춘만이의 집이었다.

대문을 열고 들어가며 각설이 타령을 멋지게 불러제끼자 이 사람 저 사람이 술을 따라주며 앉으라고 야단이었다. 병식씨는 술을 워낙 좋아하는 터라 주는 대로 덥석덥석 받아 먹었다.

이 방에서 노래하면 그 방에 들어가 춤도 추고 노래도 부르고 장구까지 쳤다. 그런데 어찌나 노랠 잘 부르고 춤을 잘 추고 장구를 잘 치는지 이 방 저 방에서 서로가 데려갈려고 야단이었다. 마당에서 결판지게 노는 걸 보고는 방에 있는 사람들이 우루루 마당으로 다 몰려나와 함께 어울렸다.

사람들이 다 병식씨만 따라다녔다. 병식씨가 없으면 재미가 없어 술맛이 없다는 것이었다. 마당에서 노는 그를 살짝 건너방으로 끌고가 또 한판 벌리며 흥겹게 노는가 싶으면 어느 사이에 옆방으로 끌려가 노래에 춤에 젓가락 장단에 흥겹게 한판 어울렸다.

그러다 보면 어느 사인가 여자들만 노는 안방으로 납치되어 가 어떻게나 지독하게 뛰고 흔들며 놀았는지 온몸이 땀투성이였다. 취중에도 이래선 안 되겠다 싶어 도망쳐 나올려고 해도 여자들이 두 명 세 명 붙들고 늘어져 놓아주질 않았다. 서울 여자들이란 참말로 찰거머리 같았다. 천신만고 끝에 도망쳐 나오자 또 거실에서 붙잡아 앉혔다. 또 소나기처럼 쏟아지는 술잔을 사양은 커녕 넙죽넙죽 잘도 받아 먹고 노래에 춤에 장구에 완전히 병식씨의 독무대였다.

고라실배미에서 만물하며, 열두고패로 나무하러 올라가며 논다랭이와 산골짜기가 들먹들먹하게 노래를 불러제키던 그 목청이었다. 읍내서 열린 전국노래자랑에서 우수상까지 받은 실력이었다. 거기에다 술로 기분까지 돋군지라 노래를 불렀다 하면 방안 사람들을 싹 죽여 주었다.

그렇게 이 방 저 방 옮기는 사이에 밤이 되었다. 손님들이 하나 둘 집으로 돌아갔다. 그리고 몇 남지 않자 병식씨도 가야겠다고 자리에서 일어나 벽에 걸린 양복을 입고 나오려 했다. 그런데 옆의 사람들이 끌어 앉히며

"워딜 갈라구. 끝장을 봐야지."

"이젠 집에 가야겠어. 벌써 해가 넘어간 모양인디."

"가기는 진짜 꾼들만 남았는디 신나게 한판 놀아야지."

"가얄틴디."

"자 앉어 한 잔 들구 한 판 벌리자구."

하두 말리는 바람에 사람 좋은 병식씨는 다시 주저앉아 또 술을 먹고 노래를 불렀다. 다들 놀기 좋아하는 진짜 꾼들만 남았기에 밤이 새는 줄도 모르고 놀다가 아무렇게나 쓰러져 잠이 들었다.

다음날 왁자지껄 떠드는 소리에 병식씨는 눈을 떴다. 그런데 머리가 띵하고 속은 메식거리며 금방이라도 토할 것만 같아 정신을 차릴 수가 없었다.

그런데 밖에선 무엇이 없어졌다며 야단들이었다.

병식씨는 참 오늘은 탈곡을 한다고 날을 잡아논 날이라는 생각이 퍼뜩 났다. 아무리 장성한 아들이 있다곤 하더라도 아직까지는 병식씨가 다 관리하므로 빨리 집에 가야 된다고 생각하니 마음이 급해졌다.

세수고 아침이고 다 집어치우고 바쁜 대로 자리를 박차고 일어나기가 무섭게 남들이야 떠들 건 말 건 구두를 신고 대문을 막 나서려는데

"잠깐만, 나 좀 봅시다."

"나 말유 왜 그러는디유."

"그 옷 그거 당신 옷여."

"아 내 옷이니 내가 입었지. 그걸 몰러서 하는 소리유. 왜 그러슈."

"그 구두두 당신 거고."

"아니 그럼 내 거 아니면 누구 거란 말유."

"그 양복 윗도리 좀 벗어 보쇼."

"왜 내 옷을 벗어유. 왜 그러는 거유."

벗어라 못 벗겠다 옥신각신하다가 결국은 여러 사람이 덤벼서

강제로 옷을 벗었다. 그리고 자세히 확인한 결과 병식씨가 입고 있던 윗도리 양복과 구두가 자기 것이 아닌 것으로 판명되었다.

더구나 양복상의에는 천여 만원 가까운 수표와 현금이 들어 있었기 때문에 더욱 의심의 대상이 되었던 것이었다.

병식씨는 자기 고향친구인 춘만이의 환갑잔치에 왔었노라며 어제의 일을 낱낱이 얘기했다. 그랬더니 파출소에서 동회에 연락해서 주민등록부에서 춘만을 찾았으나 그런 사람이 없다는 것이었다. 뒤에 안 일이지만 춘만이는 고향에서 부르던 아명이고 호적상엔 춘식으로 되어 있었다.

경찰도 병식씨를 의심했다. 도둑치고는 간도 크다고 자기들끼리 낄낄대며 나누는 말도 귀넘어로 들렸다. 그렇다고 도둑이 아닌 확실한 증거를 댈 아무 것도 없었다.

"아저씨 일이 이렇게 되었으니 바른 대로 대쇼."

"그래요 거 오리발 내밀어 봤댔자 여기가 워디라고 통하겠소."

경찰들도 이젠 노골적으로 도둑으로 모는 덴 기가 막히다 못해 화가 났다. 참다 참다 못한 병식씨는

"여보슈. 그게 무슨 말요, 촌사람이라구 무조건 옭아넣으려는 거요."

"아니면 뭐요, 증거를 대 봐."

경찰에 신고한 작자가 한 술 더 뜨며 나섰다.

"좋소 증거를 대지유. 암 증거를 대구 말구. 그럼 증거를 댈 테니 같이 갑시다."

"어딜 갈려구."

"앗따, 이 양반 의심은, 당신두 가구 경찰 아저씨들두 같이 가잔

말유."

"워딜 가자는 거요."

"워디긴 워디유. 춘만이네 집이지."

"동회서두 그런 사람이 관내에 없다고 하잖았소."

"엄연히 내 발루 어제 갔었는디 왜 없다는 거유. 가 봐유."

"우리 속는 셈치고 같이 가 봅시다."

함께 거리에 나서긴 했어도 거기가 거기 같고 그 골목이 그 골목 같아 종잡을 수가 없었다.

그래서 이 집에 가서 대문을 두들겨 확인하고 저 집에 가서 초인종을 눌러 확인하면서 거의 한나절이나 돌아다녔다. 그러나 말짱 헛탕이었다. 경찰과 자기를 신고한 사람이 그럴 때마다 투덜대며 괜히 딴 수작 부리지 말라느니 솔직히 말하면 정상을 참작해 주겠다느니 별별 잔소릴 해대며 이제 그만 가자고만 졸라댔다.

그러나 그대로 파출소로 갔다간 자기는 영영 도둑의 누명을 벗을 길이 없음을 너무나 명백히 알고 있었다. 병식씨는 어떻게든 춘만이의 집을 찾을려고 땀을 뻘뻘 흘리며 골목을 오르내리며 계속 누볐다.

춘만이한테 온 청첩장이라도 있었으면 오죽 좋을까. 그러나 그것도 양복 윗도리 주머니에 넣고서 춘만네 건너방 옷걸이에 걸어놓았다. 그리고 와이셔츠 바람에 나왔으니 말짱 헛일이었다.

지금 시골집에서는 자기 오기만을 까맣게 기다리고 있을 텐데 이렇게 허송세월을 하고 있으니 기가 막혔다.

"아저씨 이제 그만 파출소로 갑시다."

"안 돼유. 춘만네 집을 찾아야유. 조금만 더 찾아유."

"조금만 더 조금만 더 한 게 벌써 네 시간째요. 쑈 그만하구 선

선히 갑시다."

기가 막혔다. 자기가 어쩌다 이 지경이 되었더란 말인가.

어제 점심부터 오늘 아침까지 술만 퍼넣고 밥은 입에 대지도 않았어도 배고프기는 커녕 속만 쓰리고 침이 소태맛이었다.

"자 갑시다. 거짓말 그만하고 따라와유. 의뭉스럽기는."

"그러지 말구 조금만 더 찾아봐유."

"여보슈 같은 곳을 수십번도 더 뒤졌는데 뭘 더 찾아요? 갑시다."

"안유. 분명히 이 근처에 춘만네 집이 있었는디."

그놈의 담배가 화근이었다. 담배만 사러 가지 않았어도 이런 실순 없었을 것이다. 망신살이 뻗쳤던지 왜 또 소변은 마려워 소변을 보고 춘만네 집을 찾는다는 것이 촌놈이 서울지릴 잘 몰라 엉뚱하게 다른 잔치집에 들어갔단 말인가. 예나 지금이나 술 인심이 좋아 전혀 생면부지인데도 권커니 작커니 하다가 그만 노래부르고 노는데 정신이 팔려 개망신을 당하게 됐다 생각하니 담배만 생각해도 오금이 저려 왔다. 그러다가 퍼뜩 머리를 스치는 것이 담배가게였다.

"앗 저기 담배 가게가 보이네유. 어제 담배를 샀던 그 가게유."

"틀림없소?"

"그럼유. 가서 물어봐유."

순경이 담배가게에 가서 확인을 했다. 찬찬히 뜯어보던 담배가게 주인은 어제 저녁때 담배를 사간 손님같다고 했다. 물에 빠진 사람이 뭐라도 붙잡고 싶은 심정이라더니 병식씨는 바로 이런 때의 기분이라 생각하며 우선 그것 하나의 확인만도 뛸 듯이 기뻤다.

그래서 희망을 가지고 다시 골목을 뒤지며 비슷한 집의 대문을

두들기는데

　"누구세요. 누구요."

　묻는 말에 지금까지 수없이 했듯이

　"박춘만씨 댁이 아닌가유."

　하니까 안에서 아주머니 목소리로 묻기를

　"누구신데요. 누구요."

　"야 촌에서 온 병식이구먼유."

　그렇게 대답하자마자 대문이 활짝 열리며

　"임마 병식아 어떻게 된 거여 엉."

　"춘만아……."

　둘은 몸뚱아리가 으서져라 껴안고 애들처럼 엉엉 울음을 터뜨렸다.

생쥐

"그 놈이 천벌을 받은 거여."

"암 즈이 마누란 땡볕에서 허리 끊어지게 일하는디 맨날 주막에 자빠져 놀기만 하더니 잘 됐구먼."

"이 사람아 놀다 뿐인가 허구헌 날 술에 노름에 그것두 부족하여 기집질에……."

"그려 장터 술집에 새 색시만 왔다 하면 쌀가마 짊어지구 뛰어가 며칠이구 죽치구 나자빠졌으니 재산이 남아날 리 있겠어."

"지금까지 굶지 않구 밥이라두 먹는 게 다 마누라 잘 둔 덕이지."

"그런디두 제 처 박대하구 술집 색시타령만 하니 하늘인들 무심허겠어."

"그나저나 양짓말댁두 잘못 허다간 과부신세 면치 못하겠어."

"그깐 놈 고주백이보다도 못한 서방 차라리 없는 게 맘이나 편치."

· 생쥐 ·

점심을 먹고 더위를 식히려고 잠시 등구나무 밑에 모인 노인들이 밀대방석 위에서 담배를 피우며 하는 뺑돌이 얘기였다.

뺑돌이하면 한작골에서 아예 내놓은 사람이었다.

농촌의 농번기에는 어찌나 바쁜지 죽은 사람 손까지 빌린다고들 하는데 모심다 말고 술집 생각나면 아내 밥 가지러 간 사이에 장터 술집으로 튀기 일쑤였다. 어디 그 뿐인가 놉 얻어 일하다가도 일꾼들만 남겨 놓고 주인이라는 작자가 택시 불러 타고 술집으로 내빼는 위인이었다. 그렇다고 술을 먹고 곱게 삭이는 것이 아니라 아무나 붙잡고 시비였다. 어른, 애 구분 못하고 욕지거릴 퍼붓고 동네 한가운데서 오줌을 질질 싸대 부인들이 질겁을 하고 도망치곤 하였다. 그래서 동네서는 아예 사람 취급도 안 했다.

그런데 그 뺑돌이가 죽게 되었다는 것이었다. 미운 짓 할 때는 금방 죽어 버리라고 욕을 하던 이웃사람들도 막상 죽게 되었다니까 불쌍해졌다. 그래서 바쁜 철에 모를 심다 말고, 보리를 베다 말고, 논과 밭에서 뺑돌네로 달려갔었다. 양짓말댁은 미욱이 아버지 죽게 되었다며 눈물을 펑펑 쏟아제키며 집 안팎으로 뛰어다니며 만나는 사람마다 붙잡고 늘어지며

"우리 미욱이 아베 좀 살려 줘유. 제발 살려 줘유."

하며 애원하였다. 그러나 정작 본인은 술에 곤죽이 되어 인사 불성인채 무슨 말인지 모를 혀꼬부러진 소리로 고래고래 고함을 지르고 있었다.

바로 어제 새벽의 일이었다. 어제도 놉을 얻어 모를 심다가 아침 젖밥을 먹고 잠시 쉬는 사이 뺑돌이는 어디론가 사라지더니 하루 종일 나타나지 않았다. 양짓말댁은 속이 상했지만 으레 그러려니

생각하고 꾹꾹 참으며 늦게서야 모내기를 마치고 집에 왔으나 남
편은 종무소식이었다.

계속되는 모심기에 허리는 부러져라 아프고 팔목은 자가품이 나
퉁퉁 부었다. 그러나 인정머리라고는 약에 쓸래도 찾아볼 수 없는
남편이라는 것은, 사시사철 밤낮없이 술타령이었다. 저도 사람 같으
면 보리 베고 모 심느라 밤낮없이 일에 쪼들리는 것을 두 눈 멀뚱
멀뚱 뜨고 뻔히 봐서 알고도 남을 것이었다.

그런데 모심다 모춤 집어 내팽개치고 술집으로 줄행랑을 칠 수
가 있단 말인가. 생각하면 생각할수록 분하고 억장이 무너졌다. 그
러나 양짓말댁은 아예 남편 없는 셈치자고 마음을 달래며 아이들
바지가랭이 터진 것을 깁고 남편 와이셔츠 단추 떨어진 걸 달다가
깜빡 잠들었는데

"아이쿠 이게 뭐여 아 아."

잠결에 어렴풋이 들리는 비명소리에 깜짝 놀라 졸린 눈을 비비
고 일어났다. 그랬더니 남편인 뺑돌이가 언제 왔는지 저만치 방바
닥에 나뒹굴며 아퍼 죽겠다고 다 죽는 시늉을 하고 있었다. 그러나
양짓말댁은 밉살머리시러워 모른 척하며

"언제 왔댜. 그런디 왜 그러구 있대유."

"이게 뭐여 뭐에 찔렸는디 이렇게 아퍼 사람 죽겠네."

"찔릴 게 뭐가 있다구 그런대유."

"물러 물르니께 묻는 게 아녀 싸게 여기 좀 봐."

"워딜 밟았기에 그런대유."

"여기 이 옷가지를 밟았는디 그려."

"이건 당신 와이싸쓴디 왜 그걸 밟았대유."

"왜구 지랄이구 얼릉 발바닥 좀 보랑께 뭐가 박혔나."

“아무것두 없슈 괜히 승질을 내구 그러네.”
“아무것두 없으면 왜 이렇게 아퍼 찬찬히 봐.”
“가만 있자 내가 와이사쓰 단추를 달다 바늘을 꽂아둔 채 깜빡 잠들었었나베.”
“뭐여 바늘이라니. 그게 말이라구 혀.”
“그럼 말이 아니면 뭐래유.”
“지렁이 풀 뜯어먹는 소리하지 말구 싸게 여길 보랑께.”
“다구치긴 번갯불에 벼룩 갈비 궈 먹겄네 아무것두 안 보인당께.”
“눈에 명태껍질을 씌웠나 들어간 바늘이 왜 안 보인다는겨.”
“없응께. 안 뵈지 왜 안 보여유.”
“저 다락에서 후랫쉬를 꺼내 비쳐봐.”
“읎슈 아무것두 안 보여유.”
“바늘 찔리면 죽는다는디 워쩐댜.”
“바늘 찔리면 죽다니 그게 참말이래유.”
“그렇당께 아이고 이제 난 죽었네.”

꿰매다 그대로 잠들었던 와이셔츠를 들고 샅샅이 보았더니 바늘이 반으로 뎅강 잘리운 채 와이셔츠 단추에 반 토막만 당당하게 꽂혀 있었다. 나머지 반 토막은 남편의 발 속에 박혀 있는 게 틀림이 없었다. 남편한테 바늘에 찔리면 죽는다는 말을 들으니 양짓말 댁은 정신이 번쩍났다. 어떡해야 좋을지 경황 중에 와이셔츠를 쥐고 징징 울며 왔다 갔다 방을 헤매는데
“뭐 마려운 개처럼 왜 그러구 있어. 아랫집 형님을 좀 깨워 봐.”
“아니 이 밤중에 누굴 깨우라구 그류”
“그럼 이대루 죽게 둘 거여 엉.”

뭐 뀐 놈이 성낸다더니 자기의 실수로 옷을 밟아 그 지경이 되고도 큰 소리는, 곧 죽어도 큰 소리였다.

"아랫집 어른 깨울 것 없슈. 나하구 읍내 병원으루 가유."

양짓말댁은 옷을 주섬주섬 갈아입고는 농속 깊이 숨겨둔 돈을 꺼낼려고 아무리 뒤져봐도 돈이 없었다.

"어메 이거 어찌 된 일이랴. 어제꺼정두 여기 있었는디."

"뭣 말여."

"지난번에 돼지 판돈과 개 판돈을 비니루 봉다리에 싸서 여기 넣어 뒀는디 없네유."

양짓말댁의 말을 듣던 뺑돌이는 멈칫멈칫 하더니만 게춤에서 비닐봉지를 꺼내며

"이거 말여."

"그류 농 속에 있던 게 왜 당신 게침 속에 있대유?"

"그럴 일이 있어."

"그럴 일은 무슨 얼어죽을 그런 일유. 또 술집에 가지구 갈려구 그랬쥬."

"그게 아녀."

"그게 아니면 뭐유. 이제 알겠네유. 나 잠깰까 봐 살금살금 들어와 돈 꺼내 가지구 도둑고양이 걸음으로 나가려다 바늘한테 찔린 거쥬. 그렇쥬."

"아니 사람 죽겄다는디 굼벵이 하품하는 소리만 하구 있을 거여."

"그러구두 무슨 염체루. 죽네 사네 야단이래유 넉살두 좋네유."

"이게 사람 죽게 둘껴 엉."

"베룩두 낯짝이 있다는디…… 당신 같은 사람하구 따지는 내가

· 생쥐 ·

잘못이지. 그류 가유."

"워떻기 갈라구 그려."

"아 걸어서 가지유. 워떻기 가유."

"사람 목숨 시각을 다투는디 한가하기는, 싸게 택시 불러."

"난 택시를 안 타봐서 부를 줄 모릉께 아는 사람이 불러유."

뺑돌이가 면에서 하나밖에 없는 택시기사한테 전화했다. 그러자 이 늦은 밤에 무슨 호출이냐며, 호출비도 안 줄려구 뺀질거리며 차라리 걸어가라며 안 가겠다고 버티었다. 그러는 택시기사한테 통사정하여 겨우 택시를 잡아타고 읍내 병원으로 갔다.

읍내에 도착하여 병원에 가보니 병원마다 문이 잠겨 있었다. 하기야 자정도 벌써 지난 야심한 밤에 문을 연 병원이 어디 있겠는가.

병원마다 다니며 문이 부서져라 두들기는데 마침 잘나 종합병원에서 문을 열어줬다. 그래서 사정 얘기를 하고 X레이도 찍고 CT 촬영도 했다. 그리고 그 외의 여러 가지로 바늘의 행방을 찾으려 의사들도 무진 애를 썼지만 끝내 실패하고 말았다.

의사는 아무 이상도 없다고 했다. 그러나 부러진 반 도막의 바늘은 분명 몸 속에 들어갔는데 아무 이상이 없을 리가 없었다. 그렇게 여기 저기 검사를 하고 어쩌다 보니 날이 뿌옇게 밝아왔다.

"아녀 여기 청양은 작은 병원이라 물러서 그려. 더 큰 병원으로 가봐야겠어."

"큰 병원에 가면 없던 바늘이 워디서 나온대유."

"아마 이 병원은 기계가 구닥다리고 낡아서 그럴 거여. 그러니 더 큰 병원이 있는 천안으로 가봐. 거기 가면 아마 틀림없이 바늘이 발견될껴."

하두 졸라대는 바람에 양깃말댁은 또 택시를 대절해 천안으로 달렸다. 그 돈은 내년에 미욱이가 대학갈 때 입학금을 할려고 아껴 논 돈이었다. 그런데 엉뚱한 데 다 쓴다고 생각하니 양깃말댁의 가슴이 미어지는 것만 같았다.

남편의 평소 소행같아서는 죽든 말든 내박쳐 두고 싶었다. 그러나 인정상 그럴 수 없어 피 같은 돈을 들여 천안의 어마어마하게 큰 천안 종합병원에서 검사를 했지만 바늘을 찾을 길이 없었다.

하는 수 없이 집으로 돌아왔다. 그러나 남편은

"인저 내 목숨 끊어질 때가 되었나벼. 죽기 전에 보구 싶은 사람들이나 보구 죽게 오라구 연락혀."

"미욱 아버지 죽기는 왜 죽는다구 그류. 괜찮을 팅게 걱정 말어유."

"조금 있으면 바늘이 혈관을 통해 비잉빙 돌다가 심장에 가 콰악 박히면 세상 끝이여 얼릉 연락혀."

하도 성화를 부리며 재촉하는 바람에 가까운 친척들한테 연락을 하였다. 연락을 받은 뺑돌이의 형이며 동생 누님이며 출가한 여동생에 사돈들 할 것 없이 위독하다니까 살아서 만나봐야 한다면서 그날 저녁부터 들이닥쳤다.

전부 얘기를 다 들은 친척들은 뺑돌일 붙들고 울고 불고 야단이었다. 그러나 정작 본인인 뺑돌이는 술이 취해 혀가 꼬부라져 말도 잘 못하고 눈물만 질질 흘리었다. 보다 못한 친척들이

"여보게 뺑돌이 술 좀 작작하게."

하고 술잔을 뺏으면

"구만둬유. 지금 금방 칵 거꾸러질 텐디 먹구 싶은 술이라도 실컨 먹구 죽게 가만 둬유. 먹구 죽은 송장은 때깔두 좋다는디."

• 생쥐 •

막무가내로 술을 퍼 먹고는

"아이고 나 죽네 천사 같은 마누라 퇴끼 같은 자식새끼 어찌 두구 죽는댜. 아이구 나 죽어, 여보 미안혀. 죽도록 고생만 시키다 죽는 못난 남편 용서혀. 저승에 가면 당신 행복하게 도와줄께……. 엉엉엉 나 죽네."

술에 취해 엄살떨 때마다 친척들의 가슴이 철렁철렁 내려 앉았다.

그렇게 개갈 안나는 그 밤도 지나고 다음 날이 되었다. 그 바쁜 모내기철에 친척들도 언제 죽을지 몰라 가지도 못하고 발만 동동 구르고 있었다.

뺑돌이는 하룻사이에 완전히 시체가 되어 있었다. 밥은 쳐다보지도 않고 찾는 게 술 뿐이었다. 친척들도 꼬박 밤을 새워 죽을 상이었다. 더구나 농사일을 생각하면 한시가 급한데, 그렇다고 언제 죽을지 예측할 수 없는 사람을 두고 모른 척 자리를 뜰 수가 없었다.

친척들은 집안 일을 보는 사람과 또 바깥 일을 하는 사람으로 나누었다. 바깥 일을 하는 사람들은 지관을 데리고 선산에 가서 묫자릴 잡고 또 한 편에선 관을 사오고 야단법석이었다. 동네 부인들이 찾아와 삼베를 끊어다 수의를 짓고 돼지고기를 삶고 두부와 전을 부치고 떡을 맞추고 완전히 장사준비를 하는 중이었다.

그런데 그 날 밤에 뺑돌이 양짓말댁을 불러제켰다.

"여보 여보 여기 좀 봐. 여기가 이상혀."

"……."

그러나 하도 엄살을 부리고 걸핏하면 불러제키는 바람에 양짓말댁은 들은 척도 안 했다.

그래도 계속 부르기에

“왜 그려유. 또 술 가져오라구 그러남.”

“아녀 여기 좀 긁어봐 가려운 것 같기도 하구 이상혀 죽겄어.”

“워디가 또 가려워 고루고루네.”

양짓말댁은 뺑돌이가 가리키는 엄지발가락과 검지발가락 사이의 위쪽발등을 긁어보니 뭐가 까칠까칠하였다. 그래서 더 쎄게 긁어보니 뾰족한 게 살 속에서 삐죽 보이고 있었다.

양짓말댁은 자기도 모르게

“살았어. 살았어 손톱깎기 좀 줘.”

손톱깎기로 칵 물어 잡아 빼보니 새빨갛게 피로 물든 반 토막의 바늘이었다.

“바늘이 나왔어. 당신 이젠 안 죽어.”

그 말을 듣자마자 사람들은 놀래서 파리떼처럼 몰려오는데 정작 뺑돌인 뒤로 퍼떡 나자빠져 정신을 잃고 말았다.

· 생쥐 ·

황소 개구리

'그려 합작을 깨야 혀.'

애초부터 욕심을 냈던 게 탈이었다. 농사라는 게 제 살 베어먹는 고행이었음을 진작에 알고 있음에도 뭐가 씌웠나, 어째서 공짜인 줄 알고 웬 떡이냐 싶어 양잿물을 덥석 삼켰단 말인가.

50평생에 남의 과수원에 매달린 사과 하나 곁눈질 하지 않던 멍구씨는 자기가 왜 무슨 살 판났다고 사리 분별없이 합작농합의서에 도장을 쾅 찍었던가. 그게 두구두구 한이 되었다. 그래서 도장을 찍었던 두 손가락을 도끼로 칵 찍고 싶은 마음이 하루에도 수백번도 더 들곤 하였다. 하기야 손가락이 무슨 죄가 있나 주인을 잘못 만나 허구헌날 흙만 뒤지며 오물투성이 두엄더미며 자갈밭을 뒤져 갈라지고 깨져도 조금도 쉬지 못하고 혹사만 당하는 불쌍한 것이 아니던가.

그리고 도장을 찍은 것도 멍구씨의 과욕에서 연유된 것임을 너무나 명백한 사실이었다. 그러나 그 손가락만 보면 속이 뒤집혀 못

견디겠는 것이다. 멍구씨는 충남의 알프스라는 첩첩산골 청양에서
도 30리나 더 들어가야 하는 면소재인 산골 중의 산골 운곡에서
살았다.

그렇게 험한 산골 운곡에서도 논 50마지기 와 밭 20마지기면 면
내에서 몇째 안 가는 부농이라고 모두들 부러워 했다. 그런 자기가
무엇이 부족해서 그것도 외국 사람과 합작농을 했단 말인가.

요즘 와선 부인과 자식들의 말을 듣지 않은 것이 두고두고 후회
스럽기만 했다.

그날은 오래간만에 설을 맞아 고향에 온 큰아들 내외를 비롯한
온 가족이 다 모인 자리에서 멍구씨는 자랑삼아 합작농 애기를 또
꺼냈었다. 그간 아내와 작은 아들에겐 슬쩍 말을 비쳐보았더니 첫
마디부터 반대였다. 그래서 그 날은 그래도 서울에서 직장생활을
10여 년이나 한 큰 아들이 사회물정을 잘 아니 아마 모르면 몰라
도 멍구씨의 의견에 대찬성하리라 생각했다. 큰 아들이 찬성만 해
주면 그 문제를 질질 끌 게 아니라 당장 종결을 지리라 작정을 하
고는 술상을 차려 오래서 일부러 화기애애한 분위기를 만들고는
이야기를 꺼냈었다.

"애야 큰 애야 우리 집에 호박이 넝쿨째 굴러들어 왔다."

"당신은 말 같지두 않은 말 또 하시려구요."

예상대로 아내는 쌍지팡이 들고 반대였다. 거기다 작은 아들까지

"아부진 또 그 애기유. 그건 안 된다니께유."

"가만히들 있어 천둥에 뭐 뛰어들 듯 왜 남의 말을 가로막고 나
서기는……"

"아버지 무슨 말씀인디유?"

"그려 애 큰 애야 내 말을 찬찬히 들어봐라. 이보다 더 큰 횡재

• 황소 개구리 •

가 어디 있겠느냐."

"횡재는 무슨, 망할 징조지."

아내는 다른 일엔 그렇게 너그럽게 이해를 잘하면서도 그 일에만은 머리를 싸매고 반대만 했다.

"가만히 있으래두 재숫머리 없게스리."

"큰 애야 느이 어머니와 승진이도 세상 물정을 모르면 가만이나 있을 일이지. 이번 일엔 저토록 이해를 못하니 내가 하두 답답해서 네가 내려 오기만을 학수고대했어. 사실은 며칠 전부터 외국 사람이 나한테 합작 영농을 하자는구나. 외국 사람이면 돈두 많을 것이구 또 농산물을 외국에 수출할 수 있는 길도 열릴 것이니 얼마나 좋으냐. 이건 누구나 탐내는 일이지만 외국 사람이 굳이 나 아니면 안 된다구 했다는 거여. 부지런하구 정직해서 그렇대나 원."

"부지런, 정직은 당신을 추켜세우는 듣기 좋은 말이구, 문제는 우리가 땅이 많으니께 그 재산보구 탐이나 덤비는 게지 안 그렀냐 큰 애야."

"당신은 끼어들지 말래두 또 참견이여."

"그렇지만 아버지. 어머니 말씀에두 일리가 있어유. 외국 사람도 사람 나름이겠지만 우리에게 이익만 주려는 어수룩한 사람이 어디 있겠어요. 성급히 결정을 하지 마시고 깊이 생각하셔서 결정하시지요. 저희 집 전 재산이 걸린 문제가 아닙니까. 그런데 누가 소개한 건가요?"

"신작로 노씨가 한 거여, 노씨 사위가 서울서 큰 회사에 다닌다는디 외국 대사관에 근무하는 친구가 있어서 외국 대사관으로 합작농에 대한 연락이 와서 노씨의 사위한테서 믿을 수 있는 사람을 천거해 달라고 노씨한테 연락이 왔고 노씨는 나를 소개했다나벼."

"노름판이나 쫓아다니구 밤낮 술집에나 드나들던 노씨 말인가요? 그런 사람 믿을 수 있을까요. 아무래도 미심쩍네요."

"얘야 장인이 그렇다구 사위까지 그러란 법이 있겠느냐. 그러구 노씨두 이제는 옛날 노씨가 아니더라. 어쨌든 나는 대찬성이다. 이런 기휠 못 잡아 배를 앓는 사람들이 얼마나 많은디 그려."

"큰 애야 나와 작은 애가 반대를 해두 느이 아버지 혼자만 저렇게 고집이시란다. 돌다리두 두들겨보구 건느는 양반이 이번 일은 왜 저러시는지 무르것다."

"그류, 저두 반대유. 형제두 못 믿는 세상에 외국 사람을 어떻게 믿어유."

"저놈이 그래두. 애, 큰 애야 네 의향이 어떠냐 딱 잘라 말해봐."

"아버지 저는 성급하게 결정을 하지 말고, 그 외국인에 대해 정확히 알아보시고 난 후에 잘 생각하셔서 결정하는 게 좋겠어요. 우선 그 사람의 국적도 그렇고 모든 걸 모르는 상태가 아닙니까. 외국인이래서 무조건 다 좋은 사람들만은 아니니까요."

"그러다가 남 존 일 시키면 어떡허구."

"그렇더라두 우리 땅이 70마지기면 적은 땅은 아니잖아요. 이 땅만도 건사하시기가 벅차시지 않습니까. 제 생각엔 일단 보류하는 것이 좋을 것 같습니다."

"이 좋은 자릴 남에게 뺏겨, 난 그럴 순 없다. 폐일언허구 난 합작농을 할껴. 그래서 내가 재배한 농산물을 외국에 수출해서 우리 농산물의 우수성을 국제적으로 인정을 받을 거여. 그러니 나를 믿고 더 이상 반대들 마."

그렇게 가족들의 끈질긴 반대를 무릅쓰고 서둘러 합작을 했던 것인데 그게 명구씨 마음대로 녹록치가 않았다. 무엇보다도 제일 힘든 것은 농작물 재배를 놓고 의견이 대립될 때였다. 비과학적이니 전근대적이니 하며 그럴 듯한 명분을 내세워 명구씨가 50년 경험하고 농사 지은 우리의 농법을 싹 무시하고 자기네 식대로 하라고 명령조로 말할 때는 제일 기가 막혔다.

그리고 자기는 혼자서만 농사의 권위자인 것처럼 거들먹거리며 다니고 힘들고 어려운 일은 명구씨 혼자서 머슴처럼 처리하라고 했다. 그리고 외국인 찰리는 이익만 챙기려 하면서도 툭하면 우리의 농업기술의 낙후성을 성토하며 후진국 취급을 하며 자존심을 짓밟는 데는 더 참을 수가 없었다.

잠도 오지 않고 하도 답답하여 밖으로 나오니 언제부터 내렸는지 흰눈이 소복히 쌓여 있었다.

달빛에 비친 눈 쌓인 밤의 풍경은 낮과는 달리 신비하기만 하였다. 명구씨는 지금까지 일에 파묻혀 살며 어쩌다 TV를 볼 때 자연이 빼어나게 아름다우니, 신비로운 비경이니 하면, 그건 다 배부른 도시 사람들의 잠꼬대 같은 헛말로만 들렸었다.

그런데 그날 저녁에 본 눈 덮인 자기 동네의 산이며 들녘을 바라보며 그렇게 아름다운 것은 처음 느껴 보는 감동이었다.

그토록 아름다운 우리 땅의 아주 일부이긴 하지만 그러나 어쨌든 조상으로부터 물려 받은 소중한 우리 땅을 지키지 못하고 외국 사람에게 내주고 합작을 했다니 그 죄를 지금 자기는 톡톡히 받는 것이라고 생각했다. 그리고 하루라도 빨리 그 얌체 같은 찰리를 쫓아내야 되겠다고 굳게 다짐하지만, 그러나 찰리가 말을 안 들어주니 그게 낭패였다.

어떡하든 이 겨울이 가기 전에 해결을 해야 된다고 생각했다. 그렇게 해서 내년 봄엔 내 땅에 내 맘대로 우리 씨앗을 뿌려야 할 터인데 그게 뜻대로 안 되어 어찌나 속을 태우는지 멍구씨의 얼굴이 반쪽이 되었다.

그러니까 5년 전, 동짓달 눈은 내리지 않고 강추위만 몰아쳐 보리가 다 얼어죽겠다고 걱정이 태산 같던 때였다. 아랫집 장돌이와 건넛마을 봉삼이가 서울가 공장에 취직하겠다며 땅을 내놓았었다. 그걸 시작으로 동네 젊은 것들은 너도나도 농사채를 헐값에 내던지고 도시로 도시로 내뺐다. 가만히 농사를 짓고 있던 멍구씨 둘째 아들인 승길이도 좀이 쑤셔 안절부절 못하고 있었다. 일도 않고 어떻게든 구실을 만들어 서울로 도망갈 생각만 해서 속을 끓이고 있던 장날 아침, 신작로 노씨한테 급히 만나자는 전화가 왔었다.

옆 동네라곤 하더라도 노씨와는 별로 가깝지도 않은 사이였다. 장에 오고 가다 어쩌다 길에서 만나면 그저 목례만 까딱하고 지나치는 그런 처지였다. 그런 노씨가 무슨 일로 자기를 만나자고 하는지 그것도 궁금하고 또 둘째 놈 때문에 속도 상하고 심난하던 차에 바람이나 쐬일 겸 장터에 가 노씨를 만났다.

노씨는 만나자마자 정월 초하룻날처럼 반색을 하며 쫓아오더니 어디 들어가 점심이나 먹자고 했다. 그러고 사양하는 멍구씨를 끌고 장 뒷골목으로 들어갔다. 멍구씨는 그런 노씨를 보며 지금까지 자기가 노씨를 오해한 것이 아닌가 생각되었다.

젊었을 땐 노름에 주정꾼에 바람둥이어서 마뜩찮게 생각한 것도 사실이었다. 그러나 오늘 이렇게 만나고 보니 전혀 그런 사람이 아닌 것만 같았다.

장 뒷골목을 이리 저리 돌더니만 이 촌구석에 이런 집이 있었나

• 황소 개구리 •

싶게 말쑥한 기와집 한 채가 나왔다.

대문을 열고 노씨가 들어가자 아가씨들이 우르르 달려나와 손을 붙들고 팔짱을 끼고 매달리며 야단법석이었다.

깨끗한 방으로 안내된 그들 앞엔 언제 시켜 놓았는지 널따란 교자상에 상다리가 부러지게 음식이 차려져 있었다. 그리고 TV서나 보던 탤런트 뺨치게 예쁜 아가씨들이 옆에 찰싹 달라붙었다. 술도 먹여 주고 안주도 입에 넣어 주고 다리와 등을 안마도 해 주고 별별 서비스를 다해 주었다. 생전 처음 당해 보는 멍구씨는 이게 꿈인지 생시인지 얼떨떨하기만 하였다. 단돈 10원도 아까워 벌벌 떨며 어쩌다 장에 갔다가도 점심은 커녕 쓴 막걸리 한 잔 입에 대지 않고 쏜살같이 집으로 달려가 때늦은 점심을 먹곤 하는 그였었다.

그러던 멍구씨가 이런 자리에서 술을 먹다니, 이런 세계가 있다는 걸 안 자체만으로도 그에게는 큰 이변일 터였다. 그런데 이런 곳에서 마음껏 술을 먹으며 호강을 하다니 도저히 실감이 나지 않았다.

술과 노래와 여자에 묻혀 정신없이 놀다가 택시를 대절해 줘서 집에 오니 날이 훤하게 밝아오는 새벽이었다.

그러고도 서너 차례나 더 큰 대접을 받을 때 노씨는 드디어 합작농 얘기를 꺼내었다.

"형님, 오늘은 제가 형님한테 금송아질 안겨 드릴게유."

"금송아지라니……"

"이제부터 제 말만 잘 들으시면 형님 팔자가 트일 겝니다. 암요 팔자를 고치구 말구유. 그때 가서 형님 절 모른 척하시면 안 됩니다."

"아니 이 사람아 무슨 애긴지 답답허네. 싸게 털어 놓게."

전 같으면 어림도 없는 짓거리였지만 술자릴 몇 번 같이 하고 나서부터 자연스럽게 형님 동생이 되었다.

"형님 외국 억만장자와 합작농을 할 의향 없으슈."

"억만장자와 합작농이라니."

"똑같이 출자해서 농사를 짓구 그 이익금도 똑같이 분배하는 거지유."

"그건 제 농사 제가 짓는 거나 다름이 없잖아."

"그게 아뉴. 농사두 그냥 농사가 아니라 외국 기술로 과학 영농을 허구 또 농산물두 전량 수출을 허는 거니 돈 벌기가 땅짚구 헤엄치기지유."

안 그래도 풍년이 들 때마다 쌀값이 떨어지고 고추가 풍년들었다 하면 고추값이 두엄값이니 농사가 잘 되는 해보다 흉년드는 해가 농민들의 소득이 높으니 보통 상식으론 이해가 안 되는 일이었다. 어쨌든 그간 농사를 뼈빠지게 져 놓고도 제 값을 받지 못해 참다 못한 농민들이 오죽했으면 볏논에 불을 지르고 무 배추밭을 갈아 엎었겠는가.

아무리 혀빠지게 농사를 져봤자 빚만 늘어가는 농촌, 그래서 젊은 사람들이 너도나도 농촌을 떠나는 현실을 생각하면 얼마나 좋은 조건인가. 더구나 서울에 있는 사위 친구가 외국 대사관에서 근무하는데 대사관을 통해서 온 것을 슬그머니 노씨 사위한테 부탁했다며 특히 사위가 강조하기를 이건 국가간의 민간외교에 관한 중대한 문제이니 국가의 체면을 손상시키지 않을 근면하고 모범적인 농민을 천거해 달래서 형님을 선택했노라는 말을 들을 때는 눈물이 날 정도로 고마웠다.

그러나 식구들은 다 반대였다. 아무리 설득을 해도 부인과 농고를 나와 농사짓는 작은 아들 승길이의 반대는 강력했지만 그러나 멍구씨는 기어코 찰리를 만나 합의서에 도장을 찍고 말았다.

찰리가 산 땅은 모두 거저 버리다시피 떠나는 사람들의 소유가 대부분이었다. 그래서 땅값은 쌌지만 반면 땅이 척박하고 영농조건이 열악해서 멍구씨의 전답과는 비교도 안 되는 땅이라니까 그렇다면 이익 분배시 배려를 해 준다는 조건이었다.

그래서 일은 어렵지 않게 성사가 되었다. 특히 외국 사람이라곤 하지만 찰리의 인상이 좋고 호인 같아서 마음 놓고 합의서에 쉽게 도장을 찍을 수 있었다.

처음 외국인과 합작농을 한다니까 동네서도 말이 많았다. 외국 자본을 불러들여 제 나라 땅과 식량까지 빼돌리는 돈밖에 모르는 파렴치한 돈벌레라고 했다. 또 외국놈 앞잡이로 제 나라에 땅투기를 해서 외국놈 배만 채워 주려 한다고도 했다. 처음엔 사촌이 땅을 사면 뭐가 아프다는 격으로 말도 많았고 더러는 아예 상대도 하려 하지 않는 사람들도 있었다.

농사를 짓던 첫해는 찰리가 올 때마다 수고한다며 선물도 가지고 오고 또 친절하고 인간미가 철철 넘치는 듯했다. 그래서 반대만 하던 아내와 승길이도 자기들이 쓸데없는 걱정을 했다며 찰리가 오면 반갑게 맞아주곤 하였다.

그러나 그것도 잠깐, 다음 해부터 본색을 드러내기 시작했다. 추수를 다 끝내고 결산을 할 때 찰리는 비료값도 터무니 없이 많이 지출되었고 농약값과 품값도 이해할 수 없이 비싸다며 70%만 지불해야 된다는 것이었다.

멍구씨가 누군가. 똑소리 나게 정직한 사람이 추호의 거짓없이 국제간의 신뢰문제라며 정직하게 쓴 금액을 30%씩이나 깎자니 제

품값조차 한 푼도 받지 못한 꼴이 되었다. 억울해서 언쟁까지 벌렸
으나 그건 자기 나라에서 수십 년간 영농의 통계에 의한 과학적
근거에 의해 산출된 금액이라며 한 치도 양보를 하지 않았다. 문제
는 그걸로 끝난 것이 아니었다.

"내년부턴 우리 나라 씨앗을 심어요. 여기 품종 가지곤 경쟁력도
떨어지고 수출도 안 됩니다. 지금이 어떤 세상입니까. 치열한 국제
경쟁 시댑니다. 그러니 내 말대로 하시오.

"그건 모르는 말씀입니다. 여기는 한국 땅입니다. 한국땅에 한국
의 씨앗을 뿌려야 맞지유."

"그건 걱정 마세요. 벌써 2년 전부터 우리 농장의 토질과 기후에
맞는 씨앗 개량에 성공했으니 그건 걱정 마십시오. 그러니 내 말대
로 우리 품종을 심읍시다."

그건 찰리의 시뻘건 거짓말이라는 걸 멍구씨도 뻔히 알고 있는
것이었다. 어떻게 단 2년간에 새 품종을 개발할 수가 있다는 말인
가. 그러나 아는 거라곤 50년간 제 땅에 씨부리고 농사 짓는 것밖
에 모르는 멍구씨는 짐작은 하지만 논리적 근거로 제시할 수 없기
때문에 꾹 참을 수밖에 없었다. 섣불리 잘못 말했다간 찰리는 또
비과학적이고 비논리적인 후진국 발상이니 어쩌구 할 것이 뻔해
잠자코 입을 다물었다. 그랬더니 한 술 더 떠 이번엔 또 자기네 곡
식 품종에 맞는 비료와 농약도 자기 나라 것을 써야 되고, 심지어
는 트랙터와 이앙기 탈곡기 등도 자기 나라에서 수입해야 된다는
것이었다.

농기구를 구입한 지 일년도 안 된 새 것이니까 그대로 쓰자고
했다. 그러나 자기네 영농기계를 써야만 수확량을 올릴 수 있다고
했다. 또 그런 우수한 농기계로 재배한 우수한 농산물이어야만 비

싼 값으로 수출을 할 수 있다는 데는 더 할 말이 없었다.

멍구씨의 아내나 승길이 뿐 아니라 동네 사람들의 비난도 이만 저만한 것이 아니었다. 드러내 놓고 멍구씨한테 따지지는 않았지만 자기들끼리 저러고도 한국 사람이라고 할 수 있느냐고 했다. 차라리 국적을 바꾸라는 둥 별별 욕을 다 한다며 아내는 더욱 분개해 했다. 그리고 마을 사람들도 차츰 자기들을 외국 사람 취급을 하며 따돌리는 덴 도저히 참기가 어려웠다.

이듬해 농사는 순조롭게 잘 되었다. 그러나 경쟁력이니 과학적이니 입에 침이 마르게 설득하려 하더니만 수확량엔 우리 것과 하나도 차이가 없었다.

농산물을 전량 자기 나라에 수출한다던 약속은 어떻게 되었는지 추수를 마치고서도 몇 달이 지난 12월까지도 꿩궈 먹은 소식이었다. 그러다가 크리스마스와 신년맞이에 모두들 기분이 들떠 있는 그 해도 거의 다 저물 무렵에 찰리는 불쑥 나타나 하는 얘기가

"농산물을 여기서 처분해야겠어요. 우리 나라엔 전에 없던 대풍년이 들어 값이 형편없이 폭락했으니 여기서 처분해요. 미안해요."

"지금이 어느 땐데 이제 와서 그런 소릴 하슈. 우리 나라에선 가을에 일년치 식량을 거의 다 사놓는다는 것을 몰라서 그러슈."

그러나 자기 나라에 수출할 수 없다고 내뻗는 데야 어떡하겠는가. 지난 가을에 국제 경쟁력 어쩌구 하던 생각이 나서 한 번 되받아 줄까 생각하다가 모른 척 꾹 참았다. 신품종이라 맛이 훨씬 좋다고 난생 처음 거짓말까지 하며 겨우 팔아치웠다. 그러나 얼마 가지 않아 맛이 없다며 물러달라고 아우성인 것을 또 무마시키느라고 진땀께나 흘렸다.

농산물 판매가 끝난 다음 비료값, 농약값과 씨앗값, 그리고 농기

구 구입비를 갚고 나니 일년 먹을 양식도 빠듯했다.

이듬해 봄에 멍구씨는 찰리한테

"금년에는 한국 씨앗을 심읍시다. 어차피 농산물을 국내서 소비해야 된다면 한국 품종을 재배해야 판매도 잘 되고 값도 제 값을 받을 것이 아닌가유. 작년의 경험두 있구 하니 금년엔 내 말대루 합시다."

"그게 무슨 소리요. 한국산이라니 그건 안 될 얘기요. 수출은 어떡할라구 한국산 운운합니까. 절대로 안 됩니다."

"작년처럼 또 수출에 실패하면 어떻게 헐려구유. 꼭 수출을 한다는 보장도 없잖어유."

"금년엔 그럴 리가 없습니다. 그러니 여러 말 말고 내 말대로 하슈."

거의 명령조였다. 똑같은 비율로 합작을 했으면 저나 나나 다 똑같은 주인인데 어떻게 된 게 나는 머슴이고 저는 주인으로 착각하는 것 같은 찰리의 행동에 멍구씨는 화가 났다. 그러나 그렇다고 번번이 싸울 수도 없는 문제고 그걸 멍구씨 혼자서 이겨내자니 마음 고생이 이만저만이 아니었다. 남들은 속도 모르고 합작을 해서 팔자 고친 건 멍구씨 뿐이라고들 부러워 했다. 그러나 사실은 해마다 골탕을 먹고 손해 본 것이 이만저만이 아니었다.

멍구씨가 제일 참기 힘든 것은 외국 품종을 재배하면서 찰리는 멍구씨를 아예 어린애 취급을 하며 시시콜콜 잔소리를 해대는 데는 자존심이 상해 도저히 견딜 수가 없었다.

어디 그뿐인가. 지금까지 보도 듣도 못한 풀들이 논바닥 가득 나제켜 뽑아도 뽑아도 계속 죽지 않았다. 그리고 삽시간에 논뚝까지 뒤덮어 제초제를 뿌려도 멀쩡히 커제켰다. 그리고 그놈들은 어찌나

• 황소 개구리 •

번식력이 왕성한지 일년 사이에 우리의 풀을 다 죽이고 그 자리를 독차지하게 되었다. 또 그 풀은 소는 말할 것도 없고 그 먹성 좋은 돼지도 거들떠 보지 않는 무용지물인 데는 더욱 속이 상했다.

그 해 가을에는 벼를 벤 논에다 보리와 밀을 갈라는 것이었다. 기가 막혔다. 저는 손 하나 까딱 않고 앉아서 잔소리만 해대다가 가을이 되기가 무섭게 챙길 것은 에누리없이 꼬박꼬박 가져가는 주제에 돈에 환장을 했는지 이젠 논에다 가을 보리까지 갈라는 것이었다. 그래서 명구씨는

"마른갈이 같으면야 모르겠지만 우리 논은 사시사철 물이 질척거려 밀, 보릴 갈 수가 없슈. 갈아봤댔자 씨앗도 못 건질 게 뻔해유."

"물이 질척거린다. 그러면 논을 깊이 파 도랑을 군데군데 치면 되겠구면."

명구씨가 한국땅의 특성상 자기네 논들은 도저히 불가능함을 아무리 역설해도 또 그 이론은 비논리적이고 비과학적이란 말만 되풀이하며 묵살해 버렸다.

그래서 싸우다 싸우다 못해 그 드넓은 논바닥을 갈아엎고 일꾼들을 사다 못해 식구들까지 동원하여 밀과 보리를 갈았다. 그러느라고 계절보다 일찍 찾아온 첫 추위에 떨면서 얼마나 고생을 했는지 모른다. 그러나 명구씨의 예측대로 겨우내 보리는 다 얼어죽었다. 몇 개 남지 않은 것들도 무설어서 노랗게 변하는가 싶더니 그만 시들시들 주저앉고 말았다. 고생은 고생대로 하고 품값이니 씨앗 값에 비료 등등 돈만 처들이고 결과는 완전한 실패였다.

그 일 때문에 면목이 없어서 그랬는지는 모르겠으나 다음 해 봄에 갑자기 읍내 사는 방텡이가 나타났다. 찰리는 본국의 사업이 바

빠서 자기를 관리인으로 임명했다고 했다. 농사에 대해선 쥐뿔도 모르고 복덕방을 합네 하며 부동산 투기니 아파트 입주권 전매니 어쨌든 그렇게 못된 길로만 수단방법을 가리지 않고 설쳐대던 놈이 이것저것 간섭과 잔소리가 어떻게 많은지 찰리는 저리 가라였다. 되지도 못한 간섭과 잔소리와 싸우다 보니 일년이 퍼뜩 지나 가을이 되었다. 추수가 끝나자 방텡이는 수확량을 3등분하자는 것이었다.

"아니 여보슈, 당신은 엄연히 찰리 대신으로 온 것인데 왜 3등분하자는 거유."

"저도 죽도록 일하며 농장 관리를 했는데 그게 무슨 섭섭한 말씀이래유. 당연히 한 몫을 받아야지유."

기가 막혔다. 일년 내내 아무것도 모르며 잔소릴 해대더니 추수를 하니 욕심이 생겨 경우도 없이 생떼를 부리고 있었다. 밤새도록 우격다짐으로 덤비는 방텡이와 싸우다 싸우다 해결이 나지 않아 찰리한테 전화를 건다니까 그제서야 슬그머니 한 발 물러서 그러면 일년간 일한 품값이나 달라고 또 떼를 썼다. 그래서 당신은 찰리 대신으로 왔으니 나와는 아무 관계없고 찰리와 계산하래도 막무가내로 이 농장에서 일을 했는데 왜 찰리한테 받느냐며 또 억지를 부렸다. 하도 속상해 찰리한테 전화를 했더니 대뜸 하는 소리가

"그건 당신네 한국인끼리의 문제이니 당신들끼리 알아서 해결하슈. 나는 거기에 개입하고 싶지 않소."

하더니 전화를 끊었다. 정말로 국제 얌체였다. 입만 열면 논리적·과학적 단어를 하느님처럼 모시고 다니던 작자가 이런 처사가 논리적이란 말인가. 그후로도 그 관리인이란 명목으로 건달을 보내 일년치기로 갈아치우기를 세 번이나 더 했다.

멍구씨의 그간 속썩은 얘기는 어떻게 말로 다 할 수가 없었다. 글자 그대로 유구무언(有口無言)이었다.

멍구씨와 같이 참을성이 있고 과묵하고 착한 사람도 이제는 더 이상 참을 수가 없었다. 그렇게 인간 같지 않은 것들과 속을 썩으며 몇 년 지나며 생각해 보니 의도적으로 멍구씨를 골탕 먹일려고 찰리 자기는 나타나지도 않고 관리인이란 명목으로 건달을 앞세운 것만 같았다. 그리고 그들을 뒤에서 조종하며 자기를 괴롭혀 모든 땅을 제 손아귀에 넣어 보겠다는 수작이 아닌가 의구심이 부쩍 나며 더는 참을 수가 없었다. 그래서 찰리한테 급한 일이니 속히 오라고 연락을 불같이 했어도 감감 소식이었다. 대여섯차례 계속 독촉을 했더니 한 달쯤 지나서야 겨우 느긋하게 나타났다.

찰리를 보자마자

"여보 찰리 이렇게 사람을 골탕먹여두 되는 거유. 나는 당신을 지금까지 인간적으로 인격을 존중하며 대했는데 이럴 수가 있어유?"

화난 김에 그간 관리인들의 횡포며 속썩은 일을 모두 털어놓자

"나는 한 번도 그런 지시를 한 바도 없고 보고 받은 바도 없소. 그건 당신들 한국인끼리의 감정상 문제지 나와는 무관한 일이니 나한텐 그런 말은 하지도 마쇼."

멍구씨가 듣자 하니 어떻게 하든 책임만 회피하려는 형편없는 위인이었다. 이런 무책임하고 덜 돼 먹은 인간과 어떻게 합작농을 할 수가 있겠는가. 안 그래도 정내미가 떨어져 넌더리가 나는 판에 몇 년만에 나타나서 사과는 커녕 뻔뻔스럽게 무책임한 말만 늘어놓는 이런 야비한 사람과 어떻게 사업을 같이 한단 말인가, 이제 끝을 낼 때가 왔다고 멍구씨는 생각하고

"찰리씨 우리 이거 해체합시다. 서로 뜻이 맞아도 어려운데 갈수
록 태산이니 차라리 해체합시다."

"아니 뭐요? 해체라 그건 안 됩니다. 합작농을 해체할 이유가 없
잖습니까. 물론 합작을 했으니 때로는 의견 대립도 있었지요. 그러
나 그러한 대립은 때로는 더욱 발전을 가져올 수도 있는 겁니다."

"뭐유. 의견충돌이 있어야 발전이 있다구. 의견 충돌두 충돌 나
름이지. 나는 당신과 합작하는 거 신물이 났습니다. 이젠 진절머리
가 난다구유. 여러 말 할 것 없이 해체합시다."

"멍구씨 그렇게는 안 됩니다. 한 번 잘 이루어 놓은 합작농을 왜
해체합니까."

"전 실망했어유. 제가 원했던 건 이런 합작이 아니었습니다. 관
계를 맺은 것도 인연인데 좋은 인연 악연이 될까 겁이 납니다. 서
로의 감정 대립이 더 악화되기 전에 해체합시다."

"안 돼요. 그건 안 돼. 안 된다면 절대로 안 되는 것입니다. 어떻
게 합작농을 혼자서 싫다고 일방적으로 깰 수가 있다는 거요. 그건
전혀 법도 모르는 무식한 사람의 무책임한 말입니다."

옥신각신하다가 찰리는 안 된다는 말만 거듭하다가 가버렸다.

잠을 이룰 수가 없어 뜬 눈으로 밤을 꼬박 새웠다.

아침밥도 소태맛이라 두어 숟가락 뜨는 둥 마는 둥하고 신작로
노씨한테 급히 만나자고 전화를 했다. 아무리 생각해도 노씨한테
농락을 당한 것만 같아 노씨를 만나 찰리를 소개한 자세한 내막부
터 다시 캐고 싶었다.

다른 때 같으면 나들이 옷으로 갈아입고 장터에 가겠지만 매사
가 다 귀찮아 입던 작업복 채 그대로 머리도 빗는 둥 마는 둥 장

터로 달려갔다.

만나자마자 반가워 죽겠다는 노씨를 데리고 싸구려 목로주점에 들어가 돼지고기 한 접시에 소주를 시켰다.

그 걸 본 노씨는

"형님 이게 뭡니까. 저 땜에 팔자를 고쳤으면 한 턱 내셔야죠. 섭섭합니다."

"그랬던가."

시큰둥하게 대답을 하고는 소주를 맥주컵에다 가득 따라 두어 잔을 거푸 마시고는 된소리 안 된소리 쓰잘 데 없이 지껄이는 노씨의 말을 중도에 딱 자르고는

"노씨 지금부터 내가 묻는 말에 솔직히 대답혀. 섣불리 딴전부리단 큰 코 다칠 줄 알어."

"형님은 제가 언제 형님을 속이는 거 봤슈. 그래 뭔지 말씀해 보슈."

"찰리 어떻게 아는 사람야."

"그거야 대사관……."

"그 씨도 안 먹히는 거짓말 때려치우구 이제 다 지난 얘기지만 솔직히 털어놔봐."

"사실을 사실대루 말해야지 그럼 어쩌라구유."

"이 자식이."

두 손으로 힘을 다해 멱살을 잡아 비틀었다. 그리고 목을 꼭 조여들어가자 금방 노씨는 캑캑거리며 죽는 시늉을 하며 버둥거리다가 두 손을 싹싹 빌며 살려달라고 애걸복걸해서 손을 놓고는 호통을 쳤다.

"바른 대로 말햇."

"뭐 속인 게 있어야 바른 대로 대지유."

"좋은 말루 할라니게 안 되겠구먼."

멍구씨는 솥뚜껑 같은 주먹으로 노씨의 아구통을 냅다 후려치니 땅바닥에 퍽 쓰러졌다. 옆에 있는 연탄집게를 집어들고 죽인다고 쫓아가니까 노씨는 그때서야 무릎을 탁 꿇고 살려달라는 것이었다.

"그럼 바른 대로 말을 해."

"예 사실은 읍내서 복덕방 하는 송씨한테 소개를 받은 거유."

"복덕방 송씨한테."

"그류."

멍구씨는 택시를 잡아타고 읍내로 달려가 송씨를 만나 알아봤다. 그랬더니 하루는 외국 사람이 들어와 합작농할 사람을 구해 달라며 여러 가지 조건을 댔다. 그런데 가끔 놀러오는 노씨가 마침 그 자리에 있다가 그 조건에 딱 맞는 사람을 자기가 알고 있으니 자기가 소개하겠다며 데리고 갔다는 것이었다.

자기를 속여서 이 꼴이 되게 한 노씨가 생각할수록 괘씸하고 당장 어떻게 하고 싶은 걸 꾹 참았다. 구전 몇 푼에 동족을 팔아먹은 매국노와 같은 자식을 지금까지 은인이라고 철철이 쌀이며 과일이며 선물꾸러밀 갖다 바친 걸 생각하니 너무 분하고 기가 막혔다.

하도 답답하여 큰 아들에게 그 얘기를 했더니 합작을 한 재산은 한 쪽에서 일방적으로 파기하지 못한다는 무한책임인가 뭔가 땜에 어쩔 수 없다고 했다. 그 말을 듣고는 더욱 난감했다. 이러다간 자기 재산을 깡그리 뺏기는 게 아닌가 겁이 더럭 났다.

그리고 일밖에 모르고 정직하게 땀 흘리는 자기를 수단 방법을 가리지 않고 갖가지로 이용하고 핍박을 가하는 찰린가 지랄인가를 생각하면 머리가 지끈지끈 아팠다. 그런 국제 사기꾼한테 지금까지 꼼짝 못하고 질질 끌려다닌 걸 생각하면 챙피하고 분통이 터졌다.

아침도 안 먹은 빈 속에다 깡소주만 디리 붓고 속만 끓이며 다녀선지 갑자기 기운이 쭉 빠지고 몸은 천근 만근 쓰러질 것만 같았다. 거기다 속까지 쓰려 요기나 할려고 들어간 곳이 노씨와 몇 번 다녀서 안면이 있는 술집이었다. 홀에서 해장국이나 먹겠다고 해도 자꾸 방으로 끌어드리는 바람에 할 수 없이 끌려 들어가 한 잔 두 잔 먹은 술이 몸도 가눌 수 없이 대취했다.

해질녘이나 되어서 택시를 잡아 타고 집에 올 때까지는 그냥 술에 흠뻑 젖어 정신이 없었다. 택시에서 내려 자기네 농장을 바라보자 눈에서 불이 번쩍 났다. 하루 종일 굶고 술에 만취한 사람답지 않게 어디에서 그런 힘이 생겼는지 멍구씨는 쏜살같이 농장문을 박차고 들어가 곡괭이를 집어들고

"이 자식 찰리 뒈져라 이놈 뒈져."

산골짜기가 쩌렁쩌렁 울리게 외쳐대며 이앙기니 탈곡기니 트랙터니 닥치는 대로 때려 부쉈다. 그 뻔뻔스럽고 음흉한 찰리에게 앙갚음이라도 하듯 멍구씨는 농장 건물이며 농기계를 닥치는 대로 부수다 부수다 기진해 곡괭일 안고 쓰러졌다.

썩은 기둥처럼 퍽 허물어진 그 위에 함박눈이 소복히 쌓이고 있었다.

푸른 갈대

질식이가 죽다니 믿어지지 않는다. 날 받아놓고 죽은 놈 없다지만 그러나 너무 허무했다. 밤새 안녕이라더니 사람이 살았대야 살았달 것도 없는 파리만도 못한 목숨인 것 같았다.

엊그제만 해도 모심을 날짜를 일일이 순번을 정하며 동네 사람들과 아웅다웅 했었다. 그런데 그 질식이가 싸늘한 시체로 돌아온다니까 영실 동네 사람 누구도 믿으려 하지 않았다.

그런데 믿거나 말거나 아침 10시에 영구차로 동네 앞까지 온다고 했다. 상여를 준비해 달란 부탁을 질식이의 동생 얼식이한테 분명히 반장이 받았다고 했다. 요즘 어느 시골이나 마찬가지겠지만 젊은 것들은 모두 도시로 내빼고 없었다. 그래서 상두꾼을 구한다는 것은 한강에서 애꾸눈 망둥이를 찾는 것보다 더 어려운 일이었다.

영실도 몇 년 전만 해도 60여 호가 넘었었다. 그리고 장정들이 득실득실해 호랑이가 쳐들어온대도 무서울 게 없던 동네였다. 그러나 최근 몇 년 사이의 두드러진 이농현상으로 다 도시로 뜨고 겨우 40여 호가 남았다. 남은 집에서도 젊은 것들은 모두 도시로 내빼고 늙은이만 남았다. IMF 때문에 귀농현상이 두드러졌다지만 그것도 모두 나이 먹은 축들이었다. 젊은 놈들은 굶어도 도시가 좋은지 귀농은 커녕 애꿎은 돈만 부쳐 달라고 부모들만 달달 볶아댈 뿐이었다.

남아 있는 젊은 놈들도 발목을 삐었네 어깨에 종기가 났네 핑계를 대며 상여 메기를 기피했다. 그래서 상여를 한 번 멜라면 이 동네 저 동네로 사람을 꾸러 다녀야만 했다.

오늘도 반장인 망득이가 첫새벽부터 물 건너 양짓말과 미둥굴 모랭이 갈겨울까지 손가락이 부러지게 전화 버튼을 눌러대어 겨우 인원을 채웠다.

더구나 요즘이 어느 땐가 일년 중 가장 바쁜 모내기 철이 아닌가. 그러니 다들 모내기 일을 맞추어 더욱 어려운 상황이었다. 그렇다고 시체를 신작로 바닥에 뻗쳐놓고 밤까지 기다릴 수는 더욱 없는 노릇이 아닌가. 이래 저래 속을 태우는 건 반장 뿐이었다. 새벽같이 다들 논에 나가서 통화도 어려웠다. 천신만고 끝에 전화를 받더라도 믿으려 하지 않았다.

"예끼 이 사람 질식이가 왜 죽어 농담두, 첫새벽부터 재수 없게 그런 농담을 왜 혀. 장난 말구 싸게 전화 끊어."

"바뻐 죽겄는디 무슨 농찌거리여. 지난 장날 벌전에서 함께 막걸릴 먹었는디 뭔 소리랴 남의 싸움에 칼 빼들지 말구 끊어."

그렇게 말하며 첫마디에 전화를 끊어 버리든가

"이 사람 바쁜 사람 데리구 무슨 개구리 방귀 뀌는 소리랴. 자네 머리가 어떻게 된 게 아녀."

"아녀 그게 아녀. 내 말을 믿구 오늘 10시까지 영실 앞 신작로로 나오게 응."

"자네 내가 지난 번에 농담으로 속였더니 꽁하구 있다가 복수헐려구 그러지. 나는 안 속네 안 속어."

그렇게 펄쩍 뛰며 아예 거짓말로 돌려 버리기가 일쑤였다.

기가 막혔다. 그러나 누구도 믿지 않는 게 당연한 일일 것이다. 엊그제까지만 해도 펄펄 살아있던 질식이가 죽었다니 누가 믿겠는가. 믿는다면 그 놈이 미친 놈이지. 그러나 시간이 10시가 가까워지자 사람들이 하나 둘 영실 앞 신작로 검은다리로 모여들기 시작했다. 이 바쁜 철에도 모 심다 말고 논흙이 잠뱅이에 덕지덕지 묻은 채 뛰어 왔다. 고추밭이나 참외밭을 매던 아주머니들도 흙 묻은 호미를 든 채 뛰어 왔다.

온 동네 사람들이 일손을 놓고 달려 왔다. 아무리 바쁜 철이라 하더라도 동네서 초상이 났는데 일을 하는 것은 사람의 도리가 아니라고 생각했기 때문이었다.

그리고 아무리 급한 빨래도 하지 않고 이미 울타리나 빨랫줄에 널었던 빨래도 모두 걷었다.

그리고 색깔이 다 바래고 칙칙하게 낡아 초라한 상여가 행길가에 놓여 있었다. 그래도 그때까지 설마설마하고 믿지 않던 마을 사람들도 상여를 보는 순간 모두들 눈가에 이슬이 맺히기 시작하였다. 질식이의 죽음을 믿으려 하지 않던 마을 사람들은 질식이 한강에 빠져 죽었다는 애길 듣곤 모두들 다시 한 번 놀라며 믿을 수가 없다고 수군대었다.

상여도 그렇다. 요즘 노인들이 작고하면 화려한 꽃상여를 사다가 모셨다. 그러나 질식이야 그런 걸 준비할 경황도 없었지만 워낙 50

이 갓 넘은 젊은 사람이고 또 죽음 자체가 떳떳치 못한 것이어서 꽃상여는 생각도 안 했다.

그래서 수십 년간 쓰던 상여를 이용하니까 자연히 낡고 그의 죽음만치나 추레해 보일 수 밖에 없었다.

10시가 조금 넘자 영구차가 도착했다. 영구차에서 시신이 상여로 옮겨지고 조문객을 받았다. 상주래야 군대서 갓 제대한 큰 아들과 두 딸에 막내 아들 뿐이었다.

오전 10시라지만 5월의 태양은 불덩어릴 사정없이 뿜어제켰다. 그런 숨이 턱턱 막히는 더위 속에서도 누구도 더위를 느끼지 못했다. 그렇게 질식이의 죽음은 동네 사람들을 모골이 송연케 했다. 조문을 받자 참았던 울음들이 막혔던 봇물 터지듯 해 온통 울음 바다였다. 어른이고 애고 가릴 것 없이 온 동네가 엉엉 울음판이었다.

질식이가 서울에 간 건 그저께 아침이었다. 새벽같이 일어나 반장인 망득이와 몇몇 젊은 사람들이 모내기할 순서를 가지고 일정을 조정했다. 이 동네서 모심는 이앙기는 질식이만 유일하게 가지고 있었기 때문이었다. 전날 밤부터 서로가 먼저 모내길 하겠다고 특히 젊은 사람들이 우기었다. 반장과 질식이는 붉은디기 건답과 노인들의 논을 먼저 모심어 줘야 한다고 주장했다. 그러나 젊은 사람들은 그게 아니었다.

"안 돼유. 우리 논부터 심어 줘유. 안 그러면 건너 마을에 가서 이앙기를 구해다 심을뀨."

"이 사람아 자네가 좀 양보허게. 금년엔 마침 비가 일찍 와서 건답에 물을 댈 수 있었지만 며칠만 지나면 물이 말러서 모를 못 심는다는 것은 자네들두 잘 알잖어. 양보허게 응."

“안 돼유. 그렇겐 못 혀유.”

“사람들두 참, 왜 그렇게 빡빡하댜. 그러구 노인덜만 있는 집두 그려. 다른 사람들은 다 모를 심는디 일손이 없는 노인네 집만 빼놔보게 얼마나 서운허겠나.”

“그건 이유가 안 돼유 양보 못 혀유.”

“이 사람아 자네가 객지에 나가 공사판으로 돌아다닐 때두 동네 사람들이 다 양보해서 자네네 논부터 모를 심어 줬었네. 그게 어른들에 대한 예의여 이 사람아.”

“무슨 말씀을 혀두 저는 제일 먼저 모를 심어야 혀유.”

객지 물을 먹으면 사람 버린다더니 집을 나가 공사판에 가기 전까지는 그렇게 예의 바르고 착하던 무참이가 몇 년간 공사판에서 떠돌다 집에 오더니 사람이 못 쓰게 변해 있었다. 경우도 없이 우기고 어른 애 가리지 않고 뭐든지 제 주장만 옳다고 했다. 그리고 아무것도 모르는 주제에 아는 체는 혼자 다하니 버릇없는 꼴불견이었다. 한 마디로 싸가지 없게 변한 것이었다.

무참이가 그런 식으로 나오자 젊은 사람들은 너도 나도 양보를 않겠다는 것이었다. 그래서 전날 밤에 질식이는 모내기 일정을 짜다가 화가 나서 그만 팽개쳐 버리고 말았다. 그런데 다음 날부터 모내기는 해야 되고 시간은 없고 해서 그저께는 새벽같이 일어나던 길로 반장을 깨워서 일정을 조정하였다. 아침을 먹고는 서울에 사는 동생네를 다녀와야 되기 때문에 시간이 없었기 때문이었다.

동생 얼식이는 서울에서 직장에 다녔는데 같은 회사의 여사원과 사내 결혼을 했다. 그런데 결혼한 지 10년이 지나도 애기가 없었다. 나이는 40이 넘었는데 애기가 없으니 얼마나 걱정이 되겠는가. 친정에서나 시집에서 초비상이었다. 그래서 좋다는 것은 안 해본 것

• 푸른 갈대 •

없이 다 한 끝에 결국은 뒤늦게 아들을 낳았다.

그런데 그날이 그 애기의 백일날이었다. 그래서 눈코 뜰새 없이 바쁜 철이었지만 열일 젖혀 놓고 동생네 집으로 달려갔다. 과연 동생네 집엔 귀한 아들 백일답게 외갓집과 이웃들과 친구들이 몰려왔었다. 잠깐 인사나 하고 올 계획이었지만 그게 아니었다. 더구나 마침 일요일이기 때문에 하루 종일 손님들이 몰려 왔었다. 오는 사람마다 축하한다며 집에 간다면 붙들어 앉히고 술을 권했다. 가랑비에 옷 젖는 줄 모른다더니 술을 못 먹는다고 반 잔씩 받았지만 다 저녁땐 정신없이 취기가 올랐다.

점심도 걸른 채 술에 시달리다 저녁때가 다 되어 도망쳐 나오다시피 뛰쳐나왔었다. 동생이 서울역에 가서 기차를 태워 준다는 것을 손님들이나 잘 대접하라며 간신히 뿌리치고 혼자서 동생네 집에서 나올 때가 오후 여섯 시도 훨씬 지난 뒤였다.

얼식이는 저녁에는 또 저녁대로 직장 동료들과 친구들이 몰려와 정신없이 노랠 부르며 신나게 노는데 고향의 형수한테서 전화가 왔었다.

"형님은 아직 안 떠났어유?"

"무슨 말씀이세요. 아주머니."

"형님 아직두 거기 계시냐구유. 내일 아침부터 이앙기로 모심어 준다구 일을 다 맞췄는디 빨리 좀 가라구 허셔유."

"아주머니 형님은 아까 떠났슈. 지금쯤은 집에 닿구두 남을 시간인디유."

"뭐유. 그런디 왜 여태 안 온대유. 몇시에 떠났는디유?"

"오후 6시가 조금 넘어서유. 제가 서울역까지 모셔다 드린다구 했지만 집에서 손님들이나 잘 대접하라며 혼자서 떠나셨는디유."

"얼레 그럼 워떻기 된 거래유. 오다가 장터서 또 속없이 술 먹는 게 아닌가 모르겠네. 야 알았슈. 잘있슈."

전화를 끊은 게변댁은 화가 치밀어 올랐다. 지금이 어느 땐가, 죽은사람 손이라도 빌린다는 모 심는 철이 아닌가. 그것도 내일부터 첫 시작인데 일찍 와서 이앙기도 손보고 이것저것 단두리를 하지 않고 술추렴하고 있을 남편이 미웠다.

그러나 저러나 새벽 네시가 훨씬 지났는데도 남편은 깜깜 무소식이었다. 처음에는 속이 부글부글 끓었지만 시간이 갈수록 초조해지고 걱정이 되었다. 혹시나 사고나 나지 않았나 싶어 밤새도록 발을 동동 구르며 대문밖을 수 없이 들락거렸었다. 그러나 길고 긴 밤을 남편의 소식을 모르는 채 하얗게 밝히었다.

날이 채 밝기도 전에 그날 모심기로 되어 있는 논 임자들이 몰려왔었다. 그러나 아직 서울서 오지 않았다는 얘길 듣고는 다들 분통을 터뜨렸다.

"이 사람 정신이 있는겨 없는겨. 남의 농사를 망쳐 놀려구 작정을 했구먼. 에이 나쁜 사람 같으니라구."

"뭐유. 아직 서울서 안 왔다구유. 사람 쥑이네."

"다른 사람 속타는 줄 몰르구 이게 무슨 수작여. 이앙기나 있다구 뵈는 게 없나. 나 참 드러워서."

"농사를 망치면 책임을 질껴. 논물이 바짝바짝 타들어 가는디 워쩔라구 그런댜. 사람 환장허겠네."

불난 집에 부채질한다고. 지금 사람이 죽었는지 살았는지 모르는 판에 모심는 게 그렇게 중요한가 싶었다.

동네 사람 누구도 남편에 대해 걱정하는 사람은 없고 모두 자기들 잇속만 따지는 데는 게변댁도 너무 서운했다.

• 푸른 갈대 •

그리고 세상 인심이 이런 것인가도 싶어 크게 실망했다.

남편이 늦게 올 때는 오더라도 모내기를 미룰 수는 없었다. 그래서 우선 반장한테 이앙기로 모를 심어 주라고 사정을 하였다. 그러나 반장은 이앙기로 모를 심을 줄 모른다고 했다. 그래서 자기 남편과 같이 매년 모내기를 함께 다니다시피 하였으니 서툴더라도 심어보라고 사정했다. 그러노라면 남편이 오지 않겠느냐고 안심을 시켜서 이앙기를 끌고 나가게 했다.

운전이 서툴러 헛간에서 바깥마당을 벗어나는 데만도 엔진이 거짓말 하나 보태지 않고 열번은 더 꺼졌을 것이다. 그리고 헛간 기둥을 쓰러뜨리고 텃밭의 마늘이며 채소를 완전히 뭉개 버렸다. 그러나 그렇게라도 반장이 이앙기를 끌고 들에 나가자 그때서야 동네 사람들의 항의가 수그러 들었다.

그러고도 서울 동생네 집에 계속 연락을 해 봤으나 서울에도 아무 소식이 없다는 것이었다. 그래서 게변댁은 점심 때까지 눈이 빠지게 기다리다 못해 서울로 달려갔다. 서울에 간들 무슨 뾰족한 수가 있는 것은 아니었다. 그러나 앉아서 기다리는 게 하 답답해서 시동생과 의논이라도 하면 무슨 방법이라도 생길까 싶어 서울로 달려간 것이었다.

아들 상민이와 함께 서울에 도착한 게변댁은 가까운 친척댁이나 친구들 집으로 연락을 해봤다. 그러나 하나같이 자기들 집엔 얼씬도 안 했다며 무슨 일이 있느냐며 오히려 되묻곤 하였다.

그렇게 피말리는 또 하루가 지나갔다. 아침부터 밥 한 숟가락 입에 대지 않고 하루 종일 굶었어도 배고픈 줄을 몰랐다.

밤엔 밤대로 밤새도록 악몽에 시달렸다. 눈만 감았다 하면 남편이 교통사고를 당하는 꿈이었다. 그리고 흙탕물에 빠져 허우적대며 살려달라고 외치는 꿈이었다. 악몽에 시달리며 거의 뜬 눈으로 밤을 새웠다.

연락이 끊긴 지 3일째가 되는 날 게변댁은 남편의 신변에 큰 이상이 생겼음은 의심할 나위가 없다고 생각했다. 그래서 남편을 찾는 방법을 가만히 앉아서 연락만을 기다리는 소극적인 방법을 적극적으로 바꾸기로 했다. 그래서 우선 남편의 최근 사진을 확대해서 경찰서마다 찾아가 주고 실종신고를 하였다.

그리고 아들과 함께 사람이 많이 모이는 공원이나 시장 골목을 누비며 사진을 보이며 목격자를 찾았다. 그러나 모두 허사였다. 그런데 해가 진 뒤에 경찰서로부터 연락이 오기 시작했다.

신원을 확인할 수 없는 교통 사고자가 있는데 확인해 보라는 통보였다.

그래서 10여 군데도 넘는 종합병원 시체실을 혹시나 해서 경찰관과 함께 찾아가 시체를 확인했다. 어떤 시체는 얼굴이 몰라볼 정도로 망가져 있어 손가락이나 발가락을 보고 확인을 했다. 그런가 하면 어떤 시체는 형체도 모르게 망가져 걸레처럼 찢긴 의복 조각으로 확인을 해야만 했다. 어쨌든 그렇게 10여 군데의 병원을 돌고 시동생네 집에 왔을 땐 거의 새벽이 다 되었었다.

그리고 한숨 자려고 눈을 붙이면 또 악몽에 시달리곤 했다. 그렇게 아침을 또 맞았다. 식구들이 모여 상의했지만 남편은 이제 이 세상 사람이 아니라는 결론이었다. 살아있다면 이렇게 오랫동안 소식이 없을 수가 없다는 얘기였다. 평소 남편 질식은 읍내 술집에서 친구를 만나 조금 늦더라도 꼭 전화를 해줬었다.

그렇게 책임감이 강하고 철두철미한 남편이었다. 그런데 이렇게 며칠간을 연락도 않고 있을 무심한 사람이 아니라는 것이었다.

· 푸른 갈대 ·

여러 가지 상황을 종합해 보건대 남편이 살아있을 확률은 거의 없는 것만은 확실한 것 같았다.

소식을 들은 친척들이 몰려와 몇 개 파트로 나누어 서울 전역을 구석구석 누비었다. 그러나 효과는 전무했다. 밤에는 밤대로 채널을 바꿔가며 뉴스를 듣고, 낮에는 낮대로 라디오를 아예 들고 다니며 뉴스는 빼놓지 않고 꼬박꼬박 들었다. 그러나 모두가 헛수고였다.

게변댁은 하루에도 수십 번씩 집에 전화를 했다.

"아빠한테 연락이 왔었니?"

"아니, 엄마 아빠는 어떻게 되었어."

"아직 소식이 없어……."

"그래유 엄마, 아빠 못 찾으면 어떻해 응."

"아냐 아빠는 별 일 없을 거야. 굶지 말고 밥 잘해 먹고 도시락도 잘 싸가지고 학교에 잘들 다녀 응."

"예 그렇게 하고 있어요. 참 이앙기가 고장이 났대요. 그래서 오늘 오후 내내 모내기를 못 했다며 아버지한테 아직 소식이 없느냐며 반장 아저씨한테 여러 차례 전화가 왔었어유."

"그랬냐. 참말로 속 썩이는 것도 여러 가지구나. 참 막내도 숙제 잘하는가, 너희들이 잘 살피고 학교에서 끝나면 집으로 일찍 오라고 혀. 혹시 아빠한테 전화가 올지도 모르니께 알았지?"

"응 엄마, 아빠나 빨리 찾아. 여기 집 걱정은 말고."

몸은 서울 시동생네 와 있지만 마음은 언제나 집에서 맴돌았다.

여기는 큰 아들과 함께 왔으니 집에는 고등학생인 두 딸과 중학생인 막내 아들만 있으니 마음이 놓일 수가 없었다. 헛일인 줄 뻔히 알면서도 그래도 설마하고 집에다 전화를 걸었다간 곧 실망하곤 했다. 게변댁은 물에 빠진 사람이 지푸라기라도 잡고 싶어 한다는 심정을 이제야 이해할 것만 같았다.

매일같이 첫 새벽부터 밤늦게까지 서울 시내를 누비다가 자정이 다 되어 시동생네 집에 가면 황소처럼 억센 게변댁이라도 몸이 솜처럼 풀어졌다. 손가락 하나 까딱할 힘도 없었다. 더구나 며칠간 곡기를 끊고 차가운 음료수만 퍼 넣었다. 속에서 불이 나 음료수라도 먹지 않곤 견딜 수가 없었던 것이었다.

그러니 그렇게 풀어질 수 밖에 더 있겠는가. 자리에 눕자마자 또 악몽에 시달리는데 아들 상민이가 깨웠다. 뚝섬 근처 파출소에서 연락이 왔다는 것이었다. 익사체가 있는데 와서 확인을 하라는 것이었다. 말만 들어도 섬찟했다. 그러나 어쩌겠는가. 그래서 또 상민이와 부랴부랴 택시를 잡아 타고 뚝섬 파출소로 달려갔다. 익사체가 셋인데 가서 확인을 하자고 했다.

아무리 밤이라곤 하지만 시커먼 구름이 끼어 별빛 하나 없는 칠흑의 밤이었다. 순경 한 사람과 조그만 손전등을 켜들고 가는데 게변댁은 걸음을 잘 옮겨 놓을 수가 없었다. 순경과의 거리가 자꾸 멀어지니까 더 어둡고 앞을 분간할 수가 없어서 뒤뚱뒤뚱 걷다가 기우뚱하면 쓰러지곤 하였다.

옆에서 상민이가 부축을 했지만 다리의 힘이 쭉 빠져 그 자리에서 콱 주저앉고만 싶었다. 조금 전까지만 해도 만약 남편이 이 세상 사람이 아니라면 그 시체라도 속히 찾아야 된다고 생각했다. 그것만이 자기의 도리일 것 같고 또 간절한 소망이었다. 그러나 막상 익사체를 확인하러 가는 상황에서 이제 남편의 시체를 찾아내면 생존에 대한 일말의 실낱같던 희망도 사라진다 생각하니 정신없이 몸이 떨리고 머리가 깨지는 것같이 아프고 현기증이 났다. 더듬더듬 순경의 뒤를 쫓아가자 생선 썩는 냄새가 확 코를 때렸다. 게변댁은 자기도 모르게 코를 싸쥐고 헛구역질을 했다. 그렇게 지독한 냄새는 생전 처음이었다.

"빨리 오슈. 바로 여깁니다."

재촉하는 애띤 순경의 독촉을 받고도 한참 지나서야 순경 옆에까지 닿을 수 있었다. 참으로 가깝고도 먼 거리였다. 이 길이 남편의 이승과 저승을 갈라놓는 바로 그 마지막 길이라는 생각이 들었다. 게변댁은 지금까지 자기를 지탱하게 했던 어떤 보이지 않는 막연하나마 남편에 대한 희망의 밧줄이 우지끈 끊어지는 절망감에 전신의 힘이 싹 빠지며 금방 쓰러질 것만 같았다. 상민이의 부축을 받으며 가까스로 순경 옆에까지 바짝 다가가자 순경이 거적대길 번쩍 걷어치우며

"아주머니 찬찬히 확인하셔요. 이쪽으로 바짝 와서요."

내키진 않지만 순경 옆으로 바짝 다가갔다. 머리가 쭈뼛 하늘로 치솟고 식은 땀이 등줄을 타고 흘러 내렸다. 금방내 숨이 멎을 것만 같았다. 그런 게변댁의 마음을 알았는지 아들 상민이가

"어머니 왜 그러셔유. 괜찮유. 제가 옆에 있으니 걱정 마유."

"그려 참 네가 있었지. 든든한 아들이 있었지……."

마음을 가라앉히고 순경이 후래쉬로 비추는 익사체를 바라보려는 순간 생선 썩은 내가 또 확 풍기었다. 그래서 재빨리 외면을 했는데 상민이가

"아니네유. 아닙니다. 아저씨."

"그래요. 똑똑히 봐요. 그럼 다음 시체를 봅시다."

그래서 다음 시체를 봤다. 그 시체도 상민이 아버지가 아니라고 했다. 마지막 세번째는 더욱 지독한 냄새가 났다.

응당 부인인 게변댁이 남편의 모습을 확인해야겠지만 도저히 그

럴 수가 없었다. 세번째의 익사체도 역시 상민이 확인하고 모르는 사람이라고 했다. 게변댁은 그 장소에서 어떻게 나왔는지 모른다.

갈 때보다 더 많이 발을 헛디뎌 쓰러지며 누가 뒤에서 자꾸 붙잡는 것 같아 정신없이 도망치듯 그곳에서 빠져 나왔다. 옆에서 상민이가 부축을 해 줬으니 망정이지 그렇지 않았으면 한 발짝도 움직이지 못 했을 것만 같았다. 처음에 시체 확인차 들렀던 파출소에 다시 들러 인사를 하고 나오니 마음이 조금 진정되는 것 같았다.

공중전화에 가서 시동생네 집으로 또 전화를 했다. 그랬더니

"아주머니세요. 어떻게 됐어요?"

"어떻게 되긴유. 남의 썩은 시체만 죽도록 구경하다 왔지유. 내 참."

"그런디 마포 쪽에도 또 익사체가 있다고 연락이 왔어요. 제가 갈까요?"

"아녀유 서방님은 집에서 여기저기서 오는 연락이나 받으셔유. 지가 상민이랑 다녀갈게유."

말은 아무렇지도 않게 했지만 마음은 또 초조하고 불안하기만 하였다.

어찌하여 살아있으니 데려가라는 희망적인 연락은 하나도 없고 맨 죽은 사람만 확인해 보라니 참말로 절망과 좌절 뿐이었다.

그러나 어쩌겠는가 또 가야지. 그래서 또 택시를 잡아 타고 마포강으로 달려갔다. 우선 강 옆의 파출소에 들렀다. 시체가 다섯 구니 확인해 보라고 했다.

순경 하나가 빨리 가서 확인하자고 앞장서서 걸었다. 게변댁은 말없이 상민이와 함께 내키지 않는 걸음으로 터벅터벅 따라가기 시작했다.

어둠은 더욱 칠흑이었다. 거기다 간간이 후드득 후드득 비까지 뿌리는 을씨년스런 날씨였다.

게변댁과 상민은 발을 헛디뎌 자꾸 넘어지는데 순경은 성큼성큼 잘도 걸어갔다. 후래쉬가 깜빡깜빡 하더니 그것마저 꺼지고 불이 안 들어왔다.

낭패였다. 불이 있어야 시신을 확인할 게 아닌가. 순경은 저만치 앞서가며 누구더러 그러는지 계속 욕을 해대고 있었다. 게변댁이 짐작컨대 후래쉬 약이 다 닳았어도 갈아 끼우지 않고 쫄다귀만 콜탕 먹인다고 상급자들한테 욕을 하는 것 같았다.

그렇게 툴툴대며 모래사장을 한참 가더니만

"뭐하세요. 빨리 오지 않구."

"야 알았슈. 싸게 가구 있구먼유."

"여기서부터 확인을 해얍니다. 빨리 오세요."

순경이 서 있는 곳 가까이 가니 아까 뚝섬에서 맡았던 생선 썩는 고약한 냄새가 또 코를 콱 찔렀다. 시체는 달라도 냄새는 어쩌면 그렇게 하나같이 지독하게 똑같은지 몰랐다.

"그런디 순경 아저씨 불두 없이 어떻게 확인한대유."

"예 방법이 있지요. 여기 초를 준비했거든요."

게변댁은 기가 막혔다. 요즘 영실 같은 깡촌에서도 아주 밝은 손전등을 켜고 물꼬를 보러 다닌다. 그런데 우리 나라의 최고 화려한 문명도시 수도 서울에서 이 캄캄한 밤중에 촛불을 켜고 시신을 확인하다니 어처구니가 없었다.

"자 똑똑히 확인을 하세요."

"글쎄유. 불이 어두워서 원 잘 보일지 걱정이네유."

게변댁을 부축하고 다니며 아무 말이 없던 상민이가 하도 기가 막히니까 한 마디 하였다. 첫번째 시체는 아주 나이 어린 젊은 애였다. 그 다음 사람은 덩치가 어찌나 큰지 깍지동만한 게 첫눈에도 상민 아버지가 아님을 알 수가 있었다.

"세번째 시신은 여잡니다. 그러니 당연히 확인할 필요가 없지요."

"아니 여자도 투신 자살을 하나유."

"살고 죽는 데야 여자 남자의 차별이 있나요. 똑같지요."

"글쎄유. 워찌 이해가 잘 안 되네유. 워쨌든 건너 뛰지유 뭐."

네번째 익사체도 아니었다. 얼굴을 볼 것도 없이 구두와 양말과 바지를 보니까 상민 아버지의 것이 아니었다.

마지막 다섯 번째를 확인하러 가는데 게변댁의 마음이 왜 그렇게 불안한지 냉정해야 된다고 생각하면서도 마음을 진정할 수가 없었다. 후래쉬도 없이 촛불을 켜들고 가자니 촛불을 든 순경이 조금만 기우뚱해서 촛불을 가린 손바닥을 떼면 불은 금방 꺼지곤 하였다. 그래서 몇 십번을 라이터를 켜서 촛불을 다시 붙였는지 몰랐다.

"이제 마지막 시신입니다. 찬찬히 잘 보십시오."

"예 그런디 불 좀 얼굴 가까이 비춰봐유. 차라리 촛불을 이리 줘유."

언뜻 보기에 저의 아버지 비슷한 낌새를 느꼈는지 상민이가 순경이 가지고 있던 촛불을 달랬다. 우선 거적을 벗기기 전에 구두와 양말과 양복을 확인하니 모두 자기 아버지 것이 틀림 없었기 때문이었다.

거적을 걷어치우고 얼굴을 보았다. 물에 흠뻑 붓고 일그러지기는 했어도 저의 아버지 모습과 비슷했다.

"어머니 찬찬히 봐유. 아버지 같어유. 야."

· 푸른 갈대 ·

"그려 느이 아버지시다. 틀림없당께. 아이고 상민 아버지 이게 어찌 된 일이래유. 상민 아버지. 상민 아버지."

"똑똑히 보세유. 확실합니까."

"그런 것 같유……."

"그런 것 같은 게 아니라 확실해야지요. 알았습니다. 우선 파출소로 가시지요."

그래서 다시 파출소로 가서 우선 시동생한테 전화부터 했다.

"서방님 여기는 마폰디유. 형님 같은 분이 확인됐어유. 그래두 모르니께 밝은 손전등 좀 하나 구해 가지고 와 봐유. 얼릉유."

"알았슈. 아주머니 지금 계신 데가 워딘가요."

"예 여긴 강 옆 파출소유. 택실 잡아 타구 싸게 여기로 와유."

그래서 시동생과 거기에 와있던 시누이니 시누이 남편이니 하는 친척들이 택시를 잡아타고 금방 달려 왔었다.

어떻게 구했는지 불빛이 쫙쫙 쏴갈겨 강건너까지 환하게 꿰뚫어 비추는 전등을 3개나 준비해 가지고 왔었다. 일행은 순경과 함께 또 다시 맨 끝에 있는 익사체를 샅샅이 살펴봤다. 친척들도 다들 상민 아버지가 틀림없는 것 같다고들 하였다.

그래서 파출소에 가서 절차에 따라 수속을 마치고 장의사에 연락하여 염습을 한 다음 입관까지 하였다.

그러다 보니 거의 날이 훤하게 밝을 때가 되었다. 그래서 얼식이가 파출소에 가서 영실 동네 반장 망득이한테 전화를 걸어 상여며, 못자리며, 기타 음식준비 등등을 해달라고 전화로 부탁하였다. 그러고는 장의차에 시신을 싣고 시골로 내려왔다.

동네 사람들은 질식이 불쌍해 어떻게 보내느냐며 상여를 붙잡고 울고 게변댁을 붙들고 울었다. 그러나 게변댁은 땅바닥에 철부덕

주저앉아 넋을 잃고 있었다. 앞 일을 생각하면 하늘이 와르르 무너지고 눈 앞이 캄캄한 암흑이었다.

그런 게변댁을 마을 사람들은 실성했다고들 하였다.

질식을 생각하면 너무나 가엾고 불쌍했다. 고생을 면하고 이제 밥술이나 먹을 만하니 세상을 뜨다니 지지리 복도 없는 사람이었다. 그러나 아무리 생각해도 그의 죽음이 믿어지질 않았다. 아니 죽을 만한, 더구나 자살할 만한 이유가 전혀 없었다. 아이들이 다 착해서 속 하나 안 썩이고 공부 잘하고 잘 자라겠다, 재산도 그만하면 시골서 큰소리치며 살 수 있겠다, 부인이 속을 썩이나, 뭐 하나 부족할 게 없는데 한강에 투신 자살이라니 도저히 믿을 수가 없었다. 그러나 부인할 수 없는 엄연한 사실이니 어떻하겠는가.

질식은 열살도 되기 전에 조실부모하고 동네서 거지처럼 떠돌아다니며 얻어 먹었다. 한 마디로 천애고아요, 오갈 데 없는 거지였다. 그러나 마음은 착하고 정직해서 배고파 굶어도 남의 물건에 손하나 대지 않았다. 그래서 동네 사람들은 기특하게 생각하며 밥도 주고 헌 옷가지도 주곤 했다. 조금 더 자라 삯멕이로 애머슴을 살면서도 자기 밥을 덜어 두 동생을 먹여 살렸다. 그러다가 차츰 장성하여 정식으로 새경을 받으며 머슴을 살았다. 그런데 자기는 머슴을 살아도 동생들은 초등학교에 보냈다. 처음에는 동네 사람들이 그런 질식이를 미친 놈이라고 손가락질하며 흉을 봤었다.

그러나 차츰 세월이 흐르며 질식이를 다들 그런 형이 없다며 칭찬을 아끼지 않았다. 질식은 계속 그 힘든 머슴을 살면서도 남녀두 동생들은 중학교까지 가르쳤다. 촌에서 웬만한 부자도 초등학교를 졸업하면 농사를 짓게 하는데 두 동생들을 머슴 산 새경을 다 털어 중학교까지 보냈다. 중학교를 졸업한 두 동생들은 서울로 올라가 취직을 해 낮에는 공장에서 일을 하며 밤에는 야간 고등학교를 다녔다. 그렇게 가난하지만 열심히 해서 대학까지 마치게 되었다.

그러나 질식은 그런 동생들을 더 못 가르친 것을 미안해 했지 자기는 배우지 못하고 동생들만 가르친 걸 한 번도 후회한 일이 없었다.

오히려 그 동네서는 지금까지 4년제 정규대학을 졸업한 사람은 오직 자기 동생들 밖에 없음을 항상 자랑으로 생각했었다. 동생들이 서울로 가자 머슴 산 새경을 장리를 놔서 불리다가 싼 땅이 나는 대로 사곤 했다. 그러다가 머슴을 그만두고 농사를 지으면서 지독하게 절약하며 부지런히 일을 해서 이제는 동네서 제일 가는 부자가 되었다.

그렇게 근면하고 성실한 모범적인 사람이 한강에 투신 자살이라니 그건 믿을 수 없는 사건이었다. 그래서 동네 사람 누구도 그 말을 믿으려 하지 않고 뭐가 잘못 돼도 크게 잘못 된 일이라고들 수군댔다.

어허허 어허야 어허
간다 간다 나는 간다
북망산천에 나는 간다
어허허 어허야 어허
잘 있거라 잘 있거라
처자식들 잘들 있게
어허허 어허야 어허

이제 가면 언제 오나

오실 날이나 일러주오

어허허 어허야 어허

가네 가네 나는 가네

북망산천에 나는 가네

어허허 어허야 어허

상두꾼들이 구슬픈 소리를 하며 동네 앞을 지날 때 마을 사람들이 다 상여 뒤를 따르며 통곡하였다. 그렇게 동네 사람들의 가슴에 못을 박고 질식은 갔다.

묘는 질식이가 머슴 살 때 맨 처음 산, 큰말 꼭대기 비탈밭의 양지 바른 곳에 썼다. 그토록 고생만 하고 이제 겨우 50고갤 막 넘긴 삶, 원이나 없이 동네와 자기 집을 마음껏 지켜 보라고 거기에 묘를 썼던 것이었다.

장례를 끝내고 집으로 오자마자 비가 부슬부슬 내리었다. 모내기철에 물이 부족해 걱정이 태산 같았는데 질식은 죽어서까지 좋은 일만 한다며 동네 사람들은 또 한 번 그의 후덕한 마음을 칭송하였다.

집으로 하나 가득 모였던 동네 사람들도 저녁이 되자 하나 둘 돌아갔다. 식구들만 쓸쓸히 남아서 저녁을 먹는 둥 마는 둥 눈물만 흘릴 뿐이었다. 게변댁은 며칠째 밥 한 술 뜨지 않고 밤을 꼬박꼬박 새웠으니 무슨 기력이 있겠는가.

축 처져서 늘어져 있었는데 몇시나 되었을까 큰딸이 전화를 받으라고 성화를 부렸다. 귀찮은 마음으론 안 받고 싶지만 반장이라니 안 받을 수가 없었다. 그토록 장례 때문에 고생을 했는데 어떻게 안 받느냐며 수화기를 넘겨 받았다. 그랬더니

"아주머니세요. 지금 빨리 텔레비젼 뉴스 틀어봐유. 싸게유."

숨이 넘어갈 듯 재촉해서 무심코 큰딸한테 뉴스 좀 틀라고 했다.

아 그랬더니 머리에 붕대를 칭칭 감고 손에는 깁스를 한 환자의 모습이 나왔다. 그러자 딸들이

"엄마. 아빠야 아빠. 오빠 이리 와봐. 아빠야."

"애들이 헛것을 또 보구 있구먼 느이 아버진 웃골 밭에 묻히셨어. 무슨 소리여."

"아녀 엄마 눈을 뜨고 저길 봐. 엄마 저 텔레비젼 좀 봐."

"그류 어머니 아버지유. 틀림없는 아버지유."

"뭐라구……!"

깜짝 놀란 게변댁이 벌떡 일어나 눈을 크게 뜨고 텔레비젼 쪽으로 눈을 돌렸을 땐 막 화면이 바뀌면서 아나운서의 낭랑한 목소리만 들렸다.

"여기 이분은 4일 전 오후 여섯시 반 경 서울역에서 깡패 두 명이 시골서 상경하는 처녀를 납치하려는 것을 목격하고 그들과 용감히 격투를 하였습니다.

그래서 다행히 처녀는 구했지만 그들이 휘두른 몽둥이에 팔이 부러지고 머리를 다쳐 아직 의식을 회복하지 못하고 있습니다. 참으로 안타까운 일입니다. 그 현장에는 수십 명의 사람들이 지켜보고 있었답니다. 그러나 누구 하나 깡패들에게 덤벼들지 않고 구경만 했었답니다. 이런 훌륭한 분이 계시다는 것은 우리 사회에 아직도 정의가 살아 있음을 보여준 자랑스런 일이라고 생각합니다. 그래서 서울시에서는 자랑스런 시민상을 수여키로 결정했다고 합니다. 다시 한번 말씀 드리겠습니다. 이 분의 연고자나 아는 분은 본 방송국이나 서울 잘나병원에 연락주시기 바랍니다."

하는 아나운서의 말이 끝나며 다시 환자의 모습이 텔레비젼 화
면 가득히 나타났다. 그러자 게변댁은
"아니 여봇······."
외마디 소리와 함께 그만 정신을 잃고 말았다.

들쥐와 두더지

"임마 애들이 과자 뒤 봉지 가져갔다구 나이살이나 처먹은 게 애들을 개 패듯 두들겨 패. 그러구두 네가 이 동네에서 성한 몸으로 장사할 줄 알어, 이놈아 이 나쁜 놈아."

"이놈아 하늘이 무섭지도 않으냐. 터진 입이라구 네 멋대루 씨부려두 되는 줄 알어. 네가 몇 살이나 처먹었다구. 욕지거리여. 이놈 너는 어른 애도 몰라보느냐. 싸가지 없는 놈 같으니라구. 그러구 뭐 과자 뒤 봉지 가져간 게 어떠냐구. 네 아들놈이 지금까지 훔쳐간 과자가 얼마나 되는지 알기나 허구 하는 소리여. 허긴 그 애비에 그 아들이라더니 원 참."

"그래 우리 봉달이가 가져간 게 다 얼마냐 엉. 내가 돈으로 다 갚어줄께. 어휴. 푸 후……. 그러구 너는 나한테 두들겨 맞어야 돼. 봉달이가 맞은 만큼. 자 여기 천원. 천원이면 되지. 너 이리 나와."

"그까짓 돈 천원으로 갚겠다구 몇 만원을 내놔두 시원찮을 틴디. 고작 천원 가지구 입 싹 닦겠다 이거여, 지나가는 강아지두 꽁지가

빠지게 웃었다. 그러구 돈이 문제가 아녀, 어린 놈이 벌써부터 도둑
질을 해서야 쓰겠냐, 엥."
　"크윽. 남의 자식이야 어찌 되든 네가 무슨 상관야 되지 못하게
남의 애들을 땅땅 치구는 무슨 변명이 그리 길어 짜식아."
　"이놈이 그래두 어른한테 욕찌거리여. 제 자식 하나 단속두 못하
구설랑 뭐낀 놈이 성낸다더니 술을 처먹었으면 곱게 새겨."
　"무엇이 어쩌 이 자식 맛 좀 볼래."
　풍만이는 다짜고짜 슈퍼마켓 박씨의 멱살을 잡아 행길바닥에 메
다 꽂았다. 얼결에 아스팔트 위에 납죽 엎어진 박씨는 얼굴과 손바
닥이 묵사발이 되었다. 피를 철철 흘리는 박씨는 일어나기가 무섭
게 풍만이의 가슴팍을 내어질렀다. 안 그래도 술에 곤죽이 된 풍만
이는 저만치 수채구멍에 콱 처박히었다.
　그 걸 본 봉달이가 저의 아버지 죽는다고 소리소리 지르며 울음
을 터뜨렸다. 그러자 옆 주막에서 풍만이와 같이 술을 먹던 패거리
들이 우르르 몰려 나왔다. 그리고 수채구멍에 납작 엎어진 풍만이
를 가까스로 일으켜 세웠다. 그러자 그때를 기다렸다는 듯 풍만이
가 다시 비척거리며 박씨에게로 달려들었다. 그리고 그 패거리들도
박씨한테 욕설을 퍼붓고 주먹을 휘두르며 달려들었다.
　그 걸 본 박씨 부인과 군대에서 막 제대한 막내 아들이 합세하
여 패싸움이 되었다. 결국은 경찰이 와서 다 함께 지서로 붙들려
갔다. 지서에 가서도 술이 엉망으로 취한 풍만이 패거리들은 기물
을 때려 부수고 난동을 부렸다. 그래서 무사히 나올 것 같지 않다
는 동네 사람들의 수군거리는 소릴 아내로부터 전해 들은 판돌씨
는 지서로 달려갔다. 기물 부순 것을 변상해 주고 지서장을 붙들고
간곡히 사정을 해서 사건을 무마시켰다.

· 들쥐와 두더지 ·

그러나 풍만네 패들은 고맙다고 하기는 커녕 왜 남의 일에 참견
이냐며 오히려 투덜거렸다. 그러는 그들을 보면서 판돌씨는 걱정이
태산 같았다.

허구헌 날 젊은 사람들이 몰려다니며 술이나 퍼먹고 욕지거릴
해대며 매일같이 동네가 떠나가라 싸움질이기 때문이었다.

억망리하면 몇 년 전만 해도 예의 바르고, 인심 좋아 근동에서
다들 부러워 하는 살기 좋은 동네였다.

그러던 게 몇 년 사이에 옛 모습은 전혀 찾아볼 수 없는 악사리
판이 되고 말았다. 매일같이 젊은 놈들이 일은 않고 떼로 몰려 다
니며 외상 술이나 퍼 먹었다. 그러다가 외상을 안 준다고 술집을
때려부수는 게 일쑤였다. 그리고 술이 취했다 하면 어른 애 구분
못하고 욕지거릴 해대었다. 또 아무 이유도 없이 이웃간에 싸움질
이었다. 그런가 하면 일은 않고 매일 술타령이냐고 바가지 긁는 아
내와 밤새도록 싸움이었다. 그래서 동네가 시끄러워 도저히 살 수
가 없었다.

그것 뿐이 아니었다. 아이들은 아이들대로 학교는 가지 않고 일
만 저질렀다. 남의 동네 과수원에서 사과를 따 먹고, 고구마를 캐
먹고, 수박을 따 날랐다. 심지어는 슈퍼마켓이나 농협 연쇄점에 가
닥치는 대로 물건을 훔쳤다. 그러다 들키어 매를 맞고 집에 오면
그 부모란 것들이 제 자식 손 거친 건 생각지 않고 귀한 자식 때
렸다고 쫓아가 행패를 부렸다. 그러니 근동에서 억망리 사람이라면
머리를 설래설래 흔들며 아예 사람으로 생각지도 않았다.

이래선 안 되겠다고 생각한 판돌씨는 그들에게 일을 시키면 옛
날로 다시 돌아가리라 생각했다. 그래서 일말의 희망을 가지고, 그
들 집을 찾아가

"여보게 내일 우리 일 좀 해 주겠나."

하면, 전 같으면 이것 저것 생각할 것 없이 다른 일 맞춘 게 없으면

"야, 그류 갈께유."

그렇게 간단하게 나올 텐데 요즘은 그 게 아니었다.

"싫유. 일 안 가유. 웬일루 일을 다 해 달라구 한대유."

"이 사람아 그러지 말구 바쁘지 않으면 우리 일 좀 해 주게."

일이 급해서 그렇다며 사정을 할라치면

"일 안 간다는디 왜 자꾸 구찮게 한대유. 일 못 가유 다른 데루 나 가보슈."

찬 바람이 쌩쌩 돌게 거절하였다. 동네 어느 집을 가거나 똑같은 대답이었다.

더욱 가관인 것은 그런 날 밤늦게 술이 취해 비틀거리며 대문을 박차고 들어와선

"땅 없이 논다고 누굴 어떻게 알구 놀리는 거여 엉, 땅뙈기나 있으니께 뵈는 게 없어, 어떤 놈은 왕년에 땅마지기나 안 가져 본 놈 있는 줄 아남, 그렇게 사람 괄세하지 마슈, 다시 한번 그랬다간 그 땐 내가 가만 있지 않을 거여, 내 참, 더러워서, 땅 가진 놈 부럽다, 부러워."

그렇게 적반하장격으로 막 나오는 데는 할 말이 없었다.

그랬다. 그들에게도 몇 년 전만 해도 땅마지기나 없는 사람이 없었다.

몇 년 전이던가 동네 젊은이들이 뻔질나게 읍내로 몰려다녔었다. 읍내에 갔다 하면 새벽녘에야 술이 엉망으로 취해 동네가 떠나가라 떠들어 제키며 돌아오곤 했었다.

그런데 판돌씨 부인이 살그머니 하는 얘기가 읍내서도 건달로 첫손가락 꼽는 맹포가 동네 젊은 사람들을 불러다가 매일 술을 퍼 먹인다고 했다. 그 얘길 들은 판돌씨는 도저히 이해가 안 가, 부인한테만 역정을 내었었다.

"아니 맹포놈은 즈이 식구 멕여 살릴 힘도 없는 맨 건달인디 그 놈이 무슨 돈이 있다구 우리 동네 청년들을 매일 코가 삐뚤어지게 술을 사멕인다는겨. 그 씨도 안 먹는 애긴 하지두 마."

"안유 이건 확실한 애긴디유."

"확실하다니 뭐가 확실하다는겨."

"옆집 순자 아버지도 며칠째 밤새도록 술만 먹고 다녀서 오늘 아침 부부싸움을 한바탕 했다며 순자 어머니가 홧김에 나한테 한 애긴 걸유, 아니 순자 어머니가 나한테 거짓말을 하것슈?"

"임자 말을 들으니께, 그도 그럴 것 같구먼. 그나저나 이해가 안 가는디."

그러나 이해가 안 되는 판돌씨의 궁금증도 며칠이 안 가 풀리었다.

그날도 식전부터 고라실 논에 두엄을 져날랐다. 두엄지게를 받쳐 놓고 막 아침을 먹으려는데 아내가 전화를 바꿔줬다. 그래서 받고 보니 생면부지인 맹포 바로 그 건달이었다. 무슨 일이냐니까 뭐 전화상으로는 말씀드릴 수 없는 긴한 얘기라고 했다. 그러면서 바쁘시겠지만 점심나절에 꼭 읍내 '맹물' 다방으로 나오라고 했다. 그러나 판돌씨는 갈 시간이 없으니 전화로 얘기하래도 꼭 만나서 얘기하자고만 했다.

하도 조르기에 아내를 통해 들은 말도 있고 하여 헛일 삼아 다방으로 나갔었다. 예상 외로 말쑥한 신사복에 넥타이를 매고 머리엔 기름까지 싹 발라 점잖을 빼고 나온 맹포가 점심이나 먹으며 얘기하자고 했다. 그러나 판돌씨는 점심은 막 먹고 왔으니 긴한 얘기가 무엇인지 얘기나 듣자고 거절하였다.

그러자 그럼 술이라도 한 잔 하자고 또 잡아끄는 것을 배속이 편찮아서 못 먹는다고 둘러대었다. 그리고 바쁘니까 용건이나 속히 얘기하라고 재촉하니까 입맛만 쩝쩝 다시더니만

"어르신께서 이렇게 어려운 걸음을 허셨는디, 이게 예의는 아니지만 하두 사양하시니 여기서 단도직입적으로 말씀을 드리지유. 어르신 어르신네 땅 안 파실렵니까. 사실 농사랍시구 져봐야 농약값에 수세에 비료값을 빼면 품값두 제대루 안 나오는 게 현실 아닌가베유. 마침 후한 값을 쳐주구 땅을 구입헌다는 작자가 나섰으니 차제에 아예 땅을 팔아 치우시지유."

"아니 뭐유, 땅을 팔다니, 우리 땅은 안 팔아유, 그 땅이 워떤 땅인디 팔어유 팔기는?"

"어르신 다른 억망리 사람들두 땅을 다 팔았어유, 그래두 안 파실래유?"

"아니 그럼 우리 동네 사람들이 땅을 다 팔았단 말유. 그럴 리가?"

"동네 가서 물어보시면 다 아실 일을 제가 왜 거짓말을 허겠어유. 어제 저녁까지 완전히 마무릴 다 졌슈."

"그렇더라두 우리 땅은 안 팔아유."

"농살 져봤자 빚만 늘어나는 땅 무슨 미련이 있어 안 판다구 그러슈 내 참."

"빚이구 뭐구 안 판다면 안 파는 줄 아슈."

"고집두 참 대단하시네유, 그 땅을 팔아서 은행에 예금을 해봐유,

그 이자가 얼만데, 손에 흙 하나 묻히지 않구 가만히 앉아서두 농사짓는 것 몇 배의 이득을 올릴 턴디 웬 고집이슈."

"농삿군이 농토를 버리구 뭘 어떡허라구, 에이 여보슈, 말이나 되는 얘길 허슈."

"농사 말입니까. 아, 그 농사는 땅을 팔아두 고스란히 자기땅을 마음껏 농사를 지을 수 있게 해드릴 수 있습니다. 이제 되셨습니까. 어르신."

"왜 내 땅 남한테 팔고 소작인 노릇을 혀, 안 판다면 안 팔으니께 다시는 나한테 땅 팔란 말허지두 마슈."

"아니 그게 아니라니께유."

"아니구 뭐구간에 난 가우. 다시는 그 일룬 입두 뻥끗하지 마슈."

그 후로도 전화로 하다가 안 되면 찾아오고 또 전화질을 해댔다. 하도 귀찮아서 전화 코드를 빼 버렸더니, 문주방이 닳도록 쫓아다 녔었다. 그래도 막무가내로 듣지 않으니까 어디 그 땅에서 마음 놓고 농사짓나 보자며 반 협박조로까지 나왔었다.

판돌씨는 도대체 이해가 안 갔다. 제 땅 제가 가지고 팔기 싫어 안 팔면 그만이지 왜 그리 협박까지 하며 억망리 전답을 깡그리 살려고 하는지 그게 이해가 안 되었다.

하기는 억망리에서 판돌씨네 땅을 빼면 속 빈 강정이었다. 판돌 씨네 고라실 논 30마지기를 빼면 모두 건답에 자갈 논에 수렁 논 뿐이었다. 그러니 그 판돌씨의 논을 살려고 안간힘을 쓰는 것도 당연한 일일 거라는 생각도 들었다.

그렇게 옥신각신 땅 문제로 아무 소득없이 시달리는 사이에 계절은 후딱 바뀌었다. 논마다 곱게 수놓던 자운영 꽃도 지고 개울둑의 아카시아꽃 향기가 그윽히 풍기는 5월이 되었다. 논마다 물을 가득가득 가두고 논두렁을 메고 써레질을 하며 모내기에 한창 바쁜 철이었다. 그러나 판돌씨네 고라실 논 30마지기엔 물 한 모금 없이 바짝 말라 모 한 포기 꽂지 못했다.

다른 때 같으면 동네서 제일 먼저 모를 심었어야 했다. 그런데 판돌씨네 논으로 대어야 할 도랑물을 상류에서부터 아예 콱 막아 물 한 모금 새어나가지 못하게 시멘트로 물막이를 하였다. 그렇기 때문에 물이 철철 넘치던 판돌씨네 고라실 논 30마지기는 졸지에 하늘만 빤히 쳐다보는 마른 가리가 되고 만 것이었다.

판돌씨는 윗 논을 짓는 상준이한테 물 좀 대자고 했다. 그러나 아무리 사정을 해도 들은 척도 않고 논을 판 저희 패거리들의 논에만 물을 대게 했다. 그리고 금이 쩍쩍 가 갈라 터져 먼지만 풋썩 풋썩 날리는 판돌씨네 논을 손가락질 하며 저희들끼리 이죽거리며 비웃었다. 그럴 때는 금방 피가 거꾸로 솟구쳤다. 그러나 참는 수밖에 없었다. 그것은 아무래도 맹포 놈의 계략임에 틀림없으리란 생각이 들었기 때문이었다. 그렇지 않고서야 그토록 착하디 착한 억망리 사람들이 그럴 리가 없기 때문이었다.

그러나 어쩌겠는가. 우선 모를 심고 봐야 되겠는데 다른 방법이 없었다. 비라도 흠뻑 내려준다면야 문제는 간단히 해결되었을 것이다. 그러나 개똥도 약에 쓸려면 없다더니 다른 해는 지천으로 쏟아져 봇돌이 넘치고 논뚝이 무너져 농사를 망치게 했던 비가 꼭 필요한 이런 때는 벌써 두 달이 넘게 가뭄만 계속되었다. 그러니 논바닥보다 더 바짝바짝 타는 것은 판돌씨의 가슴이었다.

이러다간 벼 한 포기 심지 못하고 그대로 묵혀 버리는 게 아닌가 생각하니 정신이 번쩍 들었다.

생각다 못한 판돌씨는 서울에 있는 동서한테 해결책이 없겠느냐

• 들쥐와 두더지 •

고 사정을 얘기했다. 그랬더니 마침 자기 친구중에 온천수를 개발하는 친구가 있는데, 그 기계면 해결될 거라고 했다. 그래서 그 사람을 데려다 지하 150m의 암반까지 뚫고 지하수를 개발했다. 그리고 대형 전기 모터로 물을 뽑아 올리니 돈은 들었지만 단번에 30마지기 고라실 논엔 물이 철철 넘쳤다.

그러나 그 걸로 문제가 해결된 것은 아니었다. 모를 심으려고 이앙기를 부탁해도 동네서는 고장이 났다는 둥 딴집 모내기를 해야 된다는 둥 이 핑계 저 핑계로 시일만 질질 끌었다. 생각다 못한 판돌씨가 농기계 수리센타에 가서 고쳐다 쓰겠다고 해도 그것도 불가능하다는 거절이었다.

그 모든 게 이앙기를 주지 않으려는 구실임을 간파한 판돌씨는 이웃 마을에 가서 사정을 하였다. 그러나 맹포가 다니며 미리 손을 써났는지 모두 거절이었다.

그렇게 몇 마을을 돌아다니느라고 아까운 날짜만 죽였다. 그렇다고 가만히 앉아서 당하기만 할 판돌씨가 아니었다. 100여리나 떨어진 먼 친척집에까지 가서 이앙기를 구해다 때늦은 모를 심게 되었다. 그런데 하루 종일 모를 심고 밤에 헛간에다 들여놓은 이앙기가 자고 나면 고장이 나 움직이질 못했다. 그래서 그걸 또 고치느라고 한나절을 품매었다. 그러나 또 밤이 지나면 엉뚱한 데가 고장나 속을 썩였다. 그런 것들이 모두 맹포의 수작임을 뻔히 알면서도 확증이 없기 때문에 어쩔 수 없이 당하기만 했다.

당하다 당하다 더 참을 수 없어 헛간 귀퉁이에 모기장을 치고 기계를 고장내는 놈들을 잡으려 했다. 그러나 초저녁엔 그래도 졸린 눈을 비벼가며 이를 악물고 졸음을 참을 수가 있었다. 그러나 하루종일 뙤약볕에서 구슬땀을 퍼 흘리며 일한 몸이 무쇳덩이가 아닌 바에야 어떻게 밤샘을 한단 말인가, 어쩌다가 깜빡 졸다 일어나 보면 그 사이에 또 이앙기의 부품이 망가져 있는 것이었다. 속이 숯 검정이 되도록 골탕을 먹으며 겨우 30마지기의 모내기를 다 끝냈다. 그간 어찌나 속을 썩었던지 한 열흘 죽도록 앓다가 몸이 좀 우선하여 논에 나가 보니 물이 바짝 말라 있었다.

깜짝 놀라 모터 있는 곳에 가 보니 모터가 감쪽같이 없어진 게 아닌가. 하도 어이가 없어 사방을 다니며 찾아봤으나 모두 부질없는 짓이었다.

그렇다고 동네 사람들이 자기만 빼고는 다 한 통속이니 말을 해 봤댔자 웃음거리만 될 것 같았다. 그래서 벙어리 냉가슴 앓기로 분을 삭이며 급히 읍내로 뛰어가서 새 모터를 사다가 물을 품었다. 그러나 2,3일 잘 품어지더니 이번엔 모터가 꼼짝도 않고 서 버렸다. 하는 수 없이 읍내 기술자를 데려다 보였다. 그랬더니 기계엔 이상이 없는데 전기가 들어오지 않는다는 것이었다. 그래서 전선을 조사해 보니 아니나 다를까 중간쯤 선을 끊어놨던 것이었다.

그 해는 왜 그리 가뭄이 심했던지 매일 물을 품어야만 논이 마르지 않았다. 그런데 한 열흘 잘 돌아가는가 싶더니 하루는 아침 일찍 논에 갔는데 또 모터 소리가 들리지 않았다. 그래서 부랴부랴 뛰어가 보니 또 모터가 온데 간데 없었다.

참으로 기가 막히고 오장육부가 뒤집힐 일이었다. 생각대로라면 몽둥이로 맹포놈을 단매에 끝장을 내고도 싶고 지서에 가 신고를 하고도 싶었다. 그러나 그 놈들이 바라는 게 바로 그런 것일 거란 생각을 하니 이가 갈렸다. 그러나 꾹 참고 또 새 모터를 사다가 그 해 농사를 지었다.

크고 작은 일로 해마다 그런 수난을 겪었다. 그러나 땅을 팔기는

• 들쥐와 두더지 •

커녕 더욱 꿋꿋이 잘 견디며 농사를 해마다 동네에서 제일 실하게 잘 지었다. 그러자 맹포와 동네 것들이 아예 정신병자 취급을 했다.

특히 아이들이 등하교 길이나 또는 학교에서 동네 아이들과 함께 놀려고 하면 대뜸 하는 소리가

"임마 너희들하곤 안 놀아, 너희 집 식구들은 다 미쳤대. 저리 비켜!"

그 소리를 들은 판돌씨 아들들이 분해서 덤벼들며

"미치긴 왜 우리 식구들이 미쳤니, 우리가 미쳤으면 너희들도 다 미친 거야."

하며 지지 않겠다고 덤벼들면 동네 아이들이 떼로 몰려들어 판돌씨 아이들을 때리곤 했다. 그래서 몰매를 맞고 코피가 터지고 얼굴을 할퀴어 피를 줄줄 흘리며 울며 집에 왔다. 그런 아이들을 볼 때마다 판돌씨 내외는 그게 제일 가슴이 아팠다.

제 땅 제가 안 팔고 농사짓는 것이 그 게 어쨌다고 어린 자식들까지 그런 수모를 당해야 하는가 생각하면 금방이라도 땅을 팔고 딴 동네로 이사를 가고 싶은 생각이 굴뚝 같았다. 그러나 맹포에게 땅을 팔 수 없는 분명한 이유가 있었다. 맹포 뒤에는 외국 자본가가 버티고 있으면서 억망리를 완전히 외국 땅으로 만들려 하기 때문이었다.

그리고 더욱 딱한 것은 억망리 사람들이었다. 돈 몇 푼이나 술 몇 잔 얻어 마시며 정신을 못 차리고, 그들의 앞잡이 노릇을 하며 판돌씨를 못 살게 훼방을 놓는 그들이 더욱 미웠다.

그러나 맹포가 억망리 사람들을 대하는 태도가 해가 바뀔수록 달라졌다.

처음 땅을 팔던 해는 읍내에 나갔다 하면 술에 밥에 흥청망청

칙사대접을 받던 동네 사람들이었다. 그리고 봄 가을로 버스를 대절해 관광여행도 시켜 주었다. 명절 때마다 양주에 과일에 양과자에 잘도 얻어먹었다. 그런가 하면 아이들은 아이들대로 초코렛이니 외국 사탕이니 촌에서 보도 듣도 못한 것들을 들고 다니며 자랑하고 먹었다. 그게 부러운 판돌씨네 아이들은

"아부지 우리도 땅 팔아유, 왜 땅 안 팔아서 쪼코렛도 못 얻어먹게 하는 거야. 우리도 땅 팔어 아부지."

하며 어린 것들이 떼를 쓰면

"그래 땅을 팔지 않아두 쪼코렛 먹을 수 있어. 내 읍내 가면 한 보따리 사다 줄게 응."

그렇게 아이들까지도 샘나 죽겠을 정도로 첫해엔 하느님 대접을 했었다. 그러나 해가 바뀔수록 시들하더니 4년이 지나자 난데없는 구조조정을 한다는 것이었다. 공무원이나 기업에서는 구조조정을 한다는 말은 TV나 신문 보도를 통해서 익히 알고 있었다. 그러나 농촌에서 구조조정이란 도대체 뭐란 말이냐고 모두들 의아해 할 때 맹포가 나타나 하는 얘기가

"지금까진 땅을 닷마지길 짓는 사람도 있고, 열마지길 짓고, 스무마지길 짓는 사람도 있었으나 그렇게 원시적인 형태로 농사를 짓다 보니 경제성도 떨어지고 농촌의 발전도 불가능할 뿐더러 귀중한 노동력의 손실이 매우 큰 바 이제부터는 한 사람이 논 50마지기씩을 짓도록 구조조정을 하자는 것입니다. 알겠습니까?"

마을회관에 모였던 억망리 사람들은 눈이 둥그래져

"그렇다면 50마지기의 땅을 맡아 농사를 지을 수 있는 대상은 누구며 누가 정하는 것입니까?"

걱정되어 묻는 농민들에게 맹포는

"그 거야 50마지기씩 묶은 땅의 소작인들끼리 모여서 민주적으로다가 결정을 하도록 하겠습니다."

그러자 이번엔 나이가 지긋한 박돌갑씨가 일어나 물어보는 것이었다.

"그렇다면 땅을 맡아 농사를 짓기로 결정된 사람 외의 다른 사람들은 어떻게 되는 것입니까, 거기에 대한 대책을 말씀혀 주슈."

어른답게 점잖게 중요한 것을 지적하자 의외란 듯 찔끔했던 맹포는 태연한 척

"그건 우선 이 농사짓는 사람이 결정되면 그 다음 안건으로 그 대책을 말씀드리지유. 그러면 우선 제가 50마지기 단위로 땅을 묶어봤는디 명단을 부를 테니 그분들끼리 상의를 하시지유."

맹포는 미리 50마지기 단위로 묶은 사람들의 이름을 불러서 그 사람들끼리 상의해서 한 사람씩 뽑으라고 하였다.

그러나 농촌에서 나서 농사일 밖에 모르며 살아온 그들이 누가 농사지을 땅을 뺏길려고 하겠는가. 더구나 논이 자그만치 50마지기씩이나 되는데 말이다. 논 50마지기, 그런 땅은 억망리 사람들에겐 백번을 죽었다 살아나도 꿈도 못꿀 땅이었다. 그리고 또 다른 일을 하고 싶어도 땅판 돈은 이미 거저 생긴 돈처럼 다 써버린 뒤라 맨주먹 쥐고 어디 가서 무엇을 한단 말인가.

여기 저기 그룹별로 모여서 상의를 하는데 하나같이 다 제가 논을 맡아 농사를 짓겠다는 것이었다.

"나는 내 땅이 열마지기나 들어 갔는디 우리 땅이 제일 많으니께 당연히 내가 그 땅을 맡아야 되여."

"아닐세 이 사람, 땅도 땅 나름이지 붉은디기 건답 열마지기와 고라실 논 닷마지기는 멜 것도 아니지. 당연히 그 땅은 내가 차지

해야 이치에 맞어."

"아 이 사람들아 우리 집은 농기계도 있고 하니 영농 조건으로야 내가 최고가 아닌가베. 그건 내가 맡아야 되네."

이렇게 서로가 짓겠다고 비렝이 자루찢듯 옥신각신하다가 급기야는 고함소리가 들리는가 싶더니 코피가 터지고 머리가 깨지는 난투극이 벌어지자 맹포가 더는 못 참겠다는 듯이

"여러분 한 동네 이웃끼리 이게 무슨 추탭니까. 에 또 여러분에게 맡겨서 거시기 뭐냐 에, 민주적으로다가 처리를 할려구 했지만두 에, 사태가 이 지경에 이르렀으니 더 이상 묵과할 수 없는지라 지가 전적으루 지명을 하겠습니다요. 여러분 이의가 있습니까?"

"……"

아무도 말을 못했다. 그러나 속으로는 자기는 지난 명절 때 닭한 마리를 선물했으니까, 또는 자기는 지난 장날 국밥 한 그릇을 대접했으니까 등등 꿍꿍이 속을 가지고 은근히 기대를 하며 모두 맹포의 입만 뚫어지게 바라보고 있었다. 그러나 맹포는 지금까지 자기의 손발이 되어 억망리 사람들의 동태를 일일이 일러바쳤거나 또는 해마다 두둑히 뇌물을 바친 사람들의 이름만 일방적으로 발표해 버렸다. 그러니까 박돌갑씨는 다시 일어나 아까와는 달리 침통한 어조로

"아까도 말씀드린 바와 같이 땅을 맡은 사람보다 그렇지 못한 사람들의 숫자가 훨씬 더 많은디 이 사람들은 다 워떻게 해야 되는지 대책을 말씀해 주슈."

그 말이 끝나기가 무섭게 맹포는

"말씀드리기 뭐합니다만 그야 당사자들이 알아서 할 일이 아니던가유."

• 들쥐와 두더지 •

"아니 그게 무슨 말이래유. 처음에 땅을 팔 때는 땅을 팔어두 제 땅처럼 계속 농사지을 수 있게 한다더니 약속이 틀리지 않어유?"

"약속, 그랬지유. 그래서 4년씩이나 농사를 지은 게 아닌가유. 그 거면 됐지, 그러면 더 이상 어떻게 해달라구유. 그 많은 돈을 들여 농토를 샀는디 여러분두 아시다시피 거기에 합당한 소득이 나왔었 슈? 여러분이 가을이 되면 흉년이 들었네, 병충해가 심했네, 태풍이 불었네, 냉해가 있었네, 워쩌구 하면서 제대루 수확량을 쳐서 가져 온 때가 한 해나 있었나유. 그 비싼 땅에서 가을에 거둬들인 쌀이 솔직히 말혀서 은행이자는 고사허구 세금 낼 돈이나 되었는 줄 아 슈. 그런데두 4년씩이나 봐줬으면 됐지 더는 어쩔 수가 없어유. 그 러니 각자 알아서들 하는 수 밖에 없지유."

말을 마치자마자 맹포는 찬 바람이 나게 횡하니 밖으로 나가 회 관 밖에 세워 두었던 자가용을 타고 가 버렸다.

회관 안은 시커먼 암흑 뿐이었다. 벼랑에서 암흑의 계곡으로 추 락한, 그들의 힘으로는 산더미처럼 짓누르는 어둠의 계곡을 벗어날 수 없는 좌절, 완전한 절망 뿐이었다.

분노에 찬 그들이 아무리 이를 악물고 기를 써도 그들의 눈에선 시퍼런 불꽃이 튀는 것이 아니었다. 오직 회한과 좌절의 눈물만 흥 건히 맺혀 있었다.

말없이 소주잔만 홀짝거리던 그들은 어느 사이에 병채로 나팔불 고 있었다.

안주도 먹지 않고 2홉들이 소주를 몇 병씩 마구 먹어댔다. 가슴 에서 치솟는 시퍼런 불이라도 끄려는 듯 마구 먹어제켰다. 그러나 화가 삭기는 커녕 타는 불에 기름 붓기였다. 울화가 충천해 씩씩대 던 그들은 급기야 침묵을 깨고 내지르는 밑도 끝도 없는 외마디 소리는 먹이를 보고 날쌔게 덮치는 사자의 포효 바로 그거였다.

"안 되여. 절대로 안 되엿."

"뭐여 제놈 멋대루 떼고 부치고여. 음, 줄 때는 맘대루 줬어두 뗄 때는 멋대루 안 될 걸, 암 안 되구 말구"

"하루 강아지 뭐 무서운 줄 모른다더니 억망리가 어떤 동넨데 즈들 마음대로여 어디 혀볼 테면 혀봐."

"지가 아직 우덜을 물러두 한참 물렀지. 술이나 한 잔 으더 먹구 굽실굽실허니께 우덜을 뭐 흑싸리 껍질인 줄 아남."

"어디 두구 보라지. 즈이 맘대루 땅을 뺏어. 내가 먼저 못자릴 허구 모를 심으면 지가 어쩔 테여"

"그나 저나 땅을 맡은 놈들이 더 나뻐. 아무려두 내 생각엔 그놈 들이 가만히 있는 맹포의 코를 쑤신겨. 괴기에 쌀에 뇌물께나 바치구 땅을 뺏어달라구 헌 게 틀림없당께."

"우리 그놈들부터 데려다가 주리를 틉시다. 같은 동네서 살면서 할 짓이 없어서 이웃을 못 살게 허는 그놈들이 더 나쁜 놈들여. 때리는 시어미보다 말리는 누가 더 어쩼다더니 그놈들이 그 꼴이여. 우리 그놈들 집부터 쳐들어 갑시다. 어쪄유?"

"그려 그려."

"아녀 개들은 무슨 죄가 있어. 살라구 지랄한 것밖에 더 있남. 그러지 말구 맹포를 족쳐야 혀."

"아녀 적은 항상 가까이 있다구 했잖남. 틀림없이 동네 놈들의 초사여. 그러니 그놈들부터 혼구멍을 내야 혀. 그 게 어떤 땅인디 즈들만 독식허겠다는 거여."

"그려 그려."

옥신각신하다가 결국은 농사를 맡아 짓기로 결정되어 있는 사람들의 집을 차례로 쳐들어갔다. 그러나 하나같이 집에는 들어오지 않았다는 것이었다.

실망을 하고 회관에 돌아와 또 대책을 강구했다. 집에 없으니 틀림없이 읍내 술집에 가 맹포놈에게 술을 사주며 아양을 떨고 있으리라고 생각했다. 그래서 그들은 읍내로 가 맹포의 단골집을 뒤졌으나 없었다. 그래서 더는 갈 만한 집도 없는 것 같고 하여 술을 한 잔 시켜 먹으며 술집 주모한테 팁을 두둑히 쥐어주며 자세히 물어봤다. 그랬더니 요즘은 자기네 집엔 얼씬도 않는다며 입이 뾰로통해져서 새로 생긴 술집에 갔을 것이라는 말이었다.

그 집엔 색시들이 많은데 그 중에서도 민숙이라는 애교 덩어리한테 맹포가 푹 빠져 있다는 것이었다. 그래서 아예 그 집에 가 밤낮 딩굴며 살고 있다는 투기어린 말도 빼놓지 않고 귀뜸해 주었다. 그들은 그리로 우루루 몰려가 보니 아니나 다를까 1인용 악사까지 불러다 놓고 걸판지게 놀고 있는 것이었다.

얼굴이 붉으락 푸르락하게 쫓아온 억망리 사람들을 본 같은 동네의 땅을 맡은 사람들은 새파랗게 질려 어쩔 줄을 모르고 쩔쩔맸다. 그러나 그들과는 달리 맹포는 놀던 가락이 있어 눈썹 하나 까딱 않고

"들어들 오슈. 안 그래도 오실 줄 알구 미리 와 기다리는 중이오. 잘들 오셨수. 아 그렇게 문 앞에 섰지들 말구 빨리들 들어오슈. 어서유."

안 볼 때는 맹포고 뭐고 단주먹에 쳐죽이고 싶었다. 그러나 막상 맞닥뜨리니까 자기들도 모르게 고개부터 숙여졌다. 그게 바로 약자의 비굴함인가. 그들은 맹포의 말 한 마디에 거역은 커녕 잘 길들여진 강아지처럼 고분고분 윗목에 가 쭈그리고 앉았다. 그리고 공

술만 몇시간 얻어 먹다 동네에 돌아오니 날이 허옇게 밝아 오고 있었다.

그러고는 다음날부터 밤이고 낮이고 몰려다니며 술이 엉망으로 취해서는 아무나 붙들고 시비였다. 저희끼리 치고 받고 싸우다간 만만한 게 뭐라더니 땅을 맡은 집으로 우르르 몰려갔다. 그러고는 땅을 맡은 사람을 욕하고 살림살일 깨부수고 질탕하게 난장판을 만들어놓곤 하였다.

그런 속에서도 겨울과 봄이 후딱 지나고 다시 모내기철이 되자 또 한 차례 소동이 벌어졌다.

땅을 빼앗긴 사람들은 새로 땅을 맡은 사람들이 모내기하는 것을 방해했다. 그래도 억지로 이앙기로 모를 심은 논은 먼저 짓던 사람들이 밤새도록 논을 파엎어 못 쓰게 만들었다. 그러면 또 새로 땅을 맡은 사람은 다음날 하루 종일 모를 심었다. 그러나 밤에는 또 쇠스랑으로 파엎고, 그 짓을 여름내 반복했다. 그 걸 보다 못한 맹포가 와서 엄포를 놓고 달래기도 하였다. 그러나 맹포가 어떻게 하든 그런 분쟁만 계속되다가 결국은 그 드넓은 들녘이 모 한 포기 심지 못한 그대로 묵어 자빠진 황무지가 되었다.

몇 년 전만 해도 억망리 하면 콩 하나가 생기면 반쪽씩 나눠 먹고 애경사가 생기면 제 일보다 더 적극적으로 돕던 모범적인 마을이었다. 그런데 그토록 사람 못 살 동네가 된 걸 생각하면 그 책임이 누구에게 있던 간에 판돌씨는 너무도 괴로웠다. 한 치 앞도 내다보지 못하고 달콤한 사탕발림에 이용만 당할 대로 당하다가 빈털털이가 되고 사람까지 폐인이 다 된 억망리 사람들을 생각하면 가슴이 아팠다.

더구나 들리는 소문에는 구조조정을 한답시고 50마지기씩 농사

• 들쥐와 두더지 •

를 맡긴 그 사람들이 농사를 짓지 못하고 땅을 묵힌 책임을 물어 내년엔 그들에게도 경작권을 뗀다고 했다. 그리고 외국서 온 값싼 노동자들에게 경작권을 준다고도 했다. 또 지금까지는 맹포가 전면에 나서서 좌지우지했지만 금년에 농사를 짓지 못한 책임을 물어 외국인 땅주인이 직접 경영을 한다고도 했다. 어쨌든 갈피를 잡을 수 없는 뒤숭숭한 소문에 겉으로 터놓고 말을 못하는 판돌씨도 기분이 착잡하기는 다른 사람들과 매 한가지였다.

9월로 접어들면서 빈 들녘엔 코스모스와 잡초만 별나게 껑쭝 자라 한들거렸다. 그러나 판돌씨의 논엔 한껏 무거워진 벼 모가지를 길게 늘어뜨리고 누릇누릇 벼가 익어갔다. 그런 논을 둘러보며 판돌씨는 금년 농사도 대풍인데 이젠 탈곡기 몰고 논에 들어갈 일만 남았다고 혼자서 가슴 뿌듯해 했다.

오래간만에 읍내 장에 간 판돌씨는 이웃 동네 사람들을 만나 막걸리잔을 나누며 이런 저런 애길 하다 좀 늦어 어둑어둑할 때 막차를 탔다. 차에서 내려 집에 오는 길에 발길이 저절로 자기네 논 쪽으로 가졌다. 잡풀만 무성히 묵어 자빠진 다른 논을 지나 자기네 논뚝에 막 올라서니 논 한 가운데서 사람들이 오락가락했다. 그래서 이상하다 생각하며 자세히 봤다.

그랬더니 농약을 줄 때처럼 경운기가 돌아가고 큰 플라스틱 통에서부터 고무호스가 연결되고 벼 위에 무슨 액체를 계속 뿌려제키고 있었다. 약간 취기가 있는 술김에도 그건 농약 냄새가 아니었다. 또 남의 논에 더구나 거의 다 익어가는 벼에 농약을 줄 리도 만무하여 조금 더 바짝 다가가 냄새를 맡았다. 그러나 그건 농약이 아닌 제초제임이 분명했다.

깜짝 놀란 판돌씨는 금방 술이 확 깨면서 정신이 퍼뜩 들었다.

"이놈들 이게 무슨 짓여. 이놈들아. 이놈들아."
"이놈들아 이게 이게 할 짓이냐 이놈들아."
"뭐가 워뗘. 그래 너 혼자만 잘 먹고 잘 살 줄 알았더냐."
"이 놈들 하늘이 무섭지두 않으냐."
"뭐여, 하늘. 하늘 좋아하네. 옛다 하늘이다."
말이 떨어지기가 무섭게 제초제가 판돌씨의 전신에 뿌려지고 있었다. 판돌씨는
"안 돼 안 돼에……."
발을 구르며 소리소리 질렀으나 그러나 그 고함 소리가 사그러지기도 전에 논뚝에서 그의 모습을 찾을 수가 없었다. 그리고 때 아닌 천둥번개가 하늘을 찢어 놓을 듯 꽈르릉 꽈르릉 울리며 장대 같은 소낙비가 퍼붓기 시작했다.

꼬리 잘린 생쥐

옹팔씬 첫 새벽부터 이를 북북 갈며 필만씰 못 잡아먹어 안달이었다. 얼마나 분했으면 엊저녁내 잠도 못 자고 팔팔 뛰었겠는가. 아무리 마음을 돌리고 잠을 잘려 해도 심장이 떨려 잠을 이룰 수가 없었다. 그래서 열두시가 넘었는데도 싫다는 돌출일 억지로 깨워 소주를 사오게 했다. 그래서 2홉들일 세 병이나 쏟아 붓고서야 겨우 서너 시간 잠을 잘 수가 있었다.

잠이 깨자 또 벌떡 일어나 식구들이 다 고요히 잠든 방에서 혼자 불을 켜놓곤 욕을 해대기 시작했다.

"나쁜 놈 제 놈이 원제부터 차가 있었다구 우세여 우세가."

"좋다 이거여 나두 과부쟁변이라두 얻어서 보란 듯이 차를 살 거다 이 거여."

"내 승질이 누군디 즈들한테 무시당하구 가만 있을 줄 알어. 나를 잘못 건드렸어두 이만 저만 잘못 건드린 게 아녀. 즈들두 크게 후회할 때가 올껴."

옹팔씨가 그렇게 화를 내는 것은 어제 아침부터 일어난 사단이었다.

새벽같이 옹팔씨가 필만씨한테 전화를 했었다.

"여보게 필만이 나여 옹팔일세."

"첫새벽부터 웬일여."

"나 오늘 장에 갈려구 그러는디 자네 아들 차 좀 타구 가세."

"그려, 그럼 밥 먹구 우리 집으루 오게."

"아녀, 아침에 자네네 가기두 그렇구 자네 아들한테 차를 가지구 우리 집으루 오라구 허게 응."

"그려, 그럼 밥 먹구 기다려."

그래서 필만씨는 군청에 출근하는 아들 명수한테

"애야. 윗말 돌출이 아버지가 장에 간다는디 좀 태워다 드려라. 응."

"야. 그럴께유."

그렇게 되어서 명수는 아침을 먹고 출근시간에 늦지 않게 차를 몰고 한작골로 차를 몰았다. 한작골에서도 가장 꼭대기에 있어 출근길과는 정 반대쪽으로 한참을 꼬불꼬불 뒤틀려 사나운 비포장 골목길로 올라가는 옹팔씨 집으로 갔었다.

차를 싸릿문 앞에 세운 명수는 옹팔씨를 불렀다.

"아저씨 차 왔어유. 아저씨."

"아 명순가 워째 이렇게 첫 새벽에 왔댜."

"출근하는 길이라서유. 얼릉 나오셔유."

"아니 이 사람아 난 아직 세수두 않구 밥두 안 먹었네."

"그럼 워떡허쥬. 지금 가야 늦지 않는디."

"이 사람아 뭐가 그리 급햐 30분만 기다리게 잉."

• 꼬리 잘린 생쥐 •

"안 되유. 그러면 출근이 늦어서 안 되유."

"출근시간이라. 그거 뭐 늦을 수두 있는 게 아닌가베 그렇게 허소."

"그건 곤란헌디유."

"그럼 워떡헐껴. 뭐가 바쁘다구 아침두 굶구 장에 가졌나. 그렇잖은가."

"그렇지유. 그런디 죄송헌디유. 출근 땜에 저는 그렇게 기다릴 수가 없어유."

"사람두 참 요령두 없기는."

"죄송헤유."

"그러면 기왕에 자네가 수고를 허는 김에 우선 출근을 했다가 한 시간 후에 다시 좀 날 태우러 오겄나."

"출근허면 못 나와유. 근무해야지유."

"이것두 저것두 안 되면 워떡혀. 거 차 한번 타기 드럽게 까다롭구먼."

"……."

"그럼 가세. 자네 차 가지구 자네 맘대루 한다는디야 헐 수 있겄나."

그렇게 억지를 부려서 탄 차면서도 옹팔씨는 미안한 기색이란 조금도 없었다.

읍내까지 가는 동안 안전띠를 매라고 해도 답답하다며 걸리면 책임질 테니 걱정 말라고만 했다. 그리고 옆에 있는 명수한테 들어보라고 계속 비아냥과 불평을 해대었다.

차없는 놈, 서러워 살겠느냐는 둥, 밥 굶고 새벽장 가기는 난생처음이라는 둥, 새벽같이 장터 가서 어디 가 죽치고 앉았느냐는 둥 계속 담배를 피워제키며 불만과 트집은 끝이 없었다. 명수는 자기 또래만 같았으면 차를 세우고 당장 차 밖으로 밀어내고 싶었다. 그러나 그 질투가리 깨지는 소리를 대꾸 하나 못하고 꾹꾹 참고 가자니 아침 먹은 게 다 체했었다.

장터에 가 내려주니 옹팔씨는 한 술 더 떠

"여보게 명수 집에는 언제 가는가?"

"오늘은 토요일이라 점심때 가는디유."

"그려 그럼 내가 올 때까지 기다리게. 알았지?"

그렇게 뻔뻔스럽게 말하며 수고했다는 말 한 마디 없이 군청에서도 한참을 더 가는 시장 귀퉁이의 순대국집 앞까지 가자더니 제 차에서 내리듯 당당히 내렸다. 그런데 까마귀 날자 뭐 떨어진다고 오해를 받으려니까 일이 이상하게 꼬였다.

출근해서 한참 근무를 하는데 도청에 출장을 가라는 것이었다. 그래서 명수는 제 자가용을 몰고 왕복 이백리 길을 부랴부랴 갔다 오니 다 저녁때가 되었다.

군청에 들렀다 집에 왔을 때는 해와 동갑을 하였다.

집에 오자마자 아버지 필만씨가 대뜸 야단을 쳤다.

"왜 이렇게 늦었어. 반겡일인데두."

"예 오늘 도청에 출장을 다녀왔어유."

"그랬었구나. 그런디 옹팔인 워떻기 했기에 너한테 서운하다며 너 왔느냐구 여러번 전화를 했더라. 왜 무슨 일이 있었냐?"

"무슨 일은유. 참 퇴근할 때두 태워 달라며 기다리라구 하셨는디 제가 깜빡 잊구 출장을 가게 되어서 그런가 봐유."

"그래서 그랬구먼. 그거야 워쩔 수 읎는 것인디. 사람두 참 그것두 이해 못허구 야단법석이었나 보구나. 원 옹졸한 사람 같으니."

옹팔씬 본래 자기밖에 모르는 사람이었다. 자기의 이익에 대해선 물불을 가리지 않지만 남에 대해선 무슨 일이든 트집을 잡아 헐뜯고 또 실패하고 망하기만 바라며 남이 잘 되면 배가 아파 못 견디는 이기주의자였다. 그것 뿐이 아니었다. 제 물건은 남이 손 하나 까딱 못하게 벌벌 떨면서도 남의 것은 망가지거나 말거나 아무렇게 되어도 괜찮다고 하찮게 여기는, 남이 잘 되는 꼴은 죽어도 못 보는 심술궂은 놀부였다. 그래서 동네 사람들한테 존경은 커녕 나이 값도 못한다며 눈에 가시로들 생각했었다.

그런 옹팔씨의 진면목이 드러난 건 오래 기다릴 것도 없이 바로 그 다음 날이었다.

그날은 일요일이자 아랫마을 남수가 결혼을 하는 날이었다. 남수네는 가까운 장터나 읍내에 한다 하는 예식장도 많았지만 굳이 마을회관을 택했다.

피로연도 출장 뷔페나 한식 식당도 얼마든지 있어 돈만 주면 마음대로 골라 쉽게 이용할 수 있었다. 그러나 굳이 마을회관 마당에 가마솥을 걸고는 집에서 만든 음식을 대접했다.

그런 현상은 몇 년 전부터 한작골에서 일고 있는 신선한 새 바람이었다. 그걸 맨 처음에 주장하고 시작한 사람은 현재 군청 서기로 있는 명수였다.

부모나 친척 친구들은 체면이 있지 그래도 당당한 군서기가 어떻게 행길에서도 5리나 더 들어오는 한작골 손바닥만한 마을회관에서 하느냐며 반대였다. 그 뿐만이 아니었다. 신부 측에서도 일생에 한 번 있는 결혼식인데 기왕이면 근사한 예식장에서 하자고 강력한 반대였다. 그러나 당사자인 명수만은 달랐다.

결혼은 가장 성스럽고 숭고해야 할 인간 최대의 행사임엔 틀림

없지만 그러나 장바닥에서 파장에 물건을 싸구려 떨이로 처분하듯 큰 예식장에 올 사람 안 올 사람 다 끌어 모아다 놓고 봉투를 챙기는 것 그건 결혼을 빙자한 돈벌이지 거기에 무슨 성스런 의미가 있느냐는 것이었다.

그래서 명수는 양가 어른들을 어렵게 설득해 마을회관에서 정말로 성스럽고 조촐한 결혼식을 올렸었다. 그 후로 한작골에서만은 마을회관에서 결혼식하는 것을 오히려 자랑으로 생각하게 되었다.

마을회관엔 남수의 결혼을 축하하기 위해 온 마을 사람들이 다 모였다. 회의실이니 방이니 거실이니 바깥 마당에까지 손님들이 꽉 꽉 들어차 먹고 마시며 한참 분위기가 무르익어 가는 판에 방에서 난데없이 접시 깨지는 소리가 터져 나왔다.

"임마 너 필만이 그럴 수가 있는겨. 그러두 되는 거여?"

"이 사람 옹팔이 왜 그러나 이 사람아. 내 얘기를 듣구 떠들더라두 떠들게."

"야 듣구 지랄이구 할 것두 읎서. 내가 언젠 느이 차타구 살았냐. 필요없다 필요없어."

"이 사람 옹팔이 왜 그러나 지금 명수가 여기 잔치에 와서 술을 먹어서 운전을 못한다니께 그려. 음주운전이 월마나 무서운지 물러서 그려."

"그래 내가 뭐라구 했어. 명수가 술을 먹어서 운전할 자신이 없으면 우리 돌출이한티 운전댈 맡기라니께. 갸는 그레뵈두 운전 경력 3년여. 군대 수송대서두 3년간 차만 끌었당께."

"이 사람아 운전면허두 없는 자네 아들한테 어떻게 운전댈 맡겨."

"운전면허가 뭐 필요혀. 엎어지면 코닿을 데 쌩하고 다녀오면 될

틴디. 그래두 못 주겠다 그거지. 야 치사하구 드럽다. 드러워."

"이 사람이 왜 그렇게 오핼 허구 그러나 엥."

"차 없는 놈 워디 서러워서 살겠서."

"아니 옹팔이 자네 술 취했나. 그게 무슨 소리여."

"그래 나 술 취했다. 술 취한 내 말 한 마디만 더 들어볼텨. 나더러 술이 취했다구."

"가세 옹팔이 가."

"아녀. 필만이 내 한 마디만 더 할텨. 어제만 해두 그려. 기왕에 빈 차루 가는 거 나 장에 좀 태워다 달랬더니 아니 아침두 안 먹은 첫새벽에 찾아와 졸르질 않나. 그건 그렇다 치더라두 기가 막혀서 말이 안 나오네."

"이 사람아 개가 출근 시간 안에 대야 하니 그럴 수 밖에."

"날씨가 워낙 추워서 퇴근할 때두 같이 좀 타구 오쟀더니 아예 일찌감치 내뺐더구먼 코빼기두 안 뵈구."

"옹팔이 그게 아녀. 자네가 오해여. 개 얘기는 갑자기 도청으루 출장을 가게 되었댜. 그려서 그렇게 덴 거랴 오해 말어."

"오해, 정 그랬다면 나한테 얘기라두 해줘야지. 아니 나이 드신 어른을 장바닥에 세워놔서 비오는 날 상가집 개떨 듯하게 해두 된다는겨."

"이 사람아 대천 바다에서 실 바늘 찾기지. 큰 장바닥에서 자넬 어떻게 찾아서 얘길 전하겠나. 더구나 긴급한 출장인디."

"쓸데없이 아들 덮어 줄라구 허지 마."

"옹팔이 그런 게 아니래두. 개두 즘심두 굶구 깜깜한 뒤야 집에 들어왔었어. 이 사람 마음 풀게."

"풀구 지랄이구 할 게 뭐 있어. 차두 한 대 없는 내 불찰이지."

봉팔씬 그렇게 산비탈 돌아가는 소리로 삐딱하게 고집을 부리더니만 홱 일어나 옆방으로 갔다.

"나두 시장바닥 일수쟁이한테 일수라두 얻어다 차 한 대 사야겠어."

옆방에 가자 옹팔씨와 아삼육으로 죽이 맞는 삼식씨가 반색을 하자 밑도 끝도 없는 말을 내질렀다.

"옹팔이 워딨었어. 많이 찾었었네."

"워디는 옆방에 있었지. 진절머리나게 이뻐 죽겄는 필만이랑."

"왜 또 그려 무슨 일이 있었남."

"무슨 일은 내가 없으니깨 괄셀 받은 거지 뭐."

"뜽금없이 그게 무슨 재필고개 넘어가는 회오리 바람소리랴. 자세허게 말혀봐."

"자네두 차 없으면 걸어다니소. 팔자에 없는 남의 차 잘못 탈려다간 망신당하기 십상인께."

"그게 무슨 천둥에 생쥐 방귀 끼는 소리랴. 속 시원히 털어 놔봐."

"차 없는 놈 불쌍해 세상 살겄나."

"그게 무슨 여우 장딴지 긁는 소리냐니께."

"아녀 참말루 설움설움 차 없는 설움이 제일인가벼."

"옹팔이 자네답지 않게 그게 무슨 복쟁이 이빨 가는 소리여. 알다가두 모르겄네."

"열불나 죽겄는디 근드리지 말구 술이나 한 잔 줘."

애기가 하도 뜬 구름 잡는 식으로 종잡을 수가 없자 그 방에서 같이 있다 온 학남이가 한 마디 끼어들었다.

"사실은 옹팔이가 명수한테 오늘 읍내꺼정 차 좀 타고 갔다 오

· 꼬리 잘린 생쥐 ·

젰다가 거절을 당했다나벼."

"명수는 지금 바깥 마당에서 술을 먹구 있던디."

"그려 그러니께 옹팔이가 저렇게 속이 디틀린 것 아닌가베."

"아니 그러면 옹팔일 태우구 싸게 갔다 오면 좋을 틴디 명수는 왜 안 가구 그런댜."

"필만이는 명수가 술을 먹어서 음주운전인가 뭔가에 걸린다구 그러더라만 막걸리 몇 잔 먹은 게 워뗘탸 멀쩡허기만 헌디."

그러자 지금까지 엉뚱한 말로 딴청을 부리던 옹팔이가 한 마디 끼어들었다.

"내가 놀러 가자는겨? 엊저녁에 다리를 삐끗혀서 발목을 삔 것 같아서 침 좀 맞으러 갈라구 그러는디 안 된다너먼 그려. 워디 그것 뿐인 줄 알어. 우리 돌출이가 저보다는 몇 배 운전을 잘 혀. 그려서 차만 빌려달래두 그것두 안 된다너먼 내 참. 머리 털난 후 한작골에서 이렇게 괄시 당하는 건 처음이여."

그러자 여기저기서 사촌이 땅을 사서 배앓이하는 불평이 터져 나왔다.

"그려 워낙 차나 있다구 너무 자쎄구 다녔어. 제기럴 천하에 없는 차가 저의 집에만 있는지……."

"차나 있다구 필만이 재는 꼴이라니. 그까짓 흔한 차, 한 대 가지구 뭘 그렇게 버티구 다녀 버티기를."

"명수는 또 워뗘. 길을 가다 만나두 모르는 척 횟딱 먼지만 한 바지게 퍼껀꾸 지나 가잖어. 웬만허면 제가 차를 세우구 타라구 허는 게 예의지. 차 사가지구 사람까지 버렸다니께."

"어쩌다 마지 못해 한 번 타기라두 해봐 안전띠를 매라 문을 닫아라 뭐 해라 사람 무시허구 어른한테 이것저것 아주 명령조가 아니던감. 버르장머리 없는 놈 같으니라구."

"워디 그것 뿐여 저 지난 장날엔 우덜이 명수 차를 장터서 난생 처음 탔는디 한 사람이 남는댜. 그렇다구 하나를 내리라드먼. 뭐 정원 초과에 걸린다든가 뭐라든가. 아 하나 더 탔다구 워디가 덨나. 인정머리하군 쥐뿔두 없는 놈여."

"나두 그렸어. 지난번에 군청에 갔다 오다 마침 명수차를 타게 됐는디 하나가 많다느먼 비는 억수같이 퍼붓구 해서 안 내리니께 나더러 차 밑바닥에 엎드려 가랴. 죄인 죄인혀두 그런 지녁사리가 없겄더먼. 싸가지란 약에 쓸려두 읎는 놈여. 그게 사람 놈여."

그러자 그들 말에 힘을 얻은 옹팔씨는 소매를 걷어부치고 일어나 결론적으로 말을 했다.

"여보게들 걱정 말게 내 금년 안으루다가 홀애비 딸라 돈을 얻어서라두 차를 살껴. 그까짓 제까진 게 비싸 봤자 몇 푼이나 허겄어. 나 옹팔이가 차를 산다 이거여 어뗘."

그렇게 옥신각신한 다음날 아침에 명수가 출근을 할려구 나와 보니 차 바퀴가 다 펑크가 나 있었다. 기가 막혔다. 속상한 대로 하면 옹팔씰 찾아가 망신을 주고 싶었지만 명수는 꾹 참고 20리 길을 걸어서 출근을 했었다.

옹팔씬 그런 위인이었다.

그런 옹팔씨가 차를 산다고 했다. 술좌석에서나 장에서나 마을회관에서나 사람들만 만났다 하면 차를 사겠다고 큰 소릴 쳐댔다. 그 소문이 어찌나 크게 퍼졌는지 청양 읍내선 말할 것도 없고 50리나 떨어진 예산 읍내서까지 중고차를 사지 않겠느냐는 연락이 하루에도 수십 번씩 전화통이 불이 나게 왔었다.

그런 연락을 받자 마자 옹팔씨는 아들한테

• 꼬리 잘린 생쥐 •

“애 돌출아 너 참말루 차 끌 자신 있는겨.”

“그류 제가 이레뵈두 저의 수송대서 제대말년까지 무사고로 제대한 사람은 저 하나밖에 없었슈. 걱정 말어유.”

“그려 그럼 까짓거 우리두 차를 사자. 어떠냐.”

“그류. 지가 운전을 할께유.”

말은 그렇게 큰 소릴 쳤지만 사실은 수송대서 근무한 게 아니라 취사병으로 있으면서 밤에 몰래 도둑으로 차 운전을 배워뒀던 것이었다. 그런데 차를 살 욕심으로 거짓말을 했던 것이었다.

어쨌든 그렇게 해서 여기저기 다니며 차를 본 끝에 예산 읍내서 돼지 장수가 타고 다니던 자가용을 샀다. 옹팔씨 말로는 차를 빼온 지 얼마 안 돼서 새차나 진배없다고 큰 소릴 쳤다. 그러나 차를 조금만 볼 줄 아는 사람이라면 폐차를 시켰어도 벌써 몇 년 전에 시켰어야 할 차였음을 한눈에 알아 볼 수 있는 고물이었다.

그걸 아끼바리 다섯 가말 바치고 사다 놓고도 헐값에 거저 줏은 거나 다름없다고 동네가 떠나가라 자랑이었다. 그리고 차를 처음 가져오던 날 돼질 한 마리 때려잡아서 동네 잔치까지 했었다.

그런데 문제는 면허증이었다. 차를 사오자 그때까지 큰소리만 치던 돌출이가 면허증이 없다는 것이었다. 그래서 운전면허 학원엘 다니고 또 면허증을 따느라고 아끼바리 몇 가마가 올라갔었다.

돌출인 면허증이 나오기 전부터 차를 한시도 세워 놓지 않고 끌고 다녔다. 오늘은 아랫말 친구들과 내일은 윗말 친구들과 그 다음 날은 아버지 친구들을 또 그 다음 날은 어머니 친구들을 아무 일도 없이 태우고 쏘다녔었다.

장날은 장꾼들을 실어 나르고 결혼식이 있으면 결혼식 손님을 실어 날랐다. 논을 매러 갈 때도 일꾼들을 차에 싣고 갔다. 제집에서 엎어지면 코 닿을 물꼬 보러 갈 때도 차를 몰고 다녔다. 남의 품앗이 가서도 끼니때가 되면 일하다 말고 차를 끌고가 밥 광주릴 실어 날랐다. 그러다 보니 경운기는 헛간에 처박어 썩히고 밭매러 가고 못자리 하러 가는 데도 자가용에 일꾼들을 태우고 다니게 되었다. 그렇게 죽기살기로 인심을 팍팍 쓰니 누가 돌출넬 싫어하겠는가.

동네 인심이 자연 옹팔씨네로 쏠렸다. 옹팔씨가 쇠고집 불통에 싱끼스럽고 심술맞고 음흉하대서 상종을 않던 사람들도 그 차만 한번 탔다 하면 모두 옹팔씨를 하느님처럼 받들었다.

그 후론 옹팔씨네서 얼척지근한 일만 있어도 동네 사람이 다 들고 일어나 야단법석이었다. 그러나 필만씨네가 아무리 큰 일이 생겨도 사람 하나 얼씬 않고 발을 끊었다. 동네 인심이 송사리 떼와 같아서 필만씨네와는 일철에 품앗이도 잘 안 할려고 했다. 차 한 대 때문에 동네 인심이 이렇게 변했다.

명수가 차를 사게 된 건 출근 때문이었다. 명수는 읍내의 농고를 졸업하자마자 군청에 근무하게 되었다. 그런데 고1때부터 통학하던 자전거를 10년도 넘게 타고 다녔다. 하도 자주 고장나고 고치러 가니까 나중엔 자전거포에서조차 머리를 설레설레 내두르며 이제 그만 고치러 오라고 성화였다. 아무리 조심해 탄다고 하지만 하도 여러 군델 고치다 보니 성한 곳이란 한 군데도 없었다. 심지어는 몸체도 여기저기에 금이 가고 부러져 산소땜 자국이 빈틈이 없었다. 한 마디로 폐품이었다.

길거리에 내다 버려도 넝마주이도 주워 가지 않을 괴물이었다. 그런 자전거를 타고 다니자니 힘도 들고 남들 보기 창피도 해서 참다 못한 명수가 아버지한테 자가용을 사겠다고 했다가 얼마나 혼쭐이 났는지 모른다.

"얘 너 밥술이나 먹는 거 그것마저 올려 세우고 싶어 안달을 하는 거냐."

"왜 살림을 올려 세워유."

"장터 박서방네니 양짓말 임서방네니 살메기 장서방네 얘기두 못 들었어. 차를 살려면 가만히 집에 누워 있는 게 애비 돕는 일여. 아예 꿈에두 생각지 마."

차라리 걷는 게 제일 안전하니 걸어서 다니라는 거였다. 기가 막힐 일이었으나 명수는 하는 수 없이 다 망가진 자전거는 때려치우고 걸어서 출퇴근을 했었다. 결혼 후에도 출퇴근엔 달라진 거란 아무것도 없었다.

명수가 결혼을 했으니 웬만한 부모 같으면 군청이 있는 청양 읍내다 살림을 따로 내주었을 것이다. 그러나 계속 딴 살림 나는 것을 허락지 않았다. 보다 못한 처가집에서 18평짜리 아파트 전세를 얻어 주었지만 필만씨의 반대로 뜻을 이루지 못했다.

오히려 그 일로 사돈지간의 사이만 소원해지는 결과가 되었다.

명수가 근무시간에 늦지 않기 위해서는 집에서 새벽 다섯 시부터 밥을 먹고 집을 나서야 했다. 차령산맥의 끝자락인 청양 읍내서도 20리도 훨씬 넘는 거리를 걸어서 출근하자니 보통 일이 아니었다. 그래도 날씨가 좋은 날은 그런 대로 참을 만했다. 그러나 날이 궂거나 겨울에는 젊은 몸으로도 견디기 힘든 고행이었다.

그래서 날궂는 날은 자연 숙직실에서 자고 안 들어오는 날이 잦게 되었다.

명수는 생각다 못해 아버지한테 또 자가용 얘기를 꺼냈었다.

"아버지 아무래도 차를 한 대 사야겠어유."

"애 명수야 그 애긴 지난번에 끝내지 않았느냐. 그러구 차가 워디 한 두 푼 하는 거냐."

"일시불루 구입하기가 어려우면 월부루두 된대유."

"월부면 빚이 아니냐. 또 차가 얼마나 위험하냐. 지난번에두 애기했잖어. 차 사고로 패가 망신한 사람덜 애기 말여."

"아버지 그럼 워떡허면 좋겠슈. 버스 시간두 맞지 않아 버스를 타면 매일 지각이구 퇴근은 매일 조퇴해야 할 판이니 워떡헌대유."

"허긴 20리 왕복 출퇴근은 무리지 무리구 말구 나두 잘 안다. 좀 더 두구 생각혀 보자."

명수의 합리적인 말에 처음보다는 많이 물러선 필만씨였다.

필만씨도 그렇게 아들 앞에선 반대를 했지만 항상 아들문제로 마음이 편치 않았었다. 말이 걸어서 20리 출근이지 이 마이카 시대에 될 법이나 한 애긴가. 명수가 워낙 착하니까 그렇지 애초에 어림도 없는 일이었다.

그러나 차를 사면 사고가 무섭고 아들이라고 삼대독자 하나밖에 없는 것을 따로 살림을 내보낸다는 것은 생각조차 할 수도 없는 일이었다. 그렇다고 직장을 그만두라고 할 수는 더 더욱 없는 노릇이었다.

필만씨가 동네서나 장에 가서나 친구들이나 젊은 사람들이 자기에게 깍듯이 대하는 게 그래도 명수가 군청에 다니고 있기 때문이라고 항상 생각하고 있었다. 그런 명수를 군청을 그만 두게 하다니 그건 천부당 만부당한 일이었다.

그래서 그 문제 때문에 밥맛도 잃고 부인과도 옥신각신 의견충돌을 하며 속을 끓이고 있을 때 일은 기어이 터지고 말았다.

• 꼬리 잘린 생쥐 •

그날은 초겨울, 갑자기 첫눈이 내리는 날이었다. 하루 종일 하늘이 뿌옇게 내려앉고 바람이 쌩쌩 불며 뒤숭숭하더니 퇴근 무렵엔 기어코 진눈깨비가 내리기 시작했다. 그런데 진눈깨비가 눈으로 바뀌며 날씨는 더욱 추워졌다.

명수는 퇴근 전에 조금 일찍 나와 막차를 타려 했다. 그러나 길이 빙판져서 버스도 결행이라고 했다. 할 수 없이 그 모진 눈보라를 다 맞으며 걸어서 길을 떠났다. 그랬는데 오는 도중에 가파른 어설티 고개를 넘다가 찌익 미끄러져 딩굴었는데 머리를 길바닥에 부딪쳐 정신을 잃었던 모양이었다.

다행히 지나가던 자가용이 있어서 빙판 길에 쓰러져 있는 명수를 병원으로 옮겨서 무사하긴 했지만 생각만 해도 끔찍한 순간이었다.

그 일이 있은 후 어쩔 수 없이 필만씨는 자가용을 사줬던 것이었다.

자가용을 구입하기 전날 필만씨는 아들에게 속도는 아무리 급해도 60Km 이상을 내서는 안 될 것과 어떠한 일이 있어도 술을 먹고 운전을 않겠다는 각서를 받는 것도 잊지 않았었다.

자가용을 운전하면서 명수는 한 번도 아버지와의 약속을 위반하지 않았다. 그래서 동네서는 말할 것도 없고 읍내서까지 겁쟁이 운전사로 놀림을 당하곤 했다.

그러나 명수는 그런 놀림 같은 건 웃음으로 받아넘기며 아버지와의 약속을 충실히 지켰다.

그 날도 일요일 오전 11시에 아랫말 영숙이가 읍내 예식장에서 결혼을 했었다.

동네 사람들이 당연히 예식장으로 몰려 갔었다. 명수네 식구들은 아침 일찍 읍내로 자가용이 아닌 버스를 타고 갔었다. 그러나 돌출이는 자가용을 아침내 마당에서 닦아 제키더니 아침 숟가락을 놓자마자 동네 사람들을 실어 날랐다. 동네 사람들은 차를 타고 동네를 빠져 나오다가 명수네 집 바깥마당에 세워놓은 차를 손가락질하면서

"명수차는 빵꾸 났나베."

"이 사람 저 차는 귀하신 몸들만 타구 다니는 차여. 그것두 엉금엉금 기는 겁쟁이 굼벵이들만."

"허 허 허."

"하 하 하……."

다들 명수네를 흉보고 욕할 때 돌출은 더욱 신이 나서 악셀레이터를 밟아제켰다.

예식이 끝나고 피로연장에서 마침 명수와 돌출이 한 자리에서 음식을 먹게 되었다. 그런데 돌출인 옆에 있는 동네 친구들과 술을 계속 마시며 너스레를 떨고 있었다. 보다 못한 명수가

"이 사람 돌출이 차를 가지고 왔다며."

"그래 그런디 왜."

"아니 그런디 술을 그렇게 많이 먹으면 어떡헐라구 그려."

"음주운전 문제 없어. 나한테는 안 통혀 겁쟁이들에겐 모르지만."

"아녀 이 사람아 조심혀야지."

"명수 자네나 조심허게."

"원 사람두……."

"명수 자네는 뭐 종합보험까지 다 들었다며 그런데 뭐 걱정이 되어서 그러나."

• 꼬리 잘린 생쥐 •

"보험만 들었다구 안전하다든가. 자네두 다 들었겠지."

"보험 같은 건 뭣하러 들어 다 그거 겁쟁이들이 하는 짓거리지. 나 같은 베테랑이 무슨 필요가 있어."

"아냐 그래두 보험은 들어야지."

"자네나 많이 들게. 참 차는 안 끌구 왔나."

"응 집에 두구 왔어."

"왜."

"예식장에 오면 술두 한 잔 먹을 것 같구 해서 그랬지 뭐."

"사람 겁은, 그래 잘 해 보게."

돌출이는 배짱도 배짱이었지만 사실은 종합보험에 들 돈이 없었다. 재산이라곤 논 밭 합쳐야 열 댓마지기 뿐이었다.

그렇더라도 돌출이나 생활력이 강해서 부업을 하던가 돈 벌 생각을 하느냐 하면 그게 아니었다. 어떻게 하든지 한 푼이라도 돈을 더 뜯어다 쓰지 못해 안달이었다. 그 일로 자기 처와도 자주 다퉜지만 다 소용이 없었다. 그래서 사실은 종합보험도 들지 못하는 주제에 동네 사람들 앞에서는 큰 소리만 탕탕 쳐대며 번데기 주름을 잡고 다녔다.

피로연장에서 국수 한 그릇을 먹자마자 명수는 그 곳을 빠져 나왔다. 돌출이 등이 자기를 자꾸 비꼬는 것 같아 일찍 나와서 버스를 타고 동네로 돌아왔었다.

이른 저녁을 먹고 TV 뉴스만 조금 보다가 고단해서 일찍 잠자리에 들어 첫잠이 막 드는가 싶었는데 아내가 흔들어 깨웠다.

"일어나유. 일어나 봐유. 아버님이 찾으셔유."

"아닌 밤중에 무슨 소리여."

"안방으로 건너 오래유. 빨리 가봐유."

그래서 안방에 들어가니 돌출이 아버지가 새파랗게 질려가지고 부들부들 떨고 있었다.

"아니 아저씨 왜 그러셔유."

"우리 돌출이가 사고가 났댜. 미안허지만 같이 좀 가보세. 부탁허네."

"그류 어디래유."

"어설티 고개랴."

부랴 부랴 옷을 주워 입고 옹팔씨를 태우고 어설티 고개에 가보니 말이 아니었다. 문자 그대로 아수라장이었다. 119 구조대가 와있고 교통순경이며 사고자 가족들이 울부짖고 망가진 차체가 여기 저기 흩어져 말로 형언할 수가 없었다. 명수가 돌출일 찾아보았으나 사람은 어디 갔나 찾을 수 없었다. 그런데 돌출이 차만 형체를 알아 볼 수 없도록 참혹하게 와싹 찌그러진 채 반대쪽 차선에 뛰어들어 마주 오던 차를 들이받고 멎어있었다.

명수의 뒤를 쫓아 내린 옹팔씨가

"명수 워딨늬. 명수야 이놈아 명수야."

불러제키며 허겁지겁 사고 현장으로 뛰어가자 거기에 모여 있던 피해자 가족들이 우루루 달려들며

"돌출이 아베 옹팔이 아녀, 네 새끼가 내 아들 죽였어. 너 이놈 내 아들 살려내. 이놈아 생떼 같은 내 자식 어떡헐라구 술 처먹구 운전을 혀서 이 꼴을 만들었어."

"너 이놈 네가 무슨 낯짝으로 여기 왔어. 이놈 내 아들 살려내 이놈."

여기 저기서 피맺힌 고함을 내지르며 옹팔씨의 멱살을 잡아 질질 끌고 가고 있었다.

무녀리

　짬밥을 싣고 오는 리어카의 무게가 자꾸 더 했다. 누가 뒤에서 잡아 끄는 것같이 점점 더 힘에 겨웠다. 드럼통 하나가 철철 넘치게 가득 실으면 사실은 그것도 힘에 부쳤다. 그런데 욕심을 내느라고 물통 두개에까지 꽉꽉 채워 실었으니 무리도 보통 무리가 아니었다. 바위덩이보다 더 무거운 리어카를 끄느라고 엄동설한 살을에는 혹한인데도 땀이 비오듯 했다. 그러나 그 짬밥을 먹으며 좋아할 돼지들을 생각하면 힘이 저절로 솟았다.

　그렇지만 하루가 다르게 돼지 값이 폭락하더니 이젠 아예 돼지를 거저 줘도 가져갈 사람이 없다고 생각하자 금방 팔에서 힘이 쭉 빠졌다. 이렇게 새벽같이 10리가 넘는 읍내에 가서 짬밥을 실어 나른들 무슨 소득이 있겠느냐는 생각이 들었다. 그리고 새벽에 리어카를 끌고 집을 나올 때 아내와 다투던 생각이 퍼뜩 머리를 때렸다. 전날 밤에 먹은 술이 덜 깨서 비척거리며 옷을 주워 입는데 아내가 부시시 눈을 뜨더니

“또 읍내 갈려구 그류?”

“그려 죽으나 사나 또 갔다 와야지.”

“소용두 없는 걸 뻔히 알면서 뭣허러 헛심만 뺄대유.”

“그럼 어떡혀.”

“어떡허긴 그냥 들판으로 쫓아내구 말어유. 괜히 골병들지 말구.”

“산 목숨 워찌 그렇게 모질게 한댜. 난 그렇겐 못혀.”

“그럼 저 많은 돼지를 다 워떻게 할뀨. 겨두 인저 다 떨어져 가는디유. 뭘 멕여서 살릴뀨.”

“그려두 하는 디까지는 혀봐야지.”

“그러다 당신이 먼저 쓰러져유. 돼지 새끼 살리려다 당신이 먼저 쓰러진다니께 정신 못 차리구 그게 무슨 짓유.”

“쓰러지기는, 말 못허는 짐승이라구 그냥 이 엄동설한에 들판으루 내몰어 얼어죽여두 된다는겨. 말도 안 되여. 사람이 인두겁을 쓰구 그럴 순 없어.”

“그려서 쓰러져가는 옴판 칸 팔아서 사람은 들판에 나앉구 돼지만 살릴뀨 정신채류.”

“누가 그런댓남. 그렇게 안 할려구 지금 짬밥을 실러 가는 게 아닌가베.”

“식구들은 죽든 살든 모르세 허구 돼지만 살리면 되는감유. 그것 참 잘하는 짓이네유.”

“식구들이 뭐 워떠서 그려. 있다가 밝은 날 애기허구 잠이나 더 자. 내 싸게 갔다 올게.”

“당신 맘대루 혜유. 속터져 죽겠는디 잠이 참 잘 오겄네유. 후유 이놈으 팔자 왜 이리 기박할까.”

하긴 아내의 말도 틀린 게 아니라고 차돌인 생각했다. 돈도 안

· 무녀리 ·

되는 돼지에 매달려 집안 살림은 아예 외면하고 있으니 아내가 투정도 할 만하다고 생각했다.

더구나 자기네 집에서 먹이던 돼지만이 아니었다. 동네 사람들이 먹이다 내쫓아 버린 돼지 새끼까지 다 몰아다 놓고 키우려 하니 아내가 짜증도 날 만했다. 더구나 돼지 값은 끝도 없이 계속 떨어지기만 하고 다시 회복될 기미는 전혀 보이지 않는 실정이 아닌가. 그래서 동네 사람들은 어미 돼진 잡아서 거저 고기를 나눠 먹고 새끼 돼진 죽여 퇴비장에 파묻어 버리거나 아예 밖으로 내쫓아 버리었다.

그러나 차돌이 생각은 그게 아니었다. 언제는 값이 비싸다고 상전모시듯 애지중지 기르더니 잠시 값이 떨어졌대서 다 죽여 버린다니 그러고도 사람이라고 할 수 있느냐는 생각이었다. 그래서 짬밥을 실어 나르는 시간을 빼고는 들판에 돌아다니며 버려진 돼지 새낄 몰아들이는 게 요즘의 일과였다.

그렇게 동네 돼지를 다 몰아들이자 돼지 우리가 부족했다. 그래서 마당을 없애 버리고 돼지 우릴 만들고도 부족해서 김장 밭까지 돼지 우릴 늘리었다.

돼지 우리는 비좁은 대로 해결이 되었지만 그러나 먹이가 또 문제였다. 그렇다고 외상값을 안 갚는다고 성화를 부리는 사료상회에다 또 외상으로 사료를 달랠 수도 없고 해서 할 수 없이 식당에서 짬밥을 10리가 넘는 읍내서 실어 날랐다. 하루에 한 번 실어 나르는 것도 힘에 벅찬 일인데 요즘은 하루에 두 탕 세 탕을 뛰니 사람 꼴이 말이 아니었다.

차돌이는 가난한 농부였다. 땅이래야 자갈 논 댓 마지기와 산을 파 일군 비탈밭 서너 마지기가 전부였다. 그렇다고 도시 근처처럼 공단이나 또는 부업거리가 있는 것도 아니었다. 그걸 가지고는 아들 둘에 딸 하나 다섯 식구의 일년간 목구멍에 풀칠하기도 빠듯했다.

차돌이가 사는 곳은 산 좋고 물 맑고 공기 깨끗한 충남의 알프스인 청양 읍내서도 10리나 더 들어가는 재필이었다.

차돌이는 어떻게든 살아볼려고 별별 짓을 다 해봤었다. 구기자도 심어보고 비닐하우스에 채소도 재배해 보고 치나물도 심어보고 도라지도 심어봤으나 가난을 물리치기엔 다 역부족이었다. 그러나 한 푼이라도 살림에 보태려고 겨울엔 칡뿌릴 캐다 팔고 봄부터 가을까지 아내와 함께 산 도라질 캐다 팔고 약초와 나물을 뜯어다 팔았다. 그러다가 생각한 게 동물 사육이었다.

처음 시작한 게 토끼였다. 토끼는 새끼를 구입하는 데 목돈이 들지 않아서 좋았다. 거기에다 번식력도 뛰어나고 풀만 먹고 살기 때문에 사료값도 걱정할 필요가 없었다. 또 야산에 울타릴 치고 먹이면 산토끼나 진배없으니 판로도 수월할 것이란 생각에서였다.

과연 생각했던 대로 토끼 새끼 몇마리 사다 키운 게 6개월이 되자 어미 토끼가 되어 새끼를 낳았다. 소문을 들은 장사꾼들이 몰려와 어렵지 않게 토끼가 팔려 나갔다. 온 식구들이 매달려 정성을 쏟았다. 그래서 생활에 숨통이 좀 트이게 되었다. 그런데 호사다마라던가. 한 여름 장마철에 토끼들이 설사를 하기 시작했다. 그러더니 한 놈 두 놈 쓰러지기 시작하더니 손 쓸 사이도 없이 완전히 다 죽고 말았다. 차돌이가 난생 처음 겪는 충격적인 사건이었다.

차돌인 입에도 안 대던 술을 먹기 시작했다. 늦게 배운 도둑질이 밤새는 줄 모른다는 격으로 주막에 가 엎으러져 술만 펐다. 참다 못한 부인이 쫓아가 울면서 사정해 집에 데려오면 또 주막으로 달려가곤 하였다. 사람 버렸단 말이 동네에 파다히 퍼졌다. 그렇게 술독에 빠져 한겨울을 나더니 봄이 되자 정신을 차리고 돼지를 키우겠다고 했다.

돼지 역시 특별한 지식이 없더라도 누구나 키울 수 있는 것이었고 또 값도 좋아 타산이 맞는 장사라고들 했다. 그간 토끼 길러서 돈푼이나 모은 것은 지난 겨울 술독에 포싹 쏟아 부었기 때문에 하는 수 없이 농협에서 융자를 받아 돼지 새끼를 샀다. 돼지를 키우면서 차돌인 또 기운이 났다. 처음엔 사료를 구입할 돈이 없기 때문에 읍내 식당에 부탁하여 짬밥을 리어카를 끌고 새벽같이 나가 실어 날랐다.

돼지들이 무럭무럭 잘도 자랐다. 돼지가 주는 대로 먹고 잘도 자라는 걸 보면 힘이 저절로 불끈불끈 솟았다. 돼지를 위해서 새벽같이 짬밥을 실어 나르고 하루 종일 연한 풀을 베어다 먹여도 어려운 줄을 몰랐다. 또 온 식구가 매달려 정성을 쏟았다. 지성이면 감천이라든가 돼지들은 아무 탈없이 잘도 자랐다.

그렇게 해서 첫 번째 돼지 7마리는 아주 좋은 값으로 팔려 나갔다. 목돈을 쥐니 왜 진작 돼지 키울 생각을 못 했나 후회스러웠다. 더구나 사료는 하나도 먹이지 않고 풀과 짬밥만으로 키워서 고기 맛이 좋다며 돼지가 또 없느냐고 돼지장수들이 연일 성화였다. 그래서 기왕에 먹이는 거 봇장껏 먹이자고 돼지 판 돈을 다 털어 새끼를 50마리나 사들였다.

이웃사람들이 돼지 똥내 땜에 못 살겠다고 항의가 빗발쳤다. 그럴 때마다 술과 안주를 싸 가지고 가서 사정을 하였다.

"여보게 처자식 굶겨 죽일 순 없구 어떡헌다나. 이렇게라두 입에 풀칠하구 살아야지."

"그것두 좋지만 파리허구 냄새 땜에 살 수가 있어야지."

"미안허네. 내 다음에 자네의 고마움 잊지 않겠네. 암 이번 돼지만 잘 팔면 내 동네 잔칠 벌릴껴. 좀 봐주게 어쩌겠나."

그렇게 허리를 굽실거리고 사정하며 돼지를 키웠다.

그런데 그 놈들이 크면서 어찌나 먹어제키는지 새끼땐 새벽에 한 리어카만 실어오면 하루 종일 실컷 먹고도 남았었다. 그러던 것이 사료를 섞어 먹였어도 하루에 두 번 세 번으로 돼지들이 크는 대로 먹이를 더 대줘야 되니 그게 보통 일이 아니었다. 그래서 농사는 뒷전으로 밀려 부업이 되었다. 그리고 돼지 키우는 일이 본업이 되다시피 했다. 농사를 짓는 틈틈이 돼지를 키우는 게 아니고 돼지를 키우는 틈틈이 농사를 지었다.

200여근 짜리의 돼지가 50마리나 우리마다 가득 찬 걸 보면 밥을 먹지 않아도 저절로 배가 불렀다. 동네 사람들도 차돌이가 벼락부자가 되었다고 모두들 부러워하였다.

하루 종일 짬밥을 실어 나르고 논밭에 가 또 농사일을 해서 몸은 천근만근 늘어졌지만 그래도 돼지만 생각하면 금방 힘이 솟았다. 그리고 밤마다 식구들이 모여 앉아 돼지를 팔면 무엇을 할까에 대해 욕심껏 자기가 하고 싶은 것을 말할 때는 그때까지 살던 중 제일 행복한 시간이었다.

"엄마 돼지 팔면 나 피아노 사줘."

막내인 딸 영숙이가 말을 하면 질세라 장남인 철수도

"엄마 난 야구 방망이와 야구복허구 자전거 사줘."

그러면 숙제를 하던 둘째놈이 질세라

"엄마 난 축구화허구 축구공 사줘. 그리고 텔레비젼도 새 걸로 사구 오토바이도 하나 사 응."

"그려 공부만 열심히 허면 다 사 주지 걱정 마. 그런디 참 여보 이번 돼질 팔면 우선 화장실부터 수세식으로 고치구 부엌두 입식으루들 다 고치는디 우리두 입식부엌으로 고치구 씽크대두 하나 들여놓구 참 마루에 유리창두 답시다."

"그려 돼지 값만 잘 받으면야 그까짓 것 못할 게 뭐 있어. 걱정 말구 기다려. 뭐든지 다 해 줄게 나두 리아까부터 때려 치우구 경운기부터 사야겠어."

그렇게 식구들이 모든 꿈을 돼지에게 걸었었다. 그러나 그 꿈이 너무 과한 것도 아니었는데 때 아닌 날벼락이 떨어질 줄이야 누가 알았겠는가. 돼지장수한테 돼지를 팔겠다니까 돼지 값이 폭락했다는 것이었다. 믿기지 않았다. 며칠 전까지만 해도 아침 저녁으로 돼지장수들이 문지방이 닳도록 몰려왔었다.

"여보게 차돌이 돼지 안 팔껴. 지금이 적당혀. 너무 크면 고기 맛이 떨어져 내 다 도리할게 당장 흥정하세."

"안유. 조금 더 커야지유 아직 어린 걸유."

"아니래두 그러네. 머지 않아 돼지 파동이 일어날 조짐이 있다구들 야단여. 그러니 오늘 계약을 허세."

"그렇게 말하면 누가 속아 넘어갈 줄 알구유. 차라리 값을 깎아 달라구 하지 왜 헛소문은 퍼뜨려유."

"그게 아니래두 그러네. 내가 굳이 자네네 돼지를 살려구 하는 건 다른 돼지와 달리 자네네 돼지는 사료만 먹이지 않구 짬밥을 많이 먹여서 고기 맛이 좋기 때문이여. 고집부리지 말구 처분혀. 내 말 듣는 게 좋을 거여."

"안유 아직 더 커야유. 조굼만 더 기다려유."

"원 사람두 고집은……"

돼지를 사러 오는 장수마다 비슷한 말을 했어도 차돌인 그게 다 값을 후리려는 거짓말로만 생각했었다. 그렇지 않고는 멀쩡한 돼지 값이 왜 떨어진다고 하는지 이해가 안 갔다. 그런데 막상 팔려고 여기 저기 돼지 장수한테 전화를 했더니 하나같이 똑같은 대답이었다.

"이 사람아, 왜 진작 팔란 땐 배짱 튕기더니, 그때 팔았어야지 이젠 늦었네. 돼지 값이 뭐 값여. 난 생각 없어 딴 데나 알아보게."

다 그런 식이었다. 눈 밝은 고양이 밤눈 못 본다더니 혼자서 약은 체하다가 결국은 보기 좋게 당하고 만 꼴이 되었다. 여기 저기 부탁해서 돼지 새끼 값도 안 되는 헐값으로 30여 마리는 간신히 처분하였다. 돼지 우린 텅 비었어도 손에 들어온 건 몇 푼 안 되고 돼지 우리마다 한숨만 가득가득 들어찼다.

일이 그렇게 꼬이자 돼지장수들이 죽살나게 찾아올 때 돼지를 팔자고 우기던 아내는 그만 화병이 나 머리 싸매고 누워 버리고 돼지 우리 근처엔 얼씬도 안 했다.

나머지 돼지는 공짜로 준대도 돼지 장수들이 거들떠보지도 않았다. 그래서 차라리 동네 사람들한테나 좋은 일한다며 마을 청년들과 함께 며칠에 한 번씩 돼지를 잡아서 집집마다 몇 근씩 나누어 주었다.

그렇게 하면 어떤 사람은 양심적으로 고기 값이라고 몇 푼 갖다 주는 사람도 있었다. 어떤 사람은 쌀 됫박이나 가져오는 사람도 있었고 어떤 사람은 고구마에 콩이며 보리쌀도 가져다 주었다. 그럴 때마다 차돌은 거절을 했지만 억지로 떠맡기고 가서 받기는 하면서도 기가 막혔다.

• 무녀리 •

그러나 며칠이 지나고부터는 돼지를 거저 줄 테니 잡아 먹으래도 싫다고들 했다. 돼지 고기라면 사죽을 못 쓰던 사람들도 돼지 고기가 지천이어서 그런지 돼지 고길 삶아놔도 쳐다도 보지 않았다.

그러고 보면 사람 마음처럼 입맛도 참 변덕스러운 것만 같았다.

돼지 고기가 금값일 땐 너도나도 돼지 고길 못 먹어 안달이더니 돼지 고기 값이 곯은 달걀 값만도 못한 지금은 누구도 돼지 고길 먹으려 하지 않으니 말이다. 그건 그렇다 치고 들리는 소문마다 더 절망스런 말 뿐이었다.

텔레비전 뉴스에서 연일 보도되는 것은 200근도 넘는 큰 돼질 사료 값이 없어 우리에서 두들겨패 내쫓고 새끼들은 모두 낫으로 찍어 잿간에 파 묻는다고 했다. 그런가 하면 집에서 내쫓긴 돼지들이 떼로 몰려다니며 들판의 곡식을 싹 짓뭉갠다고 했다. 또 돼지 떼들은 양계장을 습격해 닭을 잡아먹는다고도 했다. 그런가하면 울타릴 부수고 집으로 쳐들어가 부엌 살림을 다 둘러엎고 음식을 닥치는 대로 먹어 치운다고도 했다.

어떤 동네서는 뒷곁의 장꽝의 된장 항아리니 간장 항아리 고추장 항아리 장아찌 단지 할 것 없이 항아리란 항아린 싸그리 둘러엎었다고도 했다. 헛간에 쌓아둔 겨 가마닐 뒤엎고 떼로 덤벼들어 겨를 다 먹어 치웠다고도 했다. 그런가 하면 마루 위에 쌓아놓은 쌀가마닐 마당에 헤쳐놔 난장판을 만들었다고 해서 주인이, 돼질 내쫓은 돼지 임자와 쌀값을 변상하라며 머리가 터지게 싸우는 일이 벌어지기도 했다고 했다.

그렇게 작게는 수십 마리 크게는 수백 마리의 돼지들이 떼로 몰려다니며 행패를 부린다고 했다. 그래서 동네마다 돼지를 내쫓는 게 큰 골치였다. 애 어른 할 것 없이 몽둥일 들고 다니며 돼지만 봤다 하면 개패듯 두들겨 패 내쫓았다.

가는 곳마다 얻어 터져 상처투성인 돼지들로 사태를 이루었고 그것들은 날이 갈수록 사나워졌다. 그 순하디 순하던 돼지들이 멧돼지보다도 더 사납게 공격적으로 바뀌어 갔다. 사나운 돼지떼들은 들녘의 곡식을 닥치는 대로 먹어치웠다.

그래서 돼지떼가 지나간 들판은 완전히 황무지가 되었다. 그러자 사람들은 돼지만 봤다 하면 삽이나 괭이나 도끼를 들고 닥치는 대로 쳐죽였다. 그러니 동네마다 돼지 썩는 악취 때문에 사람이 살 수가 없었다. 난리치곤 희귀한 돼지 난리였다.

그런 참상을 보는 차돌인

"그 게 워디 사람이 할 짓여. 수전노 같은 인간 망종들 같으니라구."

그런 남편의 말을 듣던 그 부인은 발끈해서

"그럼 워떡헐뀨. 돼지는 일원 한 푼 받구 팔 수두 없는디 그 비싼 사료를 워떻게 사다가 다 멕인대유. 당연허지."

"그게 말이라구 허는겨. 그럼 당신은 지금까지 돼지를 키운겨. 돈을 키운 거여, 사람이 왜 그려. 몰인정하기는."

"그럼 돼지 사정보다 집안 살림이 다 거덜나두 괜찮단 말유. 집안 식구 다 들판으루 내 몰구 돼지허구만 살뀨."

"그건 또 무슨 말여. 우리가 노력을 해보자 그거지. 당장이야 짬밥두 거둬다 멕이면 우선은 죽이지 않구두 살릴 수 있잖여."

"그렇게 식구가 다 매달려 키우면 무슨 보람이 있어야쥬. 돼질 길렀다 하면 망할 게 뻔한디 뭣트러 그 짓을 헌대유."

"당신은 돈만 생각허는디 돼지 값이 떨어졌대서 돼질 내쫓어 죽이는 게 그 게 사람이 할 짓여. 짐승덜두 그렇진 않을껴."

"그럼 워떡헐뀨."

"워떡허긴 짬밥이라두 열심히 실어다 멕여야지."

"당신두 몸을 생각혀유. 그놈으 짬밥인가 지랄인가 땜에 당신 몸이 시들시들 말러가는 걸 몰러서 그류."

그랬다 차돌이가 생각해도 요즘 와서 부쩍 고단하고 어려웠다. 전 같으면 짬밥을 싣고 날 듯이 집으로 달려왔지만 요즘은 무척 힘에 겨웠다. 짬밥을 한 번 싣고 집에 오면 눈보라치는 한 겨울인데도 온 몸이 땀으로 미역을 감았다.

전에는 아이들이나 부인이 멀찍이까지 마중나와 리어카 뒤에서 밀어주는 바람에 훨씬 힘이 덜 들었다. 그리고 수고했다며 부인이 땀도 닦아주고 냉수라도 한 대접 다정하게 떠다줄 때 어려운 건 감쪽같이 사라지고 보람 같은 걸 느끼곤 했다.

그런데 요즘은 쓸데없는 짓 뭣하러 하느냐며 눈을 흘기며 화를 내기가 일쑤였다. 사실은 리어카를 끄는 게 힘드는 게 아니라 부인의 냉랭한 태도가 더 차돌일 지치게 만들었다.

하루가 다르게 야위어 가는 차돌일 보고는 병원에 한 번 가보자고 졸라대는 아내의 성화에 못 이겨 할 수 없이 읍내 보건소에 갔었다.

차돌인 다른 건 모르더라도 건강 하나만은 자신이 있었다. 젊을 때부터 마을에서 둘째 가라면 서러워 할 강골이었다.

두엄을 져도 남보다 두 배는 졌고 논을 매도 다른 사람 배는 맸다. 다른 사람들은 쌀 한 가마닐 지고도 쩔쩔 매는데 차돌인 쌀 두 가마닐 지고도 펄펄 날랐다. 그래서 동네서 일등 일꾼이라고 둥둥 떴었다. 품앗일 할래도 다른 사람 두 배를 거뜬히 해대는 차돌이와 하려고 서로 앞을 다투었었다.

놉 얻어 일하는 사람들도 건너 마을이나 산너머에서까지 일을
해 달라고 찾아왔었다. 품값도 다른 사람 몰래 윗돈을 집어주며 일
을 해달라는 사람들이 줄을 섰었다. 그러나 차돌인 사람 차별 않고
일 맞춘 순서대로 제 일같이 정성껏 일을 해줬다. 그래서 근동에선
기운만 장사가 아니라 마음까지 착한 사람이라고 이구동성으로 칭
찬이 자자했었다. 그렇게 일을 많이 맞추다 보니 제 집 농사는 뒷
전일 수밖에 없었다.

저의 농사일을 할려고 빼논 날에 딱한 사정을 하며 일을 해달라
고 간곡히 부탁하면 마음이 약해져 그만 허락하곤 했기 때문이었
다. 그래서 차돌네 논밭은 호랑이 새끼치게 지심 투성이었다. 그러
면 하루 종일 남의 일을 하고 지친 몸으로 제 논밭에 가서 또 밤
새도록 일을 해도 끄떡없었다.

그런 차돌인데 아내가 갑자기 병원타령이어서 처음엔 강력히 반
대를 했었다. 그러나 하도 끈질기게 잡아끄는 아내의 성화에 못 이
겨 헛일 삼아 끌려는 갔었지만 별 거야 있겠느냐는 생각이었다.

그런데 그게 아니었다. 의사는 청천벽력 같은 선고를 했다.

"차돌씨 당뇨병입니다."

"야? 그럴 리가 없는디유."

"그럴 리가 없다면 우리 보건소에 문제가 있단 말인가요?"

"아 아녀유. 저는 여직껏 감기 한 번 안 걸렸는디 당뇨라뇨. 말
도 안 되는 소리유."

"감기에 걸렸던 안 걸렸던 그게 문제가 아니라 검사 결과는 확
실합니다."

"야?……."

더 이상 할 말이 없었다. 허망했다. 온 집안이 초상집이었다. 동네 사람들이 몰려왔다. 그게 당장 죽는 병이 아니고 또 약만 잘 쓰면 나을 수 있다고 좋은 말로 위로했다.

차돌인 검사가 잘못 되었으리라고 생각했다. 이렇게 건강한 자기 몸에 당뇨가 무슨 얼어죽을 당뇨냐 싶었다. 그래서 읍내 있는 가장 큰 병원에 가서 재검사를 했다. 그러나 결과는 조금도 다름없는 당뇨라는 것이었다. 이젠 더 의심할 여지가 없었다. 허망했다. 믿는 도끼에 발등 찍힌 기분이었다.

그 길로 주막에 가 정신을 잃을 때까지 술을 퍼 마셨다.

그러나 아무 소용없었다. 기분이 조금도 개운해지질 않았다.

그렇게 매일 밤 술로 밤을 새웠다. 너무 억울했다. 남한테 못할 짓 한 거라곤 손톱만큼도 없는데 하필이면 자기가 왜 그런 엄청난 병에 걸려야 하는지 너무나 원망스러웠다. 그러나 또 다음날 새벽이 되면 리어카를 끌고 읍내로 갔다. 짬밥을 싣고 집에 오면 또 아내가 짜증이었다.

"당신 목숨이 몇갠디 그려. 그까짓 돼지 새끼덜과 당신 목숨을 바꾸겠다는 거야 응. 당장 집어 치워."

"이제 와서 짬밥을 실어나르지 않는대서 달라질 게 뭐 있어. 당장 내가 워떻기 되는 것두 아닌디 웬 호들갑여 호들갑이."

"몸을 조심해야 헌다구 의사가 신신당부하던 걸 벌써 잊었어유. 그까짓 돼지들은 들판으루 내쫓구 편히 좀 셔유."

"그럭허면 마음이 편하구 건강이 좋아지겠어. 오히려 죄만 짓는 것 같아 몸이 더욱 까라질 걸. 난 그렇게는 못혀."

"그럼 워떡헐껴. 그 몸을 해가지구 리야까를 매일 몇 차례씩 끄는 건 당신 명을 재촉허는 것 밖에 더 되여. 당신 몸이 얼마나 못 쓰게 망가졌는지 알기나 해유."

"그렇더라두 나는 돼지를 굶길 수는 없어. 차라리 짬밥을 실어나르다 죽으면 죽었지."

그렇게 돼지 문제에다 이제는 건강 문제까지 겹쳐 아내의 짜증은 갈수록 심해졌었다.

차돌이가 돼지를 길러서 팔 수도 없는 것을 뻔히 알면서도 버려진 동네 돼지까지 몰아들여 살린다는 소문이 동네에 파다했다. 더구나 그렇게 힘겹게 돼지를 거두느라고 병까지 났다는 얘기를 듣고는 그런 차돌일 보고 동네 사람들은 바보 멍텅구리라고 흉을 봤다. 그러나 읍내 사람들 특히 식당 아주머니들은 안쓰럽게 생각하며 각박한 세상에 그렇게 부처님 가운데 토막 같은 사람이 어디 있느냐며 도와 줄려고 애를 쓰며 칭찬을 아끼지 않았다.

그래서인지 새벽같이 짬밥을 실러 가면 전에는 거들떠보지도 않던 식당 아주머니들이 식당으로 들어오래서는 해장국에다 술을 한 잔 먹여 보낼려고 앞을 다투어 선심을 썼다. 그럴 때 차돌인 너무 송구해서 술만 한 잔 먹고 코가 땅에 닿게 고맙다고 인사를 하곤 했다. 그렇게 몇 집을 돌면 해장술이 얼큰히 취기가 올랐다. 취한 채 리어카를 끌고 오다가 길바닥에 쓰러져 얼굴이 다 까져 피가 철철 흐르고, 다리를 삐게 한 두 번이 아니었다. 그 꼴로 집에 올 때마다 아내는 또 지청구가 이만 저만이 아니었다.

"꼴 좋네유. 그까짓 거저 버려두 줏어가는 사람두 없는 돼질 키운다구 이젠 상처까지 입구 참 잘 하는 짓이네유."

"임자는 약은 발러줄 생각은 않구 화부터 내기여."

"내가 왜 약을 발러줘유. 당신 좋아하는 돼지들이 어련히 잘해 줄까유."

"그게 말이라구 허는 거여 사람이 왜 그려."

"나 보구만 야속허다구 허지 말어유. 쓸데없는 돼질 멕인다구 중병이 들구 그것두 부족해서 또 넘어져서 그 모양이 되었는디 고분고분할 년이 워딨겄슈."

"제발 그러지 좀 마. 그런다구 내가 달라지겠어."

"나는 물류. 모든 게 돼지 때문인께 내 언젠가는 돼질 다 내쫓구 말팅께 워디 두구봐유."

"그러지 마. 돼지가 불쌍허지두 안 혀."

여기 저기 상처난 곳이 아프고 쑤셔서 말이 아니었다. 그러나 또 리어카를 끌고 읍내로 갔다. 세 번째 짬밥을 싣고 집에 올 땐 짧은 겨울해가 뉘엿뉘엿 넘어가고 이내 어둠이 밀려왔다. 날씨는 살을 에는 듯 추웠으나 짬밥이 어찌나 무거운지 땀으로 흠뻑 멱을 감고 집에 가니 돼지 우리에 가득해야 할 돼지가 없었다.

"여보, 여보 돼지가 돼지가 없어졌어. 이게 어찌 된 일여."

"그야 돼지 보구 물어 보셔야쥬. 즈들이 나가구 싶어 나간 것을 내가 워떻기 안대유."

"그게 무슨 말여. 그것들이 이 추운 겨울에 워디 가서 굶어 죽을려구 집을 나가겄어. 필시 당신이 쫓아낸 거겠지."

"생사람 잡지 마유. 내가 골말 미숙이네 집에서 동지 팥죽을 썼다구 오라기에 갔다 와 보니 돼지가 없습디다. 행여 나한테 의심할까 무섭네유."

"그려 그것 참 알다가두 모를 일이네. 이 추운 겨울 눈 속에서 이놈들이 얼마나 떨구 있을까."

"당신은 돼지 떨 것만 걱정이구 처자식 떨구 사는 건 안 보인단 말유."

"방 뜻뜨시 불 때구 두꺼운 솜이불 덮는디 왜 떨기는 떨어."

"생각허는 거라구는 아 불만 때면 사람이 뜻뜨시 사는 거유."

"돼지들이 다 없어져 속상혀 죽겠는디 불난디 기름붓기여."

차돌인 날은 점점 어두워 가는데 아내와 옥신각신 다투고 있을 시간이 없었다. 돼지들을 찾아야 하기 때문이었다. 다행히 돼지들은 멀리 가지 않고 앞 밭 뚝을 바람막이로 그 밑에서 옹기종기 모여 있었다. 다행이었다. 오돌오돌 떨고 있는 그놈들을 다 몰아들이고 밥을 주고 나니 거의 자정이 다 되었었다. 몇 시간 눈을 붙이는 둥 마는 둥 하다가 또 짬밥을 실러 나갔다.

차돌이의 건강이 하루가 다르게 나빠졌다. 몸이 뼈와 가죽만 남아 몰라보게 딴 사람이 되었다. 기운도 없고 지치는 걸로 봐서 당뇨병이 점점 악화되는 것만 같았다. 그러나 기껏해야 보건소에 가서 약 몇 봉지 타다 먹는 둥 마는 둥 시늉만 하며 아그배 나무를 삶아 그 물을 먹는 게 전부였다. 이제는 발바닥에 구멍까지 팍 파여 걷기조차 힘들었다. 그러나 절룩거리며 돼지에게만 매달렸다.

아이들도 밀린 등록금을 달라고 졸랐다. 몇 달째 내지 못한 전기세를 내지 않으면 전기를 끊는다고 했다. 그러나 돈을 마련할 길이 없었다. 아내는 속상한 일이 생길 때마다 돼지를 내쫓았다.

그런 날은 차돌인 밤새도록 돼지를 찾아 헤매여야 했다. 돼지를 내쫓고 또 찾아다 넣고 그런 악순환이 계속되었다. 차돌이를 이해 못하는 건 그의 아내만이 아니었다. 동네 사람들도 다 차돌일 멍텅구리라고 했다. 정신이 돌았다고도 했다. 정상적인 사람이라면 그런 무모한 짓을 하지 않을 것이라고들 흉을 봤다.

동네 사람들과의 시비는 아랫마을 충식이 어머니 환갑 집에서 터졌다. 그날도 짬밥을 싣고 와 다른 사람들보다 늦게 환갑 집에

갔었다. 빙둘러 앉아 술을 먹던 친구들이 차돌일 보더니

"아 이 사람 돼지 아범 왔구면. 그래 돼지들은 잘 크나?"

"암 잘 크구 말구 너무 잘 커서 탈이지."

차돌인 그냥 웃는 얘기로 가볍게 받아넘겼다. 그랬더니 여기 저기서 불쑥 불쑥 핀잔이 튀어나왔다.

"이 사람 차돌이 정신 채려. 왜 쓸데없는 짓에 매달려 집 살림 거덜내고 있어."

"이 사람 자네 몰골이 그게 뭔가 죽을 상이네. 몸을 생각혀야지. 그까짓 돈두 안 되는 돼지 땜에 몸만 축내다니 사람두 원."

"미련맞기는 돼지 키워서 못자리 거름헐라구 그러나. 미련 끊구 다 내쫓게. 그게 무슨 바보짓인가."

차돌인 인내심을 갖고 아무리 참을래야 더는 참을 수가 없었다.

"이 사람들 말이면 다 말인 줄 아나. 왜 쓸데없이 남의 일에 감 놔라 대추놔라 허구 있어."

"그게 아니라 보기에 하두 딱해서 그러네 이 사람아."

"뭐가 딱혀. 딱헐 것두 많기두 허구면."

"톡 까놓구 얘기지만 그럼 그게 할 짓잉겨. 아니 두 눈 부릅뜨구 돈을 벌어두 시원찮을 틴디 허구헌 날 돼지 땜에 그것두 다 버리는 동네 돼지 새끼까지 줏어다 멕이느라구 밤낮 정신 못 차리다 이젠 병까지 얻었다메. 그래두 자네가 잘한 일이란 말여."

"잘하든 못하든 왜 참견여. 아 그럼 언제는 돼질 하느님처럼 받들다가 이제 돼지 값이 떨어졌다구 비렁뱅이 내쫓듯 들판으루 내쫓는 게 그게 사람이 할 짓여."

"아이구 우리 동네 천사 하나 탄생하셨구면. 얘 이 사람아 정신 채려."

"그래 똑똑헌 자네들은 돼질 다 찍어죽이구 들판으루 내몰어 줘이구두 속이 편하던감. 얘 이 사람덜아 그럴 수는 없는겨."

"그런 차돌이 자네는 식구야 죽든 말든 돼지에만 미쳐 있는 게 그게 크게두 잘하는 짓인감 참 장하기두 허네."

"남이야 어쩌든 상관 말구 술들이나 먹어."

"이 사람 차돌이 곁에서 보기에 하두 딱해서 그러네 정신 좀 차리게."

"그만두래두 왜 자꾸 시비여. 나는 누가 뭐래두 사람의 도리를 다 할 뿐여 더 이상 말하지 마."

"그려 어련허시겠나. 자네 부인이나 애들이 하 안 돼서 그러는 걸세."

"바지가랭이 넓은 체허지 말구. 자네들 걱정이나 혀."

말은 그렇게 했어도 속이 상해서 더 있을 수가 없었다. 그래서 국수도 먹지 않고 술만 한 잔 먹고 휑하니 나와서 읍내로 갔다. 읍내로 가서 아는 식당에 가 술만 몸도 가눌 수 없게 퍼먹고 비틀거리며 깜깜한 밤에야 집에 오니 돼지 우리에 또 돼지가 한 마리도 없었다. 정신이 번쩍났다.

들판으로 달려가 돼지들을 몰아다 넣었다. 그런데 제일 못 생긴 무녀리가 안 보였다.

먹기는 다른 돼지 두 배는 먹어도 크지도 않고 항상 그 턱인 지지리도 못 생긴 무녀리, 차돌인 그런 무녀리를 몹시 가엾게 생각했었다. 그래서 먹을 것도 제일 좋은 것으로 듬뿍듬뿍 주었다. 그리고 항상 정답게 쓰다듬어 주는 것도 잊질 않았다. 그건 어쩌면 자기 자신에 대한 연민의 정이었는지도 몰랐다.

차돌이도 부모가 누군지도 모르며 이 고아원에서 저 고아원으로

• 무녀리 •

쫓겨다니며 이 아이들한테 매맞고 저 아이들한테 얻어터지며 천덕꾸러기로 살아야만 했던 그런 자기를 보는 것 같기 때문이었다. 그래서 누구한테도 말은 안 했지만 버려진 돼지 새끼들을 데려다 키웠는지도 모른다. 아니 그랬었기 때문에 자기 몸이 망가지도록 죽기 살기로 돼지들을 돌보았을 것이다.

그런데 그 반편인 무녀리가 없어진 것이었다. 차돌인 온 들판을 누비며 무녀리를 찾았다.

무녀리를 죽게 해서는 절대로 안 된다고 생각했다. 그런데 논뚝 밑에서 시커먼 게 꼼지락거리고 있는 것만 같았다. 무릎까지 푹푹 빠지는 눈 속을 엎어지며 달려갔다. 논뚝 밑에서 바짝 웅크리고 떨고 있는 건 틀림없는 무녀리였다.

"임마 너 왜 여기서 이러구 있어 집에 가자 임마."

너무 반가운 나머지 성큼 품에 안았더니 무녀리는 흠칫 놀라 꽥꽥 소리를 지르며 바들바들 떨고 있었다.

"임마 나여 나 가만히 있어 집에 데려다 줄께 응."

다정한 말과 함께 쓰다듬자 그때서야 차돌일 알았는지 잠잠해졌다.

차돌인 무녀리를 안고 알아듣지도 못하는 무녀리에게 연신 다정하게 속삭이며 집으로 오고 있었다. 그러나 술이 취한 채 무녀리만 신경 쓰다가 발을 헛디뎌 3m도 넘는 눈뚝 밑으로 '픽' 거꾸로 처박히었다.

'꽤액꽤액' 무녀리의 울부짖음이 차가운 겨울밤을 가르는가 싶더니 그것도 잠깐 어둠 속에 사위는 고요하기만 했다. 살을 에는 강추위 속에 멀리서 개 짖는 소리가 들릴 뿐 아무 일도 없었다는 듯 밤은 점점 깊어가고 있었다.

도꼬마리

'그래도 포기할 순 없어. 이게 어떻게 일군 땅인데 호락호락 포기해. 제 놈이 주먹으로 나오면 나는 악으로 물고 늘어질 거여. 어디 한 번 붙어보자 이 거지.'

고민자 여사는 치마끈을 꽉 졸라매고 다부지게 이를 악물었다. 재수 없을라면 장독에 괴자리부터 뀐다던가 밭이랍시고 제 구실한 지가 몇 넌이나 되었다고 아닌 밤중에 홍두깨 격으로 엉뚱한 놈이 나타나 심장을 박박 긁어놓고 있다며 고민자 여사는 화가 치밀어 펄펄 뛰고 있었다.

그랬다. 안 되는 놈은 뒤로 넘어져도 이빨이 부러진다고 그 숱한 고생 끝에 이제 목구멍에 풀칠이라도 할 만하니까 생각지도 않은 깡패가 불쑥 나타나 재를 뿌려제키었다. 속상한 대로 한다면 깡패고 지랄이고 멱살을 잡아끌어 감옥에 처넣고 싶었다. 그러나 다음에 또 무슨 보복을 할지 걱정되어 그럴 수도 없고 차라리 이것저것 다 때려치우고 후딱 떠나 버리고 싶은 생각에 하루에도 수없이 이삿짐을 쌌다 풀었다를 계속했다. 그러다가도 그 땅을 일구느라고 얼마나 고생한 땅인데 아무 보람없이 죽 쒀서 뭐 좋은 일 시킨다고 생각하니 너무 분하고 억울해 억장이 무너지는 고민자 여사였다.

더구나 3년 동안 피와 땀으로 개간한 밭 500평을 대가는 커녕 공갈 협박과 욕만 실컷 얻어먹으며 눈 멀뚱멀뚱 뜨고 뺏겨도 그걸 해결할 뾰족한 방법이 없는 것이 고민자 여사의 마음을 더욱 숯검정으로 만들었다.

깡패는 오늘 오전에도 또 찾아와

"좋은 말로 할 때 내 땅에서 꺼져."

"이 양반이 어디 와서 협박이여."

"협박이라니 남의 땅을 제 멋대로 차지한 주제에 사과는 커녕 큰 소리여."

"이 게 어째서 당신 땅여 당신이 누군데 당신 땅이라는 거여."

"왜 이래. 이건 조상한테 물려받은 내 땅여. 어디서 굴러온 게 남의 땅을 차지하고 큰 소리여, 이게 뜨거운 맛을 봐야 정신을 차리겠어."

"되지 못하다니 말조심해."

"잔소리 말고 땅이나 내놓고 꺼져. 남의 땅에 멋대루 농사를 져먹는 주제에 잔 말이 많어."

너무 억울하고 분했다. 인간 같지도 않은 무지막지한 것한테 무시를 당하는 덴 더욱 그랬다. 그러나 상대는 경우도 가릴 수 없는 막 돼 먹은 깡패가 아닌가. 그런 것과 콩이냐 팥이냐 따진다는 자체가 영 씨도 안 먹는 짓임을 뻔히 알면서도 고민자 여사는 있는 게 악이니 악만 쓸밖에, 깡패들에겐 주먹이 약이란 걸 잘 알면서도 그 주먹이 고민자 여사에겐 없는 게 한이었다.

얼굴이 온통 칼자국 투성이고 시퍼런 문신이 목덜미까지 꿈틀거리는 보기만 해도 끔찍스런 깡패가 사흘들이로 찾아와 땅을 내노라고 공갈 협박이었다. 아무리 산전수전 다 겪어 남자 뺨치게 대가 센 고민자 여사라도 그런 깡패와 맞닥뜨린다는 것 자체가 끔찍스럽고 소름 끼치는 일이었다.

그러나 저러나 깡패는 땅을 내놓고 당장 떠나라는 협박이지만 아무리 생각해도 그 작자가 땅임자가 아닌 것은 불을 보듯 뻔했다. 그럼에도 주먹과 협박으로만 나오니 주먹 아니면 해결이 안 될 일이고 땅을 포기하자니 그간 모진 고생을 견디며 들인 공이 너무 아깝고 돈을 조금 찔러 주고 해결을 하려 해도 땡전 한 푼 없는 지금의 상황으론 도저히 불가능했다. 이러지도 저러지도 못하고 죽기보다 더 힘겨운 고통을 겪는 게 요즘의 고민자 여사였다.

고민자 여사가 이 궁벽한 산골인 충남 청양의 칠갑산 골짜기까지 흘러들어온 건 5년 전의 일이었다.

고민자 여사도 한때는 잘 나가는 기업의 사장님의 사모님이셨다. 그때는 하루 일과라는 게 남편 출근시키고 아이들 학교 보내고 나면 집안 일은 가정부에게 맡겼다. 그리고 여기 저기 동창생들에게 전화질이나 해서 더 멋지고 더 근사하게 시간을 죽일 수 없을까 그게 큰 고민거리인 40대 중반의 귀부인이었다. 최신형 외제차에 운전기사까지 부리며 쇼핑이다 특급 호텔 커피숍이다 일류 음식점이다……

그것도 하루 이틀이지, 싫증이 나면 외국에 훌쩍 날아가 실컷 즐기다 돌아와도 돈과 시간이 지천으로 남아돌아 몸살이 날 지경이

• 도꼬마리 •

었다. 그런 고민자 여사에게 날벼락이 떨어진 건 남편 회사의 부도
였다.

  남편은 자기 자산으로 기업을 운영한 게 아니라 정계의 고위직
에 있는 선배의 도움으로 은행으로부터 무진장 대출을 받아 운영
하는 회사였다. 정권이 바뀌면서 갑자기 은행에서 대출이 끊기자
하루 아침에 회사가 거덜이 났다. 회사를 살려보겠다고 고민자 여
사는 그토록 친했던 동창생들이며 친구와 친척에 친정 집 심지어
는 사돈의 팔촌에게까지 발이 부르트고 입술이 다 터지도록 뛰어
다녔지만 모두 다 헛일이었다.

  빚쟁이들에 볶이다 못해 달동네 판잣집 단칸 셋방에 숨어살면서
도 목구멍이 포도청이라고 봉투를 붙여 팔기도 하고, 파출부와 식
당에도 다녔었다. 그러나 몸만 망가지고 살 길은 더욱더 어렵고 난
감하기만 하였다.

  남편은 매일같이 술에 곤죽이 되어 인사불성이더니 어디론가 훌
쩍 떠나 종무소식이었다. 남편도 남편이지만 우선 살 길이 막막하
여 차라리 시골로나 내려갈 생각을 했다. 그러나 시골에 아는 사람
이라곤 이모가 사는 충남 청양 칠갑산 골짜기밖에 없는지라 염치
불구하고 이모네 집에 찾아와 보니 이모와 이모부는 다 작고하고
머리가 허연 이종사촌 오빠 한 분이 살고 있었다. 그간의 사정을
얘기하고 우선 휴경지라도 개간할 곳을 구해 달랬더니 바로 이 땅
을 일러주었다.

  이종사촌 오빠의 말로는

  "이 땅은 40년 전엔 아주 좋은 논이었어. 그런데 그 놈의 홍수가
휩쓸고 가 쓸모 없는 뗏장밭이 되고 말았지. 아마 잘만 개간하면
쓸 만한 땅이 될지도 모르것다. 그런디 생전 호밋자루 한 번 쥐어

보지 못한 네가 어떻게 개간을 할껴."

"그런 것쯤은 이미 각오가 되었으니 걱정 마세요. 그나저나 땅임자가 누군지 허락을 맡아야 할 게 아니겠어요."

"그건 걱정 없어. 두 노인과 아들이 하나 있었는디, 아들은 월남전에 나갔다 전사했고 노인도 다 작고했으니 무연고지여. 그건 걱정 말고 개간이나 잘 해봐."

마침 그 동네에 빈 집이 있어 이사도 했다. 일이라곤 양말 한 짝 안 빨아 본 15살과 13살 10살짜리 아이들 셋과 새벽부터 밤늦게까지 허허 벌판에 나가 손이 찢어지고 부르터 핏물이 흘러도 땅을 파고 웅덩일 메우며 돌을 추려냈다.

이종사촌 오빠가 보다보다 안 됐으니까 경운기를 빌려 줬다. 그러나 시궁창에 빠지고 큰 돌에 걸릴 때마다 온 식구가 다 덤벼들어 밀고 끌고 하다 보면 온 몸이 흙투성인 채 기진맥진해 집에 돌아오면 밥이고 뭐고 다 귀찮은 식구들이 그대로 방에 가 쓰러졌다.

다음날 천근만근인 몸을 또 질질 끌고 나가기를 3년, 처음엔 동네 사람들이 헛고생하지 말라며 극구 말리었다. 모래와 자갈 속에 뭘 심겠다고 그 고생이냐며 보는 사람마다 말리다 말리다 말을 안 들으니까 정신병자라는 말까지 돌았다. 온전한 정신을 가진 사람이 저렇게 무모한 짓을 할 리가 없다는 것이었다.

물론 고민자 여산들 왜 좌절과 회의가 없었겠는가. 그럴 때마다 서울 달동네서 풀 값도 안 나오는 봉투를 밤새워 붙이던 생각을 했다. 식당이라고 들어간 곳이 밥집인지 색시 집인지 음식을 나르는 바지가랭일 붙들고 늘어져 술을 따라라, 노래를 불러라, 한 번 안아보자 별별 짓거리를 다 당하던 생각을 하면 이건 누워서 떡먹기였다.

• 도꼬마리 •

육체적으론 고달팠지만 마음만은 한없이 편했다. 누구의 간섭이나 인간 이하의 몰염치한 천대도 받지 않고 제 마음껏 땅을 파 엎으면 밭이 되었다.

거기에 씨를 뿌리면 파란 농작물이 무럭무럭 자랄 것이란 생각을 하면, 온 몸이 다 쑤시고 아파 금방 때려치우고 싶다가도 새 힘이 저절로 솟았다. 첫 겨우내 일군 손바닥만한 터전에 호박이며 채소를 심었었다. 고것들이 파랗게 싹을 틔우고 솟아오르는 것을 볼 때의 그 신기함과 기쁨은 이루 헤아릴 수가 없었다.

배고프고 힘겨워도 호박넝쿨이 몇 발씩 힘차게 쭉쭉 뻗으며 달덩이 같은 호박이 팍팍 열리는 걸 보고 더욱 용기를 얻었다. 3년간 고투 끝에 휴경지를 500여 평의 밭으로 일구었을 때 제일 기뻐하는 것은 이종사촌 오빠였다.

물론 그간 시간이 날 때마다 달려와 일을 거들어 주고 격려도 해 준 보람도 보람이었다. 그러나 그보다도 농사로 뼈가 굵은 전문적인 농사꾼도 감히 꿈도 못 꿀 자갈과 모래와 뗏장과 물구덩이이던 버려진 땅을 기름진 밭으로 바꾸어 놓았으니 얼마나 대견했겠는가! 더구나 가냘픈 여자와 아이들의 고사리 손으로 그런 엄청난 일을 했기에 대견스럽게 생각했고 더욱 기뻐했다.

꿈에 그리던 자기 땅을 갖게 된 고민자 여사는 첫 해에 콩이며 팥이며 참깨와 들깨 등등을 심고는 온 식구가 하루 종일 밭에 나가 매달려 살았다. 한여름 그 극성스런 땡볕과 폭염 속에서도 더운 줄을 모르고 밭을 매고 가꾸어 첫해의 수확은 상상을 뒤엎은 대성공이었다. 그것은 곡식을 갓 태어난 갓난애기를 보살피듯 정성을 다해 키웠기 때문이었으리라고 고민자 여사는 생각했다.

애들도 속 하나 썩히지 않고 잘들 자라줬다. 서울에서 살 때는 밥맛이 없네, 뭐가 부족하네 하며 눈만 뜨면 엄마한테 짜증부터 부렸었다. 그런데 시골에 와서부턴 어찌나 말을 잘 듣고 자기들의 일을 알아서 척척 하는지 너무나 신통해서 미안할 정도였다.

싸릿문을 우악스럽게 흔드는 소리에 깜짝 놀라 잠을 깬 고민자 여사는 보지 않고도 깡패가 왔음을 알 수 있었다. 깡패가 아니고는 싸릿문을 저렇게 흔들어제킬 사람이 없었기 때문이었다.
아침 잠도 깨기 전 꼭두새벽부터 나타난 깡패는
"오늘은 땅을 내놔. 왜 붙들구 미적거렷."
첫마디부터 시비조였다. 깡패의 입에선 말을 할 때마다 술찌게미 냄새를 팍팍 풍기며 시뻘겋게 술독이 오른 눈알을 아래 위로 휩뜨며 협박이었다.
"……"
"너그러운 내 주먹도 한계가 있어. 말을 햐."
"당신이 무엇 때문에 우리를 이렇게 괴롭히는 거요."
"괴롭힌다. 누가 할 소릴 누가 하시고 자빠졌네. 내 땅 내가 찾겠다는데 그게 워찌 괴롭히는겨 엉."
"말 조심해요. 어째서 그게 당신네 땅이란 말요."
"어쭈. 이젠 억지까지 부려. 남의 귀한 땅 거저 지어 먹었으면 감사해야지. 뭐가 어째?"
"동네 사람들한테 물어봐요. 그게 누구네 땅인가."
"동네 사람 좋아하네. 동네 사람. 그것들이 다 뭐여 잔소리 말고 땅을 내 놔."
"그 땅은 못 내놔요. 못 쓰게 된 허허벌판을 어떻게 해서 일군 땅인데 그걸 털도 안 뜯고 거저 먹겠다는 거요. 예이 여보슈 당신도 사람요. 나는 못 줘.”

“뭐 못 줘. 이게 뭘 믿고 이러시나. 잔소리 말고 이 달 보름까지 내놓지 않으면 부르도쟈로 확 밀어 버릴 거여. 알아서 혀.”

“그렇겐 못해. 내가 죽으면 죽었지 절대로 그 땅은 못 내놔.”

“이게 죽을려구 환장을 했나. 내 손이 더러워질까봐 참으니까 점점 겨올라. 어쨌든 이 달 보름날야. 명심해.”

그렇게 공갈을 치고는 가 버렸다. 기가 막혔다. 그 밭엔 김장배추와 콩이니 팥이며 참깨들이 누렇게 익어 가는 그 밭을 비우라는 것이다. 경우로 따진다면야 고민자 여사가 백번 옳지만 주먹으로 나오는 데야 당할 재간이 없었다.

‘이럴 때 남편이라도 와 주었으면……’

깡패 앞에서는 악을 악을 썼지만 남편을 생각하니 눈물이 왈칵 쏟아졌다.

마을 사람들도 자기를 도와주려고 무진 애를 썼다. 이종사촌 오빠도 깡패의 거짓말을 질타하다 깡패가 덤벼들어 주먹을 휘둘러 동네 사람들이 말리지 않았다면 큰 일을 당할 뻔한 후로는 누구도 함부로 깡패에게 맞서려 하지 않고 깡패만 나타났다 하면 모두들 슬슬 피하기만 했다.

깡패는 말 끝마다

“법보단 칼이 먼저인 걸 물러.”

하며 으름짱을 노니 누가 감히 나서겠는가.

그런데 한 가지 풀리지 않는 의문은 그 깡패가 자기의 사정을 어떻게 그렇게 속속들이 알고 마음놓고 협박하는 것이냐는 것이었다. 동네 사람들은 이종사촌 오빠의 속만 썩이는 사고뭉치 둘째 아들이 깡패를 몰래 불러 들였을 것이라고들 했다. 그들의 말로는 서

울서 사장임네 하고 삐까삐까하며 살 때 찾아가면 거지취급을 하
고 쫓아내던 것들, 즈들도 매운 맛을 봐야 된다며 벼르고 다녔다지
만 고민자 여사는 그런 말을 믿고 싶지 않았다.

속수무책으로 발만 동동 구르며 속을 태우는데 벌써 깡패가 제
시한 시한인 보름날이 되었다.

아이들은

"엄마 무식하고 더러운 깡패자식과 싸우지 말고 차라리 서울로
도로 가요. 네 무서워요."

하며 졸라댔다. 아이들의 눈에도 엄마가 깡패한테 시달림을 당하
는 게 얼마나 딱하고 안쓰럽게 보였는지 그렇게 성화를 부리며 졸
라댔다.

그러나 그게 어떻게 일군 땅인데 깡패에게 거저 빼앗기느냐며
오기가 났지만 깡패의 주먹을 막아낼 방법이 없었다.

고민자 여사는 너무 괴로워 하루 종일 밖에도 나가지 않고 이불
을 쓰고 누워만 있었다.

짧은 가을해가 살메기산 참나무 가지에 걸리는가 싶더니 당장
땅거미가 밀려왔다. 오늘은 다행히 무사히 넘어가나 싶어 하루 종
일 불안하고 초조하던 마음이 좀 진정되려는 찰라 저쪽 밭쪽에서
불도저 소리가 부르릉 부르릉 고요한 산골의 저녁을 헤집어 놓았
다.

아이들이 밖에 나갔다 들어와선

"엄마 우리 밭을 불도저로 밀고 있어요. 어떡하면 좋아요."

"그래……."

더 할 말이 없었다.

"엄마 차라리 떠나요. 어서요. 저런 비열한 깡패와 상대도 말고

· 도꼬마리 ·

요."

"엄마 빨리요."

"얘들아 가만히 있어. 억울해서 어떻게 떠나. 너의 아버지만 계셨더라면……."

"아녜요. 우리는 그래도 열심히 노력하면 이룰 수 있다는 값진 걸 배웠잖아요."

"그래 맞아. 신선한 땀을 배운 거야. 그리고 우린 떠나지만 우리의 땀은 이 밭속에 남아 꽃으로 피울 거야. 영원히……."

"그래요 엄마. 이젠 떠나요. 빨리요."

고민자 여사가 아이들에게 끌려 일어나 보니 벌써 얼마 안 되는 살림살일 다 꾸려 놓고 떠나자는 것이었다. 그런데 자기네 밭쪽에서 왁자지껄 싸우는 소리가 나는가 싶더니만 잠시 후 누가 싸릿문을 흔들어 제켰다.

올 것이 왔다 싶어 이삿짐을 이고 진 채 싸릿문을 열어주며

"가지슈. 당신 속시원히 다 가져. 그 땅 가지고 실컷 먹고 잘 살아라, 이 날강도야."

"……."

말을 마친 고민자 여사는 흉칙한 깡패 낯짝도 보기 싫어 빠른 걸음으로 싸릿문을 막 빠져 나서려는데

"여보……."

"……. 아니 당신은. "

달빛에 비친 얼굴은 깡패가 아니라 꿈에도 잊지 못하던 남편이었다. 고민자 여사는 그 품에 확 안기며 그만 정신을 잃고 말았다.

억새꽃

거식회장은 왁자지껄 떠드는 소리에 잠을 깼다. 졸린 눈을 비비고 시계를 보니 새벽 4시였다. 아직 어둠에 묻혀 사위는 고요한 채 한참 잠 속에 파묻혀 있어야 할 시간이었다. 거식씨는 급히 옷을 주워 입고 밖으로 막 나가려고 하는데 누가 대문을 부서져라 두들겨 팼다. 그래서 신도 신지 못한 채 대문을 열고 보니 총무부장이 부들부들 떨며 서 있었다.

"아니 왜 그려. 무슨 일여."

"야단났슈. 아랫동네 것들이 몰려와 모터 펌프를 깨부신다구 저런대유."

"모터 펌프장에……."

그랬다. 모터 펌프장은 퇴출농장의 유일한 물의 공급처였다. 펌프장에서 다섯 대의 펌프가 밤낮없이 물을 품어 퇴출농장 사람들의 식수도 대주고 또 그 물로 농사도 짓곤 하였다. 다른 곳에 비해 4~5m나 더 높은 이 고원지대에 딴 곳에서 물이 흘러들어 오는 건 꿈도 못 꿀 일이었다. 오직 모터 펌프를 통한 지하수에 전 생명을 매달고 있는 생명의 젖줄인 것이었다.

그런데 그 펌프장을 때려 부수러 왔다는 것이었다. 그건 충분히 총무부장이 부들부들 떨 만도 한 사건이었다.

총무부장과 숨이 턱에 닿게 펌프장으로 달려갔다. 펌프장엔 대형 전깃불이 대낮처럼 밝게 비추는 가운데 아랫마을 사람들과 퇴출농장 사람들이 마당 한 가운데를 경계로 하여 양쪽으로 쫙 갈라져 대치상태로 입씨름을 벌리고 있었다.

거식회장이 황망히 퇴출농장 사람들 사이를 비집고 들어갔다. 모두들 그 경황에도 깍듯이 인사를 하며 길을 열어줘서 그들의 중앙으로 갔다. 거기서는 퇴출농장 경비주임과 아랫동네 사람들이 고함을 지르고 욕설을 퍼붓는 험악한 분위기로 보아 육탄전 바로 직전의 급박한 분위기였다. 양쪽 젊은이들은 모두 손에 손에 몽둥일 들고 여차하면 상대를 때려 눕히겠다는 상황이었다.

거식회장은 싸움을 하면 이기고 지고가 문제가 아니라 자기네가 불리한 입장이라는 걸 잘 알고 있었다. 그래서 어떻게 하든 말로 잘 타협을 해야 된다고 생각하며

"여보게 경비주임 수고했네. 내가 말씀을 드릴게."

그러고는 한 발 앞으로 나서서 점잖게 말을 시작했다.

"아랫마을 어르신들 안녕하십니까. 항상 여러분들의 걱정을 끼쳐 드려서 죄송합니다. 그런데 오늘은 무슨 일로 이렇게 날이 밝기도 전에 올라 오셨습니까?"

말이 떨어지기가 무섭게 머리가 허옇게 센 노인이 한 발 앞으로 썩 나섰다. 젊었을 때 구장을 봤다며 언제나 동네에 무슨 일이 있으면 팔을 걷어붙이고 맨 앞장서 나서는, 고집불통의 구노인이었다.

“여보슈 이런 법도 있소. 굴러들어온 돌이 박힌 돌 뺀다더니 당신네 때문에 우리가 못 살겠소.”

“아니 그게 무슨 말씀입니까. 저희들이 아랫마을 어른들을 못 살게 했다니요. 그건 천부당 만부당한 말씀입니다.”

“아니 여보슈. 그럼 내가 없는 말을 지어서 하고 있다는 거요?”

“무슨 말씀인지. 얼릉 이해가 안 되네유. 구체적으로 말씀을 해 주셔 유.”

“문제는 물여. 이 농장이 생긴 후로 해마다 저수지 물이 줄어들고 심지어는 식수까지 딸리게 되었소. 그래도 피해가 없단 말유.”

“어르신 그거는 우리 농장과는 거리가 먼 말씀입니다. 왜냐하면 저희 동네는 어르신 동네보다 5m 이상 높은 지대입니다. 그리고 모터가 있는 이곳은 10m나 더 높은데 물이 위에서 밑으로 흐르지 어떻게 아래서 위쪽으로 흐른단 말입니까.”

“아녀 그게 아녀. 여기 지하수를 깊게 파고 사시사철 물을 품어 제키니 우리 동네 물이 다 여기로 몰린단 말여.”

“어르신 아랫마을에 물이 딸리는 건 저희 때문이 아니라 가뭄 때문입니다. 3개월째 비 한 방울 내리지 않았으니 가뭄이라도 보통 가뭄입니까. 그러니 저희 마을관 전혀 무관한 문제이니 오해 마십시오. 어르신.”

“모르는 소리 말어. 가뭄 가뭄해도 이보다 더 심한 가뭄에도 우리 동네 저수지에 물이 마르는 걸 본 일이 없어. 그러니 지하수 품는 걸 당장 중단혀. 그러구 말이 나왔으니 애기지만 이 산은 영산여. 우리 동네를 지켜주는 산이었다 그 말이여. 그런디 고집부리구 개간인가 뭘 한답시구 산의 허리토막을 싹뚝 잘라내어 우리 동네의 정기를 끊더니만 동네가 되는 게 없어. 암 되는 게 없구 말구.”

"어르신 그건 미신입니다. 어찌 그런 미신을 가지구 고집이십니까?"

"뭐 미신, 미신이라니. 누구럴 뭘루 알구 하는 소리여. 쓸데없는 핑계 대지 말구. 가뭄 때문에 입은 피해를 보상하던가 아니면 여기서 지하수를 품지 말던가 양단간에 결정을 내려. 안 그러면 우리두 더는 못 참어."

"어르신 그게 무슨 말씀입니까. 우리 동네 펌프와 아랫마을 저수지와는 정말 무관한 것입니다. 오해하지 마십시오. 어르신 절대로 그건 오햅니다."

"오해라. 씨도 안 멕히는 말 허지두 말구 지하수 품는 걸 중지하던가 손해배상을 허던가 양단간에 결정을 혀. 머리가 두 쪽 나는 한이 있더라도 이번엔 그냥 넘어가지 못 할팅께."

거식회장이 아무리 오해를 풀라고 사정을 해도 막무가내였다. 지하수 품는 걸 그만두던가 아니면 손해배상을 하던가 양단간에 결판을 내란 말만 계속했다. 그러다가 아침 해가 앞산 소나무 숲사이로 삐쭉 치솟자 동네 청년들을 데리고 농장을 떠났다.

안 그래도 퇴출농장의 농사가 내리 5년째 대풍이었는데 아랫마을은 계속 흉년이었다. 아랫마을에선 병충해가 극성을 부리고 또 가뭄이 겹치는가 하면 냉해까지 겹쳤었다. 그러나 아무 대책 없이 원시적 영농방법에만 의존했었다. 그러다 보니 해마다 흉년을 면할 수가 없었던 것이었다.

퇴출농장도 함께 흉년이 들었다면 그렇게 집단으로 몰려와 항의하지는 않았을 것이다. 그런데 자기들 마을만 흉년이 드니 눈에서 불이 나 퇴출농장으로 쳐들어왔던 것이었다.

그나저나 그게 이유에 맞든 안 맞든 간에 저토록 강하게 나오는

데야 거식회장도 속수무책일 밖에 없었다. 생각다 못한 거식회장은 마을회관에 농장 사람들을 모이게 하고 대책을 협의하였다.

젊은 사람들은 비굴하게 굽실거리기만 하니까 사람을 업신여기고 막 나오니 이쪽에서도 힘으로 밀어붙이자고 하였다. 그러나 거식회장은 그래선 안 된다고 했다. 어떠한 어려움이 있더라도 끝까지 그들을 이해시켜서 해결을 봐야 된다고 설득하였다.

여러 가지 의견이 쏟아져 나왔다. 그러나 결국은 그들을 위해 잔치를 크게 열고 그들의 마음을 달래 보자는 쪽으로 의견일치를 보았다. 그리고 그러한 뜻을 섭외부장이 그날 저녁때 구노인을 찾아가 전하고 초청을 했다.

"어르신 이번 보름날 저녁에 동네 어른들을 다 모시기로 했습니다. 저희들의 작은 성의입니다만 저버리시지 마시고 꼭 왕림해 주셨으면 감사하겠습니다."

하고 간곡히 초청을 하자

"뭐여. 우리를 초청한다구? 그럼 그건 손해 변상이여 아니면 지하수를 포기한다는 거여?"

"그게 아니구요. 우선 만나셔서 대화부터 하자는 거지유."

"아녀. 그거 먼저 해결해야 혀. 중요한 건 처리도 않구 쏘주 둬 잔 멕이구 어물쩍 넘어갈 생각은 말어."

"어쨌든 그런 말씀두 그때에 구체적으로 나누시지유. 우선 보름날 저녁 진지 드시지 마시구 오후 6시경에 저희 마을회관으로 와 주셔유."

"무슨 말을 해두 안 가. 한 사람도 안 갈 거여. 알았으면 돌아가게."

섭외부장한테 얘기를 전해 들은 퇴출농장에선 거식회장을 중심

• 억새꽃 •

해서 다시 회의를 하였다. 의논을 거듭한 결과 계획대로 밀고 나가기로 하였다.

구노인이 말은 그렇게 했어도 아마 틀림없이 보름날엔 마을 사람들을 몰고 나타나리라 믿고 싶었던 것이었다.

드디어 보름날이 되었다. 이 날 잔치를 위해서 며칠 전부터 술을 담그고 안주거릴 장만하고 돼지와 닭과 개를 잡고 눈코 뜰 새 없이 바쁘게 준비를 하였다. 그렇게 해서 겨우 시간에 맞춰 상다리가 부러지게 음식을 준비했다. '퇴출농장'이 생긴 이래 최고로 잘 장만한 잔치였다.

음식만 준비한 것이 아니었다. 친밀을 도모하는 프로그램까지 오락부장이 짜서 참말로 즐겁고 신나는 잔치가 되기에 손색없는 준비를 마치고 기다렸다.

그러나 시간이 되었는데도 아랫마을에선 쥐새끼 한 마리도 나타나질 않았다. 그래도 시골시간이니, 하루 종일 들 일을 했기 때문에 몸도 씻고 옷도 새로 갈아입고 오다 보면 아무래도 조금 늦으리라 생각하며 기다렸다. 음식을 앞에 놓고 기다리자니 배가 쪼르륵 쪼르륵 사당패 벅구치는 소리가 나는 것을 꾹 참고 30분, 1시간, 2시간이 넘게까지 기다렸다. 그러나 아랫마을 사람들은 코빼기도 하나 뵈지 않았다. 하는 수 없이 농장 내의 가족들이 다 모여서 잔치를 벌렸다. 그리고 며칠을 두고 그 음식을 치우느라 애를 먹었다.

아랫동네 사람들이 초대에 응하지 않았다는 것은 결국 실력 투쟁을 의미하는 것이 아니겠는가. 그래서 농장 측에서도 모든 걸 철두철미하게 준비를 하였다.

우선 경비부터 강화하기로 했다. 낮과 밤으로 몇 교대씩 나누어 철저히 경비를 배치하여 물샐 틈 없는 경비를 하게 했다. 특히 그들이 노리는 건 물이었다. 그래서 물이라면 지하수를 퍼올리는 펌프장과 수로와 저수질 것이 분명했기 때문에 그 쪽을 중심으로 철저한 경비를 했다.

　조용한 가운데 한 일주일 쯤 무사히 지나는가 싶었다. 그런데 아니나 다를까. 한 밤중에 아랫마을 청년들 30여 명이 펌프장으로 습격해 왔었다. 그러나 모터장에는 경비도 경비지만 펌프장 한 쪽 귀퉁이에 방을 서너개 만들었었다. 그리고 거기에서 언제든지 20여 명의 청년들이 유사시를 대비해 잠을 자게 만들었다. 그렇기 때문에 아랫마을 사람들이 급습해 오는 걸 알아차린 경비들이 즉시 신호를 보내, 자는 사람들을 깨웠다. 그들은 언제나 곁에 두고 자던 몽둥일 들고 부리나케 밖으로 쏟아져 나왔다.

　그리고 마을 사람들을 깨우는 싸이렌을 울려 사람들을 펌프장 앞마당에 모이게 하였다. 얼마나 신속하던지 그 시간이 불과 10분도 채 안 걸리는 것 같았다.

　그렇게 되고 보니 놀란 것은 오히려 습격해 온 아랫마을 사람들이었다. 이렇게 체계적으로 잘 되어 있으리라곤 꿈에도 생각지 못했었다. 자기들 30여 명이 급습을 하면 펌프장을 빼앗는 건 식은 죽 먹기보다 더 쉬운 일일 것이라고 생각했었다. 그렇기 때문에 그들의 놀라움은 더욱 컸다.

　아랫마을 사람들은 처음에는 대단히 놀라고 겁에 질려 꼼짝 못했다. 그러나 농장 쪽에서 자기들에게 덤벼들기는커녕 점잖은 말로

　"이게 무슨 짓들이오. 아래 윗마을에서 이렇게 물리적으로 나와서야 되겠소. 오늘 일은 없던 것으로 생각할 테니 조용히들 돌아가시오."

　거식회장은 점잖게 타일러 보내려고 했다. 그러나 덩치가 깍짓동

만하고 얼굴에 시커멓게 구렛나루가 나제킨 험상궂은 젊은이가 앞
으로 썩 나서며

"뭣이 어뗘. 오늘 일은 없던 것으루 할팅께 조용히 돌아가라구.
이게 다 누구 땜에 일어난 일인디 뻔뻔스런 소릴 하구 있는 거여.
우리가 조용히 못 가면 당신들이 어떡할껴. 맘대루 해 보시지."

"……."

"아 왜 가만 있어. 맘대루 해 보라니께."

"이봐 자넨 어른 애두 몰라보나 어른한테 그 게 무슨 말버릇여."

보다 못한 경비주임이 한 발 나서며 무례한 젊은이에게 점잖게
타일렀다.

"너는 뭐여 워디서 잘난 척 까불어 임마."

말을 마치기도 전에 무례한 젊은이는 경비주임의 따귀를 잽싸게
갈기었다. 눈 깜짝할 사이에 일어난 불상사였다. 경비주임은 비호같
이 젊은 놈의 아구통을 갈기려는 것을 거식회장이 황급히 말리었
다. 그랬으니 망정이지 안 그랬으면 결국 패싸움이 벌어지고 말았
을 것이었다.

사실은 아랫마을 사람들은 어떻게든 트집을 잡아 농장을 뒤엎을
구실만 찾고 있는 것이 뻔했다. 그런데 자칫 그들의 계략에 넘어가
면 일이 어렵게 된다는 것을 너무나 잘 알기 때문에 거식회장은
극구 만류하였던 것이었다.

아랫마을 사람들은 또 지하수를 퍼올리면 가만두지 않겠다고 생
트집을 잡다가 그대로 돌아갔다.

그후 조용하게 또 며칠이 지나는가 싶더니 지서에서 다녀가라는
전화가 거식회장한테 왔었다. 온 동네가 또 불길한 예감 속에 안절
부절 했다. 그래서 농촌에서 한창 바쁜 계절이지만 젊은이들이 중

심이 되어 밤을 새며 펌프장만은 이중삼중으로 둘러싸고 경비를 강화하였다.

경비과장이 함께 간다는 것을 뿌리치고 거식회장만 지서에서 오라는 날 시간에 맞춰 지서로 갔더니

"거식회장님 농경지를 개간하고 박토를 옥토로 만들어 과학영농을 해 많은 소득을 올려 저의 면에서는 대단한 자랑으로 삼고 있습니다. 그런데 고발이 들어와 어쩔 수 없이 오시라곤 했습니다만 번거롭게 해 드려서 죄송합니다."

"아닙니다. 당연히 제가 출두를 해야지요. 그런디 고발이라니 어디서 무슨 고발이 들어왔단 말씀인가유."

"어차피 알게 될 것 솔직히 말씀드리지요. 아랫마을에서 고발이 들어 왔습니다. 퇴출농장에서 지하수를 다 뽑아 써서 농사도 지을 수 없고 식수마저 고갈되었다며 법으로 처리해 달라는 내용입니다."

"아 그거요, 안 그래도 그것 때문에 아랫마을에서 자꾸 생떼를 부려 골치를 앓고 있는 중입니다."

거식회장은 몇 차례에 걸친 아랫마을의 습격 사건과 또 지하수 문제도 날이 가물은 탓이라고 설명하였다. 그리고 그들의 주장은 전혀 이치에 안 맞는 얘기라는 설명을 쭉 하였다. 그랬더니 지서장도 모든 걸 다 알겠다고 수긍을 하면서

"예 잘 알겠습니다. 어쨌든 아래 윗 동네니 서로 싸우지 말고 잘 타협을 하십시오. 그래서 편하게 지내는 게 안 좋겠습니까. 아무 잘못도 없으신 줄 뻔히 알지만 고발이 들어와서 어쩔 수 없이 회장님을 오시라고 해서 죄송합니다."

몇 번이나 미안하다는 사과를 듣고 거식회장은 동네로 돌아왔다.

• 억새꽃 •

아랫마을 사람들은 뜨거운 맛을 봐야 한다며 잔뜩 벼르고 별러서 지서에 고발을 한 것이었다. 그런데 거식회장이 지서에 가는 길로 다시 나왔다는 소식을 듣곤 크게 실망을 하였다. 그리고 3, 4일이 지난 그믐밤에 또 습격을 하였다. 그러나 선두에 서서 쳐들어왔던 몇 사람이 머리가 깨지고 팔이 부러진 채 피를 줄줄 흘리는 걸 보고 찍소리 못하고 겁에 질려 도망 가고 말았다.

아랫마을 사람들은 자기들 힘만으론 도저히 상대가 안 된다는 것을 파악하였다. 그러고는 서울에 있는 깡패들을 돈을 많이 주기로 하고 몰래 데려 왔다고 했다.

그 다음날부터 퇴출농장엔 손에 하얀 붕대를 감고 시커먼 썬글라스를 쓴 젊은 놈들 여남은 명이 몰려 다녔다. 그래서 거식회장을 중심해서 각 부장들이 또 마을회관에 모여 중진회의를 하게 되었다. 회의가 끝난 다음 깡패들이 동네에 다니며 펌프장이나 수로를 공격하는 일 외에는 어떤 무례한 짓을 하더라도 가만히 놔두라는 지시가 동네 사람들에게 내려졌다.

그걸 까맣게 모르는 깡패들은 대낮부터 얼굴이 뻘겋게 술을 먹고 동네를 휩쓸고 다녔다. 그러면서 동네 꼬마들도 쥐어 박아 울리는가 하면 살이 토실토실한 씨암탉도 잡아갔다. 때로는 집 안마당까지 들어와 토끼까지 몇 마리씩 잡아가 사람의 약을 바짝바짝 올렸다. 그러나 농장사람들은 닭을 잡아가거나 토끼를 붙들어 가거나 그저 두 눈 딱 감고 모른 척하였다.

그러자 깡패들은 아예 집집마다 멋대로 뒤짐질을 하였다. 그리고 맘에 드는 것은 제 것처럼 모두 다 가져가는 것이었다. 그럴 때마다 동네 사람들이 거식회장을 찾아와서 더 이상 그냥 나둬서는 안 되겠다고 거듭 분개하였다. 거식회장은 그럴 때마다 경리주임한테 깡패들이 가져간 물건값을 변상해 주게만 했다.

그리고 수로와 펌프장 경비를 서는 젊은이들에게도 만약 그들이 쳐들어오더라도 방어만 하고 먼저 공격은 하지 말라고 엄명을 내렸다. 회장을 비롯한 농장 사람들은 아랫마을 사람들의 꿍꿍이속이 무엇인가를 너무나 명백히 알고 있었기 때문이었다.

그러던 중 새벽부터 이슬비가 촉촉이 내리는 날 일은 벌어지고야 말았다.

날도 채 밝기 전 어둠 속의 이슬비를 뚫고 깡패들을 앞세워 아랫마을 사람들이 몽둥일 들고 펌프장으로 쳐들어온 것이었다.

경비를 서던 사람들은 방에서 잠자던 사람들을 깨우고 비상용 싸이렌을 울리었다. 퇴출농장 사람들은 재빨리 몽둥일 들고 펌프장에 가보니 벌써 거기에는 치열한 싸움이 벌어지고 있었다. 깡패들은 쇠몽둥일 들고 잔인 무도하게 덤벼들었다. 그러나 동네 젊은이들도 지지 않고 있는 힘을 다해 공격을 하고 있었다.

그럴 때 마을 사람들이 아랫마을 사람들의 등 뒤에서 '우우' 하며 몽둥일 들고 몰려왔다. 아랫마을 청년들은 혼비백산해 도망갈 궁리만 하며 꽁무닐 뺐었다. 그런데 깡패들은 그게 아니었다. 돈을 받기로 약속을 해서인지 죽기 살기로 덤벼 들었다.

농장 젊은이들은 경비과장 지휘하에 매년 농한기인 겨울부터 다음해 봄까지 체력단련의 일환으로 검도를 배웠다. 특히 아랫마을과 사이가 나빠진 최근에는 실전연습을 매일 저녁마다 했었다. 그래서 무지막지한 깡패들에게 속수무책으로 당하지만은 아니 했다. 오히려 그들의 쇠몽둥일 교묘히 피하며 무섭게 공격을 하였다. 맹물인 줄 알고 바싹 얕보고 쳐들어온 깡패들의 체면이 말이 아니었다.

그렇게 백중지세의 끝없는 싸움을 하는 동안에 날은 아주 환하

• 억새꽃 •

게 밝아왔다.

　그러자 깡패들 뒤에서 그들을 지휘하던 두목이 갑자기

　"야 끄쳐. 동작 그만. 동작 그만."

　외치자 깡패들이 뒤 발짝씩 뒤로 물러섰다. 퇴출농장 청년들도 잠시 싸움을 쉴 수밖에 없었다. 그런데 깡패두목이 앞으로 성큼 나오는가 싶더니 두 무릎을 탁 꿇고는

　"사범님 용서해 주십시오. 사범님."

　밑도 끝도 없이 내지르는 울음 섞인 말에 모두들 눈이 둥그래져 바라만 보고 있었다. 그런데 지금까지 아무 말 없이 경비들 뒤에서 왔다 갔다 하며 지휘만 하던 경비과장이 앞으로 쑥 나오더니

　"이 사람 박군 일어나게. 이 게 무슨 짓인가?"

　"아닙니다. 사범님 죽을 죄를 졌습니다. 야 너희들도 무릎을 꿇어."

　그 말이 떨어지기가 무섭게 깡패들은 일제히 무릎을 꿇었다. 그러자 경비과장은 깡패 두목의 손을 붙들어 일으켰다. 그러고는

　"자자 이러지 말고 다들 일어나슈. 우리 이럴 게 아니라 마을회관으로 갑시다."

　그렇게 말하자 몇 안 남았던 아랫마을 청년들은 흘끔흘끔 눈치를 보며 도망쳤다. 그리고 농장 사람들과 깡패들은 마을회관으로 갔다.

　"사범님 몇 년 동안 체육관에도 안 나오시고 소식도 없더니 이 게 어찌 된 일입니까."

　"음 나 말인가 나는 은행에서 퇴출당하고 이리로 곧장 내려와 자네가 보다시피 농사를 짓고 있네만 자네는 어떻게 된 건가."

　"예. 저두 요즘 직장에서 구조조정으로 사표를 냈습니다. 집에서

빈둥빈둥 노는데 저 아우들이 술값이라도 벌자고 해서 안 그래도 심심하던 차에 바람이라도 쏘일 겸 나왔다가 이 꼴이 되었습니다. 사범님 뵐 낯이 없습니다."

"자네도 퇴출되었구먼 그 착하던 자네가."

거식회장이 이곳에다 퇴출농장을 세운 것은 7년 전의 일이었다. IMF한파로 다니던 은행이 갑자기 다른 은행에 흡수·병합되었다. 은행직원들은 거기에 반발하여 퇴직금을 나눠 갖고 행방을 감추기로 약속하였었다. 못 먹는 감 찔러나 보자는 것이었다. 지점장이니 본사의 간부와 말단 직원까지 모두 잠적하였다. 새로 인수한 은행의 영업을 철저하게 방해하자는 작전이었다.

그러나 거식씨만은 생각이 달랐다. 고객들은 지금까지 자기들을 믿고 거래를 하였다. 그런데 양심이 있는 인간이라면 그럴 수는 없다는 생각이었다. 그것은 감정상의 문제가 아니라 고객과의 신뢰문제라고 생각했다. 그리고 죄 없는 고객을 볼모로 하여 그럴 수는 없다는 거였다. 그래서 미리 주는 퇴직금도 받지 않았다. 지점의 직원들을 모아놓고 자기의 의견을 피력하였다. 다른 사람들이야 어찌하건 자기는 정상적으로 출근할 테니 다른 사원들은 각자의 양심에 맡긴다고 하였다.

그리고 지점장이었던 거식씨가 다음날부터 정상적으로 아침 일찍 출근을 했다. 그러자 다른 직원들도 전원 다 출근해서 정상근무를 했다. 그러나 본사에서부터 새로워 지점을 뺀 전 지점의 직원들은 모두 잠적했었다. 인수한 측은 일을 하지 못하고 완전히 업무가 마비되었다. 그러자 그런 은행을 거래하던 고객들은 은행업무를 마비시킨 사람들을 도저히 용서할 수 없다며 맹비난을 했었다.

• 억새꽃 •

그렇게 한 열흘이 지난 뒤에야 겨우 은행업무가 재개되었다. 인수 측에선 퇴출은행 쪽에서 간부 및 일반사원을 30%인가를 재계약한다고 했다. 그 과정에서 거식씨도 사명감이 투철한 훌륭한 지점장이라고 매스컴을 통한 대대적인 보도와 함께 재계약으로 승진 발령을 하려 했었다.

"그렇게 되면 제가 책임감에서 근무한 것이 아니라 재계약의 특혜나 받을려고 아부한 비겁한 사람밖에 안 됩니다."

하고 만류를 뿌리치고 사표를 냈다. 그리고 전에 사 놓은 산을 퇴직금을 톡톡 털어 수십만 평을 개간하였다. 그리고 퇴출 당해 오갈 데가 없이 놀고 있는 착한 옛 직원들을 불러들였다. 그리고 땅을 본인의 의사에 따라 몇천 평에서부터 몇만 평까지 공짜로 나눠주며 농사를 지으라고 했다.

그런데 처음 야산을 개발해 논을 만들 때 아랫동네 사람들의 반대는 대단히 극렬했다.

거식씨가 맨 처음에 산을 살 때는 개간 같은 건 전혀 생각지도 않았다. 부모님 묘나 쓸까 하고 일요일마다 심심파적으로 여기 저기 산을 보러 다녔다. 그러다가 충남 공주에서도 삼십 여리나 더 들어간 마곡사 근처의 첩첩 산골의 야산이 눈에 띄어 사두었던 것이었다.

그런데 은행에서 퇴출을 당하고 앞 길이 막막하던 차에 산을 개간하면 어떨까 하는 생각이 퍼뜩 떠올랐다. 식구들한테는 말도 않고 내려와 동네 사람들을 마을회관에 모아놓고 돼지를 잡고 쇠고기를 사다가 푸짐하게 잔치를 베풀었다. 그 자리에서 산을 개간하겠으니 많이 도와 달라고 부탁했다. 그랬더니 그때는 함께 도우며 살자면서 좋아들 했었다.

그러나 막상 불도저가 들어와 붕붕거리며 나무를 뽑고 산을 밀어 밭을 만들고 논을 치자 동네 사람들의 반대가 이만저만이 아니었다.

"이 산은 우리 동네를 지켜주는 영산인디. 허리를 뚝 자르다니 안 되여. 안 되고 말고."

"그럴 리가 있습니까. 그건 다 미신입니다."

"이 사람아 동네 망하는 꼴을 볼려구 그려, 그만 중지허게."

아무리 말을 해도 자기들의 말을 듣지 않자 노인들이 몰려와 아예 불도저 앞에 벌렁 드러누워 공사를 못하게 했었다. 며칠씩이나 공사가 중단되었다. 그래서 간곡히 사정하면서 60년대 새마을운동 때 포장한 마을도로가 거의 훼손되어 못 쓰게 된 동네 길을 깨끗이 아스팔트를 깔아준다는 조건으로 겨우겨우 공사를 마무리하게 되었다. 공사가 끝났지만 가장 중요한 물은 한 모금도 댈 데가 없었다. 생각다 못해 산을 깎은 언덕 밑에다 온천 탐사나 개발할 때 쓰는 대형 기계를 들여다가 200m 암반 밑까지 다섯 군데나 뚫고 대형 모터펌프를 설치했다. 그리고 펌프장 바로 밑에 저수지를 만들고는 사시사철 밤낮 가리지 않고 물을 품어 저수지에 가두게 했다. 그 물로 수도를 놔 식수도 하고 논에 물을 대 농사도 짓곤 하였다.

농사를 지은 첫 해에는 대학의 농업박사들에게 용역을 주어 개간한 땅에 심을 알맞은 품종과 농약의 종류 등을 조사 연구하게 의뢰하였다. 그리고 그 연구결과에 따라 농사를 지어서, 농사를 처음 짓는 그들이지만 별 실패 없이 첫 수확을 기대 이상으로 했었다.

그 후에도 벼에 병이 나거나 병충해가 심하거나 기타 이상이 생

· 억새꽃 ·

기면 지체없이 전문 박사들을 초청해 대책을 강구하였다. 그리고 농촌지도소나 농협의 조언도 들으며 계속 연구하며 농사를 지으니까 실패는 거의 없었다. 완벽한 과학영농을 하게 되었던 것이었다.

그런가 하면 그때 쯤엔 퇴출농장의 인원도 거의 백 여명에 육박하였다. 그 많은 인원을 거식씨 혼자서 관리할 수가 없었다. 농사기술과 경리 펌프장경비 섭외 판매 오락 등 여러 부서로 나누고 자질에 따라 부장을 임명하고 그 밑에 주임과 부원을 둬서 각 파트별로 소임을 맡겼다. 그렇게 조직을 완벽하게 갖추자 회원들이 거식씨를 만장일치로 회장으로 추대하게 되었다.

농작물을 다 추수하니 판로가 또 문제였다. 그래서 '퇴출농장'이라는 회사명과 '퇴출쌀'이라는 상표를 붙였다. 그리고 좀 창피하긴 하지만 그래도 양심적으로 농약을 덜 쓴 자기네의 쌀을, 자기를 전폭적으로 믿고 밀어주던 옛 은행 근처의 아파트단지에 트럭으로 싣고 다니며 직거래 판매를 하였다. 그랬더니 아니나 다를까 거식 회장의 예측대로 자기 은행을 거래하던 아주머니들이 앞을 다투어 찾아와 사주었다. 그래서 판매도 별로 힘 안 들이고 해결되었었다.

그렇게 5, 6년을 하는 동안에 자연히 단골이 자꾸 늘어났다. 특히 퇴출농장의 의미와 과거 은행에서의 재계약을 뿌리치고 스스로 사표를 던지고 나와 자기 산을 개간해서 어려운 옛 부하 직원들에게 땅을 거저 나눠줘서 농사를 짓고 함께 살고 있다는 사실이 방송국까지 알려졌던 모양이었다. 그런 사실이 텔레비전 방송에까지 또 보도된 후엔 전국 각지에서 주문이 쇄도하여 물량이 달리었다.

그러나 아무리 바쁘고 물량이 달려도 첫째도 신용 둘째도 신용, 신용을 신조로 하여 쌀을 직거래했다. 값도 싸고 쌀도 좋아 인기가 날로 높아질 때 호사다마라더니 일은 뜻하지 않게 엉뚱한 데서 터지고 말았다.

겨울도 한참 깊은 12월 쌀을 전량 다 판매하고 다음해 농사에 대한 계획을 기술부장과 함께 세우고 있었다. 그런데 사무실로 전화가 걸려와 받아보니 왜 쌀을 속였느냐는 항의 전화였다. 그래서 언제 샀느냐니깐 한 일주일 쯤 되었다고 했다.

"아 그렇습니까. 믿을 수가 없는 말씀입니다. 우리 쌀은 보름 전에 전량이 다 매진되었습니다. 그러나 우선 그 현장으로 가겠습니다."

전화를 끊고는 영업부장과 쌀을 판매하러 다녔던 몇몇이 서울로 달려가 그 집을 찾아갔었다. 그랬더니 그 아주머니의 첫마디가

"그때 쌀 판 분들이 아닌데요."

"똑똑히 잘 보시구 말씀해 주십시오."

"예 아닙니다. 그 사람들은 셋이 다니는데 인상이 아주 험상궂게 생겼어요."

쌀을 보여 달래서 쌀을 보니 벼도 말리지 않고 찧어서 물이 퉁퉁 밴 쌀이었다. 그리고 그건 아끼바리가 아닌 통일벼였다. 또 싸래기가 거의 반 이상이었고 쌀 봉투도 인쇄가 아주 조잡해 금방 퇴출농장 쌀이 아님을 식별할 수 있었다.

그 날 이후 계속 신고가 들어와 찾아다니며 해명해 주느라고 진땀을 빼곤 하였다. 그러다가 아예 농장사람들을 몇 개조로 나누어 그 사람들을 붙잡으러 다녔으나 쉽게 잡을 수가 없었다. 그래서 애를 태우던 중 쌀을 속아 샀다는 처음 전화 걸었던 그 아주머니한테서 전화가 왔는데

"제가 쌀이 너무 좋아 대놓고 먹을 테니 연락처를 일러 달랬더니 다른 사람에겐 절대로 일러주지 말라며 전화번호를 일러줘서

• 억새꽃 •

알아났습니다."

하고 급히 알려 주었다.

그 처리문제를 놓고 과장회의를 소집했다. 경찰에 상표도용으로 고발을 하자는 등 직접 잡아서 혼을 내주고 경찰에 넘기자는 등 의견이 분분했었다. 그러다가 우선 찾아가 만나보고 수틀리면 경찰에 넘기기로 의견을 모았다.

주소지가 충남의 청양군 칠갑산 계곡의 험한 산골인 것 같았다. 그런데 그런 가짜를 만들어 파는 놈들이 보통이 아닐 거라며 준비를 단단히 했다. 경비과장과 또 힘깨나 쓰는 청년들을 추려 모두 죽도 하나씩을 메고 봉고차 1대와 짚차 1대에 분승해 아침 일찍 집을 떠났다.

어찌나 찾아가기가 힘든 계곡인지 다른 계곡으로 잘못 들어갔다 되돌아 나오기를 수없이 반복하였다. 그러다가 겨우 칠갑산 계곡에 도착하니 점심때가 훨씬 지났었다. 미리 전화를 걸어 알아본 소재지를 물으니 칠갑산 계곡에 있는 장곡사에서도 훨씬 더 들어가는 험한 산골이라는 것이었다.

물어 물어 찾아가니 해가 뉘엿뉘엿 넘어갈 때 겨우 산골짜기에 외따로 떨어져 있는 그 집을 알아가지고 찾아갔다. 집안에 벼 찧는 방아시설을 갖추어 놓고 방아를 찧으며 예의 그 쌀푸대에 연신 쌀을 담고 있었다. 그래서 문을 박차고 들어가보니 뜻밖에도

"아니 당신은 아랫마을……."

"당신들은 퇴출농장의……."

그랬다. 아랫마을 낯익은 사람들이 거기서 일을 하고 있었다.

"어떻게 여기까지……."

"예 여기서 일을 좀 해 달라기에 품값을 받고 일하러 온 거지

유."

"그러면 여기 책임자 좀 만나게 해 주슈."

"왜 그러슈. 만나서 뭣 할라구."

"글쎄 만나서 얘기하죠. 상표 때문에……."

"예 우선 날씨도 춥고 하니 방에 들어가 몸이나 녹이슈. 내 얼릉 책임자를 불러올 테니께."

그래서 쌀을 담는 현장을 덥쳤으니 제 놈들도 찍소리 못 할 거라며 방으로 들어갔다. 안심하고 이 얘기 저 얘기하고 있는데 갑자기 방문이 벌컥 열리더니

"손 들엇 안 들면 쏜닷! 이 새끼들 여기가 어디라고 찾아와 개뻑따귀 같은 놈들 뒈질려구 환장을 했나."

눈을 부라리는 놈을 바라보니 정말로 공기총을 뜯어고쳐 만든 고성능 총을 겨누고 있었다. 아무리 힘깨나 쓰는 장정들을 뽑아 갔대야 총 앞에선 속수무책이었다. 모두 손을 들자 그놈이 다시

"너희들 죽지 않고 살고 싶으면 가만히 방에서 자빠져 있어. 수틀린 수작을 했다간 골로 가는 줄 알어. 여기는 첩첩 산중이라 너희 몇 놈 죽이는 건 식은 죽 먹기여. 알았어."

엄포를 놓고 나가더니 밖에서 문을 '철커덩' 채우는 것이었다. 어디서 많이 본 놈 같았다. 가만히 생각해 보니 아랫마을 험상궂게 생긴 바로 경비주임의 따귀를 때렸던 그 구렛나루였다. 정말로 기가 막혔다. 인두겁을 쓰고 어찌 이럴 수가 있단 말인가!

한참이 지나도 아무 기척도 없어 더욱 불안하였다. 차라리 경찰에 고발을 하는 건데 괜히 자기들이 해결하겠다고 찾아온 게 뼈저리게 후회되었다. 그러나 때는 이미 지난 걸 어떡하랴.

더구나 아랫마을 놈들이 설마하니 이렇게 악랄하게 나올 줄은

• 억새꽃 •

꿈에도 생각지 못했다. 우리 퇴출농장을 송두리째 뒤엎으려는 음모가 아니고는 감히 이런 짓을 할 수가 있을까. 세상이 새삼 무서워졌다.

어떻게 된 방인지 전기도 들어오지 않아 깜깜 절벽이었다. 경비과장이 아까부터 깜깜한 어둠 속에서 방을 빙빙 돌며 벽을 눌러보고 아래 위를 찬찬히 더듬곤 하더니 거식회장의 귀에 대고

"저쪽에 조그만 창문이 하나 있는데 천상 그리로 빠져나가야 되겠습니다."

"그래요. 밖에 나가서 발각이나 안 될는지. 어쨌든 살기 위해서라면 그렇게라도 해 봅시다."

그래서 겨우 한 사람이 간신히 빠져나갈 만한 좁은 창문을 통해 엉금엉금 기어서 하나씩 무사히 다 빠져나갔다. 살금살금 기어서 넘어지고 뒹굴며 행길 옆에 차를 세운 곳까지 1㎞ 쯤 달려가 재빨리 차에 올라탔다. 그리고 시동을 거는데 저쪽 도망쳐 나오던 언덕 쪽에서 후래쉬 불이 사납게 여기저기 비추더니

"야 이 쥐새끼 같은 놈들아 서지 못혀 안 스면 쏠텨. 가면 어디루 갈껴 너희들은 독 안에 든 쥐여. 서라. 이놈들."

말이 떨어지기가 무섭게 총탄이 차 옆으로 비오듯 날아왔다.

"탕탕탕. 탕탕탕……."

운전석에 앉은 경비주임이 총소리에 놀란 듯 정신없이 차를 몰고 있었다. 한참을 달리는데 길가 으슥한 숲 속에서 아랫마을 사람들이 툭 튀어 나왔다. 큰 몽둥일 들고 금방 차를 부술 듯이 덤벼들었다.

그래서 잠시 서는 척하다가 속력을 낸 차가 붕 뜨며 시속 160㎞로 산길을 달리는데 뒤에서는 아랫마을 차들이 총을 쏘며 쫓아오

고 있었다. 그러나 퇴출농장의 차는 시속 160㎞를 놓고 산길을 날고 있었다. 갑자기 시커먼 하늘에서 진눈깨비가 차장을 때려 눈 앞이 보이지 않았다.

　그러나 운전경력 30년의 베테랑 경비주임은 익숙한 동작으로 거침없이 퇴출농장을 향해 날고, 또 날고 있었다.

상실의 늪

"여보세요, 여보세요."

"……."

"여보세요, 계십니까?"

"……."

"여보세요, 안에 아무도 안 계십니까?"

싸릿문 밖에서 안에다 대고 아무리 불러제켜도 대답이 없었다. 그래서 집을 비우고 이사갔나 하고 겁이 털컥 났다. 그때 방문이 삐걱 열리며

"아니 당신이……."

"……아버지."

"어. 어쩐 일이여. 어떻게 여길……."

말문이 막힌 건 영식씨 뿐만이 아니었다. 그의 아내와 아들 기민이도 도저히 믿어지지가 않는 것 같았다. 꿈만 같았다. 영식씨는 언젠가는 이런 날이 오리라고 예상은 했었다. 그러나 너무도 일찍 그

것도 전혀 뜻밖에 들이닥친 아내와 큰 아들 기민이를 보니 꿈인지 생시인지 얼떨떨하기만 했다.

찾아오는 사람이라곤 한 달에 한 두 번 정도 아랫마을 김노인이 아니면 산림감 뿐이었다. 그 사람들 외엔 그 누구도 오지 않는 오직 염소와 산새와 산울림 뿐이었다. 그렇게 고독한 이 다랭이골에 사람소리가 나서 너무 반가운 나머지 영식씨는 방문을 후닥닥 열어 젖혔다. 그리고 나와 보니 매일 밤 꿈에서나 만나보던 아내와 큰 아들이 싸릿문 밖에 서 있는 게 아닌가.

이게 얼마만인가. 만 2년, 꼭 2년의 세월이었다. 그러나 영식씨는 수십 년이 지난 자기와는 너무나 멀게만 느껴지는, 자기가 닿을 수 없는 딴 세상 사람처럼 느껴지는 아내와 큰 아들이었다. 그런 그들의 갑작스런 방문에 무슨 말이든 반갑다는 의사를 표현해야겠는데 아무 말도 나오지 않는 것이었다.

하기사 아내와 기민이도 기가 막히는지 물끄러미 바라만 볼 뿐 말이 없기는 마찬가지였다.

"기민 아버지, 이 문이나 좀 열어 주세요."

"응 참 그렇지. 내 정신 좀 봐."

이 산골짜기에 찾아올 사람도 또 갈 곳도 없었다. 그래서 영식씨는 집안에만 갇혀 있다가 저녁에 염소나 몰아들이는 일이 고작이었다. 염소는 뒤꼍 쪽으로 낸 쪽문을 열고 몰아들이는 게 편했다. 그래서 싸릿문은 밤낮 없이 빗장을 걸어 닫아 잠그고 사는 편이었다.

그러니 그 날도 싸릿문이 꼭꼭 잠겼을 밖에, 싸릿문을 열자마자 쏜살같이 들어온 아내는

"여보……."

• 상실의 늪 •

말을 잇지 못하고 눈물만 흘렸다. 그런 아내의 손을 잡고

"여보 미안하오. 내가 다 생각이 짧은 탓이었소."

"아니예요. 이 험한 산골에서 모진 고생을 다 했을 당신을 생각하면 가슴이 찢어지는 것 같아요."

"아냐 고생은 무슨, 보기 싫은 꼴 안 보고 얼마나 편안한지 몰라. 공기 맑겠다, 신상 편하겠다, 여기가 바로 낙원이야."

"아버지 왜 진작 말씀 안 해 주셨어요. 죄송합니다. 저희들은 그것도 모르고 편하게만 살았는데 아버지께서 이렇게 고생하실 줄은 꿈에도 생각지 못했어요."

"아니다. 잘못이 있다면 다 이 애비 탓이 아니겠느냐. 자 방으로 들어가자."

방에 들어가자 밖에서 본 것과는 달리 방안이 깨끗하게 정돈되어 있었다. 비록 손수 만든 엉성한 책상이나 통나무 책꽂이와 시렁 등이었지만 도시의 값비싼 것들보다 오히려 더욱 정갈했다. 그리고 영식씨의 고고한 인품처럼 분위기가 아늑하고 좋았다.

"아버지 절 받으세요."

"절은, 내가 네 절을 받을 자격이나 있겠니, 가족들의 속만 태우는 내가 무슨 낯으로 절을 받는단 말이냐. 그냥 앉거라."

"아버지 그게 무슨 말씀이세요, 앉으세요."

"그래요. 기민 아버지 모든 게 다 제 탓이예요. 그러지 마시고 절 받으세요."

정중히 절을 하고 난 기민이가 가지고 온 백을 뒤지더니 술과 간단한 안주를 내놓았다. 그러자 아내가 부엌으로 들어가 술상을 봐 오려는 것을 영식씨가 제지했다. 그리고 영식씨가 부엌으로 들어갔다. 술잔과 산나물 무친 것과 김치와 젓가락을 손수 만든 통나

무 상에 놓아 가지고 왔다. 어떻게 보면 아이들 소꿉장난 같아 웃음이 나왔다. 그러나 투박한 대로 소박해서 마음이 끌리었다.

술 몇 잔을 부자지간이 권하며 마시더니 기민이가

"너무 멋져요. 아버지는 어디에 계시든 역시 아버지시네요."

"왜 또 무슨 말을 하려는 게냐."

"그게 아니고요. 이 산골짜기에 이런 집을 지으시고 살림까지 죄다 손수 만들어 쓰실 줄은 꿈에도 몰랐어요. 요즘 서울에서는 도시병에 걸려 비싼 돈을 들여 별장을 짓는다 황토 집을 짓는다 삼림욕을 한다, 야단법석들입니다. 그런데 아버지께서는 손수 집을 지으시고 이렇게 공기 맑고 아름다운 곳에서 산새들을 벗삼아 사시니 신선이 따로 없잖습니까?"

"그래 신선 부럽지 않지. 그건 맞는 말이다. 그런데 식구들 보구 싶은 것만 빼면 세상에서 제일 행복한 생활일지도 모르지."

"기민 아버지, 그렇게 가족이 그리운데 왜 솔직히 말씀을 안 하시고 숨어서 이 고생을 하고 계세요."

"글쎄 그게 시원찮은 내 약점인지도 모르지. 참 당신 요즘도 날만 흐리면 손발이 쑤시고 아퍼요?"

"그럼요 더 심하면 심했지, 그 병이 어디로 가겠어요."

"그럼 여기서 몇 달만 지내보구려. 씻은 듯이 나을 테니. 아, 나를 봐요. 내가 집에 있을 땐 그렇게 약골이었잖소, 밥이라고 서너 숟갈 먹은 게 소화불량에 위장병에 걸려 끄윽끄윽 게트림만 나왔었지. 그리고 위장이 헐고 변비에, 거기다 감기에 신경통까지 걸려 매일 약봉질 산더미처럼 싸가지고 다녀도 빼빼 말랐었는데 지금 나를 봐요. 병은 깨끗이 낫고 밥을 고봉떼기로 한 사발씩 먹어도 소화가 어찌나 잘 되는지 감자와 고구마를 넉넉히 심어 그걸 간식으로 먹어야만 견딜 수 있게 되었으니 얼마나 잘 된 거요.”

“그래 가족들은 다 오염된 먼지 속에 처박아 놓고 당신만 이렇게 맘 편히 사시니 마음이 편합디까?”

“그 놈의 사람 비꼬는 버릇은 그대로구먼. 내 말은 여기가 그렇게 몸에 좋다는 말이지.”

“그나저나 살아서 당신을 만났으니 내일 죽어도 한이 없겠어요. 기민 아버지.”

“내 정신 좀 봐. 시장할 텐데 밥부터 먹어야지. 방에서 좀 쉬고 있어. 내 얼릉 밥 해올께.”

“여보, 당신 마나님이 이렇게 두 눈을 시퍼렇게 뜨고 살아있는데 당신이 밥을 하다니요. 그만 두세요. 오래간만에 제가 하는 밥 한 끼라도 편안히 잡숴 보세요.”

“아냐. 여기는 도시와는 달라. 나무를 때서 무쇠 솥으로 밥을 해야 되니까 경험이 없는 당신은 안 돼.”

“걱정 마셔요. 나와서 쌀독이나 일러주세요.”

막무가내로 밀어내는 아내에게 사정사정하여 겨우 부엌에 들어간 영식씨는 아내가 밥과 반찬을 만들 때 불을 때주었다.

오래간만에 세 식구가 모여 맛있게 저녁을 먹고 막 차를 한 잔씩 타 먹으려는데 밖에서

“박씨, 박씨 집에 있어?”

목이 터져라 큰 소리로 불러대도 사람이 안 나가니까 싸릿문을 부서져라 발길로 차대었다. 그러자 영식씨가 찻잔을 내려놓고 부리나케 뛰어 나갔다. 그 뒤를 기민이가 방문에 달아 놓은 유리로 내다보니까 30도 채 안 된 새파랗게 젊은 놈이었다. 그런 녀석이 머리가 허연 아버지한테 반말 지껄이었다.

"박씨 이번 달에도 염소 한 마리 줘야겠어."

"아니 지난번 가져간 지가 얼마나 되었다고 그러슈. 염소 몇 마리 키우는 것 다 주고 나면 난 뭘 먹고 살라고요."

"아니 이 작자가 쫓아내지 않는 것만도 감지덕지로 알아야지. 산을 허물고 나무를 마음대로 베어다 무허가로 집을 짓고 염소를 키우느라고, 산림을 다 훼손시키는 걸 뻔히 알면서도 눈감아 주니까 그까짓 염소 한 마리가 무어 대단하다고 그래. 다가오는 이번 일요일이 서장님 사모님의 생신인데 그냥 넘어갈 수가 있어야지. 그래서 말인데 염소 한 마리 가져가야겠소. 그러니 잔말 말고 내놓으슈."

"사정이 그러시다니 하는 수 없겠지만…… 닭으로 한 마리 가져가면 어떻겠습니까?"

"닭, 고작 닭이라니. 잔말 말고 살찐 암놈으로 염소 한 마리 몰고 와. 알았어!"

아버지가 염소를 가지러 뒤꼍으로 가는 사이 뒷문을 열고 나간 기민이 어떤 사람이냐고 살짝 물어보았다. 그랬더니 제 말로는 산림감이라고 둘러대지만 가짜 같다고 했다. 그리고 읍내서 놀고 먹는 불량배라고 동네 사람들이 말하더라는 말도 해줬다. 그 말을 들은 기민인, 아버진 모른 척하고 방에 들어가 계시라고 하였다. 그러자 영식씨는 안 된다면서 염소를 끌어다 줘야 된다고 펄쩍 뛰는 것을 억지로 방으로 들어가시게 했다. 그러고는 신발 끈을 꽉꽉 졸라매고 마당에서 콧노래를 흥얼거리며 거만스레 서 있는 불량배 앞으로 가서

"안녕하십니까. 여러 가지로 아버지께 편리를 봐주셔서 감사합니다. 그런데 듣자 하니 이번 일요일이 서장님 사모님의 생신이라고

요. 그 높으신 어른의 사모님 잔칫상에 이런 누린내 나는 괴기를 올려서야 되겠습니까. 적어도 쇠갈비는 올려야 체면이 서지요. 안 그렇소?"

"그렇구 말구. 당신은 말이 좀 통하는구먼. 저 늙은이는 영 귀가 어두워서 말이 통해야지. 그러면 갈비 값을 주겠소?"

"그걸 어떻게 돈으로 드리겠어요. 우리가 사다가 드려야지요. 내 미리 전화를 드리고 가지고 가겠습니다."

"아니. 아니 뭐 번거롭게 그럴 필요가 없지. 나를 주면 돼. 바쁜 데 뭐하러 차비 들이구 그럴 필요가 있어. 안 그런가베."

"우선 사모님께 축하의 전화라도 해야 되겠군요. 전화 번호가 어떻게 되던가요?"

"이 사람도 말귀 어둡긴 똑 같구만. 돈을 나한테만 주면 된다니깐 그러네."

"그럼 얼마를 드릴까요?"

"글쎄 갈비 한 짝은 해야 되니 알아서 주지 뭐."

"알겠슈. 그래두 전화를 드리는 게 예인디. 아 참 114에 물어보면 알겠구먼."

핸드폰을 꺼내서 전화를 걸려고 하자 핸드폰을 빼앗으며 주지 않아 옥신각신하다가 기민이 더는 참을 수 없다는 듯

"당신 뭐 하는 사람이야?"

하고 물었다.

"나? 나에 대해선 당신 아버지 박씨한테 물어 보면 알 거유."

"잔말 말고 당신 신분을 밝혀."

"이게 뜨거운 맛을 봐야 알겠나. 어디다 대구 큰 소리여."

"뜨거운 맛이라. 그 맛이 어떤 맛인지 모르겠는데 뜨거운 맛을

볼 때는 보더라도 당신 신분증이나 봅시다."

"적반하장이라더니 내가 눈감고 잘 봐주니께 이것들이 하늘 높은 줄 모르고 겨올라. 나중에 후회 말고 꺼져."

"야, 꺼지라니 그리고 너 몇 살이나 먹었기에 어른한테 반말 지껄이냐. 반말이. 이게 눈에 뵈는 게 없나. 신분증을 내봐."

"이거 왜 이래. 네가 뭔데 신분증을 내라 워쩌라 하는 겨. 좋은 말로 하니께 사람 뭘로 보고 하는 수작여. 짜식아."

"그래 좋은 말로 안 하면 어쩔 테냐. 아무것도 모르는 노인 등이나 쳐 먹는 이 기생충 같은 자식아."

"어쭈 이 자식. 너 말 다했어?"

"그래 너 다이아몬드 팔찌를 껴봐야 정신 차리겠니. 엉?"

그 말이 떨어지기가 무섭게 한 발짝 물러서는가 싶더니 불량배가 이 단 옆차기로 공격해 오는 것을 기민이 재빨리 피하자

"어쭈 제법인디."

어쩌구 중얼거리는가 싶더니 품 속에서 시퍼런 회칼을 꺼냈다. 그리고 그 회칼을 휘두르며 재차 공격하는 것이었다.

그러나 기민이 기다렸다는 듯

"이게 정말 뜨거운 맛을 봐야 알겠나."

말과 동시에 일단, 공격을 살짝 피하더니 품 속에서 재빨리 권총을 꺼냈다. 그리고 산림감이란 놈을 겨누며

"손들엇. 칼을 버리고 손들엇!"

그러나 산림감이란 놈도 지지 않겠다는 듯

"야 이 맹추야 그런 실탄도 없는 장난감 권총에 누가 속을 줄 알아. 내 칼을 받던가 아니면 무릎을 꿇고 빌어 임마."

"그래 장난감 권총 맛 좀 볼래."

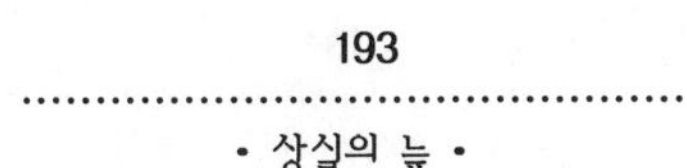

하며 칼을 휘두르며 결사적으로 공격해 오는 산림감을 바라보던 기민이 총구를 하늘 높이 치켜 올렸다.

그러더니 탕 탕 귀를 찢는 두 발의 총성이 울리었다. 그러자 산림감이란 놈이 금방 칼을 내던지고 두 무릎을 톡 꿇었다. 얼굴이 새파랗게 질려 사시나무 떨 듯이 부들부들 떨고 있었다. 그 때를 놓칠세라 기민은 재빨리 수갑을 꺼내 양 손목에 채우고는

"야 네 정체가 뭐냐. 바른 대로 대. 괜히 속일 생각 말고. 자 신분증부터 내놔봐!"

"무슨 쯩을유?"

"네가 지금까지 큰 소리 친 산림감증이지. 너 산림감이라고 공갈 치고 다니며 매달 힘없는 노인한테 염소를 끌어갔다며? 임마, 염소 몇 마리 키우는 게 무슨 돈이 된다고 젊으나 젊은 놈이 그 짓을 하구 있어. 잔말 말고 산림감 신분증을 내놔!"

"저 쯩 없슈."

"거짓말 하지 말고 바른 대로 대. 그렇지 않으면 콩밥깨나 먹게 해줄 거야. 바른 대로 말해."

"살려주슈. 바른 대로 말할께유. 사실은 저 산림감 아녀유."

"짜식 그냥 둬선 안 되겠구만. 젊은 놈이 할 짓이 없어 노인을 괴롭혀. 교도소에 가서 몇 년 썩어 봐야 정신을 차리겠구만."

기민이가 호주머니에서 핸드폰을 꺼내더니 어디엔가 전화를 했다. 시종 밖을 주시하고 있던 영식씨가 맨발로 뛰어나와 핸드폰을 빼앗으며

"얘 그만 했으면 되었다. 자기가 자기 잘못을 깨닫고, 다시는 그런 짓을 안 하면 됐지, 앞길이 구만리 같은 사람을 교도소로 보내서야 쓰겠냐. 네가 참어라."

극구 만류하는 것이다. 영식씨는 아들의 성격을 잘 알기 때문에 적극 만류한 것이었다. 기민은 어려서부터 원리원칙만을 주장하였다. 더구나 모 기관에 나가면서부터 더욱 철저한 원칙을 고수하며 청렴결백하게 처신하는 기민을 잘 알기 때문이었다. 그냥 뒀다간 당장 교도소에 처넣을 게 뻔해 만류하는 것이었다.

"알겠습니다 아버지, 그러나 이런 놈은 교도소에 가서 단단히 혼쭐이 나야 되는데 그러나 아버지의 말씀에 따르겠습니다. 야 임마. 너 오늘 우리 아버지 땜에 살아 돌아가는 줄이나 알고 앞으로는 절대로 나쁜 짓 하지 마. 만약 또 한 번 그랬다간 그 땐 정말로 용서 안 할 거야. 알았어?"

"예 제가 몰라 뵙구 죽을 죄를 졌습니다. 앞으로는 절대로 나쁜 짓 안 할 테니 믿어 주시구 살려줘유, 제발유."

기민은 수갑을 풀어주고 절대로 나쁜 짓 하지 말라며 가짜 산림감을 보내주었다. 다시 방에 들어가 간식으로 쪄 놓은 밤과 고구마를 먹으며 지나간 얘기로 꽃을 피웠다.

영식씨는 몇 해 전에 회사에서 퇴직을 했다. 영식씨가 다니던 회사는 절친한 친구가 운영하던 회사였다. 그런데 사장인 친구는 처음엔 회사를 성실하게 잘 운영하더니 회사의 규모가 점점 커지고 사업이 잘 되자, 회사 공금을 빼내 별장을 샀다. 그리고 주식을 사고 부동산 투기를 했다. 그런가 하면 외국에 호화 주택을 구입하는 등 회사의 공금을 자기 주머니 돈 빼 쓰듯 하였다.

그럴 때마다 영식씨는 극구 만류했다. 때로는 언성을 높여 싸움까지 하며 만류했으나 듣지 않았다. 말을 듣기는커녕 간곡히 만류하는 영식씨를 사장한테 함부로 대든다며 나쁜 놈이라고 회사에 소문을 퍼뜨렸다. 그런데 아니나 다를까 몇 년 가지 않아 회사가 휘청거리고 자금난에 허덕이게 되었다. 자연 사원들의 보너스도 삭감하고 때로는 봉급도 몇 달씩 주지 못했다. 그러자 사원들이 들고 일어나 농성을 하고 사장 퇴진을 요구하게 되었다.

영식씨는 중간에서 좋게 해결을 시키려고 무진 애를 썼다. 그러나 사원들은 끝끝내 농성을 풀지 않고 노사(勞使)의 대립은 점점 더 심각해지기만 했다. 그럴 때 사장이 하루는 저녁이나 같이 먹자고 하더니 술이 몇 잔 오가고 취기가 어지간히 도는가 싶을 때였다. 사장이 영식씨 앞에 무릎을 꿇더니

"여보게 친구, 자네 말을 안 들은 게 정말로 후회되네. 나를 용서하게."

하며 두 손으로 싹싹 빌어대기까지 했다.

"이 사람아, 이게 무슨 짓인가, 일어나게. 그리고 용기를 내, 잘 될 거야."

"아냐. 이대로 가다간 회사가 망하는 건 시간 문제야. 나도 그걸 잘 알고 있어. 그래서 말인데 자네한테 부탁이 있네."

"부탁이라니?"

"나 좀 살려주게. 염치없는 말이지만, 자네가 모든 책임을 지고 퇴직을 해 준다면 자네의 생활 문제는 내가 책임을 지겠네. 그리고 또 기회를 봐 복직도 보장하겠네. 여보게 친구 살려주게. 으흐흑 흑……."

그렇게 해서 영식씨는 미련없이 퇴사를 했던 것이다.

물론 생활비니 복직 같은 건 생각지도 않았다. 그러나 자기의 거취에 회사의 운명이 달렸다 생각하니 미련 없이 사표를 낼 용기가 생겼던 것이었다.

　사직을 하고 집안 식구들한테는 외국지사로 발령이 났다고 거짓
말을 하며 일시불로 받은 퇴직금을 한 푼도 건드리지 않고 집에
갖다 줬다. 외국지사에 근무하다 정년퇴직이 될 것 같다며 회사에
서 아예 퇴직금을 미리 주더라고 감쪽같이 속이었다.
　그리고 자기는 월급에서 조금씩 조금씩 쪼개어 들었던 적금이며
보험든 것을 해약하여 찾았다. 그리고 회사의 직원들이 위로금이라
고 걷어준 얼마 안 되는 돈을 쥐고 고향인 충남 청양에서도 가장
깡촌인 다랭이골로 내려왔다. 조상들의 묘가 있는 자기네 산 밑에
통나무를 베어다 손수 집을 지었다. 그리고 울타리를 치고 싸릿문
을 달아 집 모양새를 꾸몄다. 말이 쉬워 집이지 그건 움막보다 못
한 개집이었다.
　비록 선영이 있는 고향이지만 어릴 때 초등학교를 졸업하자마자
고향을 떠났었다. 그러니 말이 좋아 고향이지 아는 사람보다 모르
는 사람이 더 많은 생판 타향이었다.
　남의 눈을 속이며 몰래 무허가 집을 짓자니 어려움이 더욱 컸다.
안 그래도 경험이 없는 영식씨로선 ‘계란으로 바위 치기’ 바로 그
거였다. 산비탈을 깎아내며 터를 닦는 데만도 한 달도 넘게 걸렸다.
그러니 다른 것이야 말을 해 무엇하겠는가.
　개인용 텐트 속에서 겨울보다 더 심한 이른 봄 추위를 보냈다.
반찬이라곤 시어 꼬부라진 김치 조각 하나 없이 삼시 세 때 라면
만 끓여 먹었다. 그러면서 그 힘든 중노동을 하려니 손이 갈라져
피가 나고 온 몸이 다 쑤시고 아파서 밤마다 입술이 새카맣게 타
도록 앓았다.
　그러면서 통나무를 베어 처음 져보는 지게로 지고 내려오다 산
꼭대기에서 계곡까지 굴러 떨어져 정신을 잃었던 일도 한 두 번이

아니었다. 어찌 그 고생을 다 말로 표현하랴. 돈이 있으면야 인부들을 사서 시키면 뭐 어려울 게 있겠는가. 그러나 가진 거라곤 몸뚱이 하나가 전 재산이었다. 자기 몸으로 죽으나 사나 직접 때우는 수밖에 없었다. 그 때 다친 다리가 지금도 성치 않아 절름거리며 다녀야 했다. 어찌나 심하게 다쳤는지 지금도 날이 궂으려 하면 다리가 아파 밤새도록 잠을 이루지 못하곤 했다.

집을 완성한 다음 또 뭐든지 해야만 되겠는데 자본도 자본이지만 첫째로 경험이 없었다. 그래서 고향 친구들 권유에 따라 염소와 닭을 키우기 시작했다. 그리고 회사에 남아 있는 절친한 친구한테 부탁하여 매달 자기 집에 돈을 온라인으로 부쳐달라고 부탁했다. 친구의 온라인에 영식씨가 돈을 넣어주면 친구는 다시 회사에서 자기 부인의 온라인에 그 돈을 되 넣게 했다. 그래서 회사에서 매달 월급이 꼬박꼬박 들어오는 걸로 믿게 하고는 한 달에 한 두 번씩 집에는 전화를 걸곤 하여 아내를 감쪽같이 속였다.

영식씨는 사장의 입장을 생각해서 모든 누명을 다 뒤집어 쓴 채 회사에서 나왔다. 처음부터 회사에 대해 기대는 안 했었다. 그러나 사장이 약속한 생활비와 복직은커녕, 기회 있을 때마다 사장은 사원들 앞에서 영식씨를 헐뜯기에 바빴다고 했다.

파렴치한 이중인격자니, 사기꾼이니, 회사를 다 망쳐 놨다느니 하며 천하에 몹쓸 놈으로 몰아 붙였다는 것이었다. 그런 말을 듣고, 사장에 대한 실망이 너무 크고 섭섭하기만 했다. 그러나 세상 인심이 다 그런 게 아니냐며 애써 잊고 살기로 하고 현실에만 충실하려고 노력했다.

그런데 뜻밖에도, 아내와 아들이 찾아온 것이었다. 아내가 어떻게 자기의 소재를 알았는지 그게 궁금하였다. 그래서 아내에게 물어봤더니, 얼마 전에 청양 읍내 농협 주최로 농산품 직거래 장이 섰었다. 여러 가지 행사가 있어 그걸 영식씨도 구경을 갔었다. 그때 마침 직거래 상품을 사러 왔던 아내의 친구가 먼 발치로 영식씨를 봤다는 것이었다. 그 길로 아내한테 연락을 해줬으나 아내는 처음에는 믿으려 하지 않았었단다. 그래도 미심쩍어 최근에 걸려온 남편 전화의 발신지를 역추적하게 했다고 한다. 그 결과 틀림이 없음을 확인하고 찾아왔다는 것이었다.

영식씨는 자기가 잠시 가족들에게 실망을 시키지 않으려고 마음에 없는 거짓말을 한 것이 후회스러웠다. 손바닥으로 하늘을 가리려 했으니 그 게 될 성부른 일이었던가.

그 날 밤은 늦게까지 그간 헤어져 있으면서 겪었던 얘기들을 하다가 잠이 들었다.

계곡에 넘치는 새 소리와 염소 소리에 기민과 영식씨 부인은 잠을 깼다. 문을 열고 밖으로 한 발자국 내딛는 순간 코에 스미는 냄새, 그것은 서울에서는 도저히 상상도 할 수 없었던 향기였다. 삶을 일궈내는 풋풋함이었고 힘을 불끈 불끈 치솟게 하는 생기 바로 그것이었다. 그 아침 향기는 지금까지 도시 생활에서 지치고 시달려 기진맥진한 그들에게서 도시의 먼지를 깨끗이 털어내 주었다. 그것은 새로운 신선한 충격 바로 그것이었다.

언제 일어났는지 영식씨가 밥솥에 불을 때고 있었다. 그 연기 냄새는 천개 만개의 향을 불태운 향기 바로 그것인 것 같았다. 은은한 향기는 너무도 기분이 상쾌하고 힘이 솟구쳐 올랐다. 서울서 나고 자란 영식씨의 부인이나 아들 기민은 처음 느껴 보는 상쾌함이지만 너무나 좋은 신선함이었다.

부엌에 들어가 보니 벌써 아침상이 다 차려져 있었다. 밥을 다

해 놓고 영식씨는 뒤꼍 쪽문을 열어놓고 염소 떼를 산으로 내몰고 있었다.

세수를 하려고 수돗물을 트니 거기서도 또 다른 향기가 뿜어 나왔다. 도시의 수돗물에서 풍기는 소독냄새와는 전혀 달랐다. 지하수를 끌어올린 물이기에 살아있는 물의 향기였던 것이었다.

아침을 먹고 난 그들은 삶의 터전이 있는 곳으로 다시 뿔뿔이 흩어져야 할 시간이었다. 영식씨는 서울 갈 때 가지고 가라고 일부러 고구마와 밤을 많이 삶은 것을 보자기에 싸서 주면서

"이제들 돌아가야지. 기민이 너도 직장에 출근을 해야 되고 그리고 당신도, 서운하지만 이제 집도 알고 했으니 가끔 놀러들 와."

그런 물끼어린 영식씨의 말 끝에 아들 기민이가 말했다.

"아버지, 괜한 고생 사서 하시지 마시고 함께 서울로 가시지요."

"아니다. 나는 이곳이 더 좋아. 서울에 가서 할 일도 없이 빈둥빈둥 논다는 것이 얼마나 큰 형벌인 줄 아느냐. 나는 여기가 좋다."

"그래도 혼자서 이 고생이 웬 말입니까?"

"애 큰 애야. 걱정 마라. 느이 아버지 곁에 이제부턴 내가 남아 있을 게. 나도 서울에 가 봐야 할 일도 없이 너무 편하기만 하니까 괜히 삭신만 쑤시고 아프더라. 여기서 아버지와 함께 염소도 키우고 산나물도 뜯으며 살고 싶다. 그러니 네가 집에 가서 둘째한테도 그렇게 말하고, 살림이야 나 없어두 다들 잘할 수 있지 않느냐. 그러니 그렇게 알구 시간 늦기 전에 너나 가도록 해라."

"어머니까지도요?"

"아니 여보 당신은 힘들고 외로워서 여기서 못 살아. 고집 부리지 말고 기민이와 함께 서울로 가요."

"당신은 사는데 제가 왜 못 살아요. 그리고 당신이 곁에 계신데

뭐가 외로워요. 그런 말씀 마세요. 저는 당신 곁에 남기로 이미 결심했으니 저를 다시 서울로 보낼 생각은 아예 마세요."

영식씨는 아내가 시골 살림을 안 해 봐서 고생이 심할 것 같아 아들과 함께 올려 보내려고 했다. 그러나 아내의 고집 앞에 어쩔 수 없이 기민이만 혼자 떠나보내고 둘이서 살 수 밖에 없었다.

아내가 곁에서 거들어 주고 밥이며 빨래 등등을 해주니 일거리가 반 이상 준 것만 같았다. 더구나 뼈를 깎는 외로움이나 절망의 구덩이에서 헤어나지 못하던 지난날과 같은 억장 무너지는 일들이 없어서 좋았다.

아내는 염소를 키우고 농사를 짓는 걸 매우 좋아했다. 산전을 일군 밭에 고추를 심고 옥수수와 참외를 따고 햇콩을 딸 때는 애기처럼 좋아서 어쩔 줄을 몰라 했다. 그걸 보는 영식씨는 그런 아내가 몹시 사랑스럽고 고맙기까지 하였다.

서울에서 나서 서울에서만 살아온 아내는 모든 게 신기하고 예뻐 죽겠는 것이었다.

다 큰 염소를 모두 팔았다. 영식씨는 처음부터 염소보다 소를 키우고 싶었었다. 그래서 과거부터 벼르고 있던 송아지를 사다 키웠다. 송아지도 염소와 같이 뒷산에 풀어 놓고 방목을 했다. 소먹일 짚이나 건초를 살 필요가 없어 다른 사람들보다 비용이 절반 밖에 들지 않았다.

그래서 송아지도 욕심껏 50마리나 사다 키웠다.

영식씨와 아내는 서울에 있는 손자를 귀여워하듯 시간 날 때마다 그 놈들을 안아도 주고 쓰다듬기도 하며 예뻐 해 주었다. 그랬더니 그 놈들도 영식씨와 그 부인만 보면 앞을 다투어 달려와 몸을 비비고 핥고 야단이었다. 사람이나 짐승이나 정을 주면 다 통하는 것만 같았다.

송아지가 너무 귀여워 송아지를 위하는 일이라면 조금도 힘이 들지 않고 아까울 게 없었다. 그래서 송아지를 방목하면서도 저녁에 먹을 사료와 연한 풀을 하루 종일 베어다 송아지들에게 먹였다. 송아지들은 잘도 먹었다. 그렇게 그들의 하루는 송아지 생각 뿐이었다. 풀이야 시골 어디를 가든 지천으로 많았고 벤지 몇 주일 지나면 또 한 길이 넘게 자라곤 하였다. 베어도 베어도 풀은 계속 자라서 송아지를 키우는 덴 안성맞춤이었다.

소를 키우는 일도 쉬운 것만은 아니었다. 특히 아랫동네 사람들이 소를 먹여서 냇물이 오염되었으니 소를 키우지 말라며 떼로 몰려와 항의할 때는 하늘이 캄캄했었다. 어찌 그것 뿐인가. 소가 벼랑에서 뒹굴어 옴싹달싹 못할 때는 금방 소가 죽는가 싶어 또 얼마나 안타까웠던가. 또 소가 배탈이 나서 먹는 대로 설사만 쫙쫙 할 때는 또 얼마나 난감했던가. 그리고 읍내의 그 불량배가 가끔 멀찍이 산을 빙빙 도는 게 눈에 띄면 괜히 불길한 예감이 들곤 하였다. 그런 날은 밤새도록 송아지와 함께 외양간에서 밤을 새운 일도 한두 번이 아니었다.

송아지를 돌보기 2년째가 되자 살이 디룩디룩 찐 어미 소가 되었다. 소를 산에다 방목한다는 말을 어떻게 들었는지 소장사들이 연일 찾아와서 소를 자기한테 팔라고 졸랐다. 소를 산에다 방목해 기르면 고기 맛이 훨씬 좋기 때문이었다.

그렇지 않아도 영식씨는 그해 가을에 소를 팔려고 생각하고 있었다. 여름내 싱싱한 풀을 양껏 뜯어 먹여 살을 토실토실 찌워 겨울이 오기 전에 처분할 계획이었다. 한해 겨울을 더 놔뒀댔자 겨울엔 여물도 주지만 사료를 많이 먹여야 했다. 그렇게 되면 경비도 많이 들어야 하고 또 추위에 떨다가 소가 살이 빠져 바짝 마른다. 그렇기 때문에 자칫 잘못 하다간 오구랑장사가 되기 십상이었다. 그래서 가을에 파는 게 큰 이익임을 알고 있었기 때문이었다.

드디어 가을이 되었다. 산전에 심은 고추가 빨갛게 붉고 허여멀 건 무가 어른 장딴지만큼씩 굵었다. 그리고 이 산 저 산에 단풍이 곱게 물들고 아름드리 배추 포기에 된서리가 하얗게 내릴 때에, 값을 실하게 쳐주는 소장사와 흥정이 잘 되었다.

그래서 다음날 아침이면 소를 실어 가게 되었었다. 그날 저녁에 소를 판다고 생각하니 마음이 허전하고 슬펐다. 물론 돈은 받겠지만 애지중지 자식처럼 키운 소를 다 남에게 넘겨 결국은 도살장으로 갈 것을 생각하니 마음이 아팠다. 아내는 아예 저녁도 거른 채 눈물을 흘리며 괴로워 해 도저히 잠을 이룰 수가 없었다. 영식씨나 그 부인이 동물에 대해서 이런 감정이 생긴다는 것은 생전 처음 느껴보는 일이었다.

그래서 울적한 마을을 달래기나 하려는 듯 아내와 마주 앉아 집에서 담근 막걸리를 오래간만에 취하도록 마셨다. 정신없이 취해서도 잠이 안 와 엎치락 뒤치락거리다가 새벽녘에야 겨우 잠이 들었는데……

어느 때쯤 되었을까 목이 말라 잠이 깨었다. 그런데 외양간 쪽에서 이상한 소리가 나는 것 같았다. 처음에는 소가 여물을 먹는가 했는데 자세히 들으니 그게 아니었다. 영식씨는 외양간 쪽의 스위치를 올려 불을 켜고는 후닥닥 튀어 나갔다.

하얀 불빛에 고개를 항상 주억거리며 여물을 달라는 시늉을 하던 고 귀여운 소들은 어디로 갔는지 온 데 간 데 없었다. 그리고 빈 외양간만 휑하니 찬 바람을 일으키고 있었다.

“아니 이게 이게 어쩐 일여.”

“어쩐 일이랴.”

부리나케 싸릿문을 박차고 밖으로 내뛰다 보니 저만치 트럭 몇 대가 서 있고 그 위에서 시커멓게 실려 있는 건 틀림없는 자기네 소였다.

“이놈들 소를 내려놔 소를……”

자기도 모를 어떤 힘에 의해 다랭이 골이 쩌렁 쩌렁 울리게 고함을 쳤다. 그리고 트럭을 향해 뛰었는가 싶은데 눈에서 불이 번쩍하더니 그 자리에 그만 허물어지고 말았다. 이래선 안 된다고 이를 악물고 고함을 치려 했다. 그러나 마음과는 달리 의식은 점점 흐려지는데 희미한 눈에 들어오는 건 시커먼 얼굴에 그어진 칼자국이었다. 유난히 불빛에 반짝이고 있는 그 흉터는 틀림없는 가짜 산림감 그 놈이었다.

“너 이노옴 그래도 네가 또……. 용서 못…….”

영식씨는 말을 잇지 못하고 어둠에 파묻히고 말았다.

황소

‘그려 그게 워떤 손디 거저 먹을려구 혀.’

순돌은 억울하고 분해서 뜬눈으로 밤을 꼬박 새웠다. 그리고 날
이 훤하게 밝자마자 싸릿문을 박차고 달복이네 집으로 득달같이
달려갔다.

이월 초순도 벌써 지나 보리밭을 매고 감자와 고추를 심어야 될
철이었다. 그런데 겨울 못지 않게 된서리가 하얗게 논밭을 뒤덮고
칼바람은 사정없이 귀때기를 후려쳤다.

그러나 워낙 독이 오른 순돌은 급한 김에 맨발로 슬리퍼를 끌며
길바닥에 하얗게 깔린 서리를 박차고 달복이네로 달려갔다. 그러고
는 아직 잠 속에 파묻힌 달복이네 대문을 부서져라 두들겨제켰다.

“누구여.”

“대문 좀 열어.”

“누군디 그려.”

“나여 순돌일세. 싸게 대문 좀 따봐.”

"무슨 일인디 첫새벽부터 야단이랴."

"얼릉 대문이나 열어봐."

워낙 느려터진 달복이는 순돌이가 대문 앞에서 등에다 콩을 복든 말든 30분도 더 지나서야 선 하품을 해대며 대문을 땄다.

"무슨 일인디 그려."

"자네네 어제 송아지 낳았다며?"

"그려 어제 낳았어."

"쌍둥이 낳았다매?"

"그랬다네. 그런데 왜 그려."

"왜 그러다니. 이 사람 달복이 몰러서 허는 소리여?"

"무슨 소린지 몰르겄네."

"딴청은, 이번엔 송아지 한 마린 우리 거여. 알았어."

"아니 그게 무슨 올챙이 육자배기랴."

뻔히 알면서도 일부러 어깃장을 놓는 달복이가 순돌이의 화를 돋구었다.

"무슨 소린, 그렇게 탐스런 송아질 쑥쑥 세배나 낳게 한 게 누구 덕여 다 우리 황소덕 아닌가벼. 그러니께 이번엔 쌍둥이까지 낳았으니 한 마린 나한테 주는 게 도리가 아녀?"

"뭔 소리여. 자네네 황소 땜에 우린 손해가 이만 저만이 아녀."

"그건 또 무슨 억지여."

"억지가 아니구. 황소두 황소 나름이지. 황소두 황소 같지 않은 난쟁이 거시기 같은 게 뭐만 밝혀. 송아지마다 무녀리 같어서 제값을 받았어야지."

"너 그렇게 배은망덕한 소릴 하는 게 아녀. 그래서 못 주겄다 이 거지?"

"순돌이 너 그렇게 공것 바라다간 마른 하늘에서 벼락을 맞어."

"그건 또 무슨 병아리 오줌 싸는 소리랴."

"이게 듣자 듣자 하니 워디 와서 찢자여 찢자가."

"달복이 너 말 다 했어? 그럼 이번에두 무쪽같이 또 떼일 줄 알았남. 황소없이 어떻게 송아지가 생겨. 당연히 송아지 한 마리는 우리 거여."

"도둑놈이 따로 없구먼."

"뭣이 어쪄. 이게 보자보자 하니께."

"잘 들어. 순돌이 너는 무식해서 모르는가분디. 그게 뭐냐. 참 너의 황소가 가만 있는 우리 소한테 성폭행을 한겨. 성폭행을 하면 어떻게 되는 건지나 알구 그려?"

달복이는 TV에서 줏어 들은 말이 퍼뜩 생각나 무식한 순돌이 놈이 이 말을 하면 꼼짝 못하고 두 손 반짝 들리라 생각하며 들이 대었다.

"뭣이라구. 임마 왜 남의 황소 옆에다 너의 소를 매놔서 살살 눈웃음치며 꼬리치게 해놓고는 뭣이라구 무슨 구신 씨나락 까먹는 소리랴."

"우리 소야말루 산너머 장서방 네 집채만한 황소한테 씨를 받을려구 했는디 처신머리 없는 너의 잡종 때문에 손해가 얼마나 큰지나 알어? 손해 배상을 허라구 할려다가 한 동네서 짐승끼리 한 일이라 꾹꾹 참는 건디 뭣이 어뗘."

"야 너 그게 무슨 생쥐 방귀끼는 소리여. 염체 없으면 입이나 다 물구 있어. 세배 째 송아질 낳게 하구두 입 싹 씻으려구 혀. 하늘이 무섭지두 않으냐 날강도 같으니라구."

"뭐 날강도라니 그러면 순돌이 너는 불강도냐 엉."

"이 자식이⋯⋯."

멱살을 서로 잡은 순돌이와 달복이는 밀고 당기다가 한꺼번에 달복이네 바깥마당에 나뒹굴어져 떼굴떼굴 뒹굴며 서로 악만 바락바락 썼다.

순돌이는 충남에서도 가장 험악한 산골짜기인 청양군 운곡면의 억박산 골짜기의 가난한 농부였다.

말이 좋아 농부지 제대로 된 땅 한 평 없이 남의 집 품 팔아 겨우 연명을 하다가 요근래 와서 산전을 일구고 버려진 산다랭이를 어찌어찌 줏어 볏섬이나 하는 째지게 가난한 농부였다.

그런데 몇 년 전 소값이 개값만도 못하게 떨어졌을 때 황송아지 한 마리를 사다가 몇 년 정성을 다해 키워서 큰 소가 되면서부터 심이 펴기 시작했다. 황소를 끌고 다니며 쟁기질도 해주고 비탈밭은 긁쟁이질도 해주면서 품값을 몇배로 받았기 때문이었다.

어떻게 생각하면 황소야말로 순돌네의 보배 같은 살림밑천이었다. 물론 경운기로 논밭을 갈고 써레질을 할 수도 있었다. 하지만 구획정리가 잘 된 들논이 아니라 좁쌀 같은 계단식 산다랭이나 비탈밭을 갈기엔 황소가 제격이었다. 그래서 순돌이는 큰소리치며 부지런히 일을 해 줘서 살림이 점점 나아지게 된 것이었다.

그런데 모내기와 보리밭을 갈아 콩을 심고 나면 한동안 소가 필요 없게 된다.

그런 때는 소들은 멍애를 벗고 하루 종일 풀을 뜯으며 쉰다. 산골에서는 산골짜기에다 소를 내다 매서 풀을 마음껏 뜯어 먹게 했다. 그런데 순돌네 황소를 매논 바로 옆에다 암내난 달복이네 암소를 매놔 꼬리를 치게 했단다. 그래서 순돌네 황소가 말뚝을 뽑고

달복이네 암소한테 달려가도록 만들어 새끼를 배게 했대서 순돌은
그 삯을 당연히 줘야 한다고 했다.

그러나 달복이는 소가 즈이들끼리 눈이 맞아 한 짐승 같은 짓인
데 무슨 삯을 주느냐며 오히려 더 큰 소리였다. 그러나 순돌인 순
돌이대로 자기네 황소가 그 일로 해서 바짝 마르고 괜히 잘 먹지
도, 일도 않고 암소만 찾으며 심통만 부린다며 돈을 내라고 다구쳤
다. 그래서 그것 때문에 요 근래에 둘이 만났다 하면 옥신각신 시
끄러웠다.

그런데 이번에는 송아지를 한꺼번에 두 마리를 낳았으니 한 마
리는 자기를 줘야 된다고 떼를 쓰는 것이었다. 그러나 짠저리로 소
문이 자자한 달복이는 말도 못 붙이게 펄쩍 뛰었다.

시끄럽게 떠드는 소리를 듣고 몰려온 이웃 사람들이 떼말려서
멱살을 놓고 일어났지만 싸움이 끝난 것은 아니었다.

"임마 사람이 경우가 있어야지 네 것만 아낄려구 하면 되여? 토
끼도 암을 붙여주면 새끼를 한 마리 주고 개도 새끼를 낳으면 강
아지를 한 마리 주는데 너의 소는 3배를 낳구. 더구나 이번엔 쌍둥
일 낳았는디 입 싹 닦구 만다는 거여. 그게 인두겁을 쓴 사람이 할
짓이냐 말여."

"그래 나는 철면피다. 그런디 그런 천하에 없는 억지만 쓰는 너
는 뭐냐. 너는 뭐 말러 비틀어진 막대기여 엉."

"이 사람들 동네가 창피하지두 않은가. 좋은 말루들 하게 춘 디
서 새벽같이 이게 무슨 짓들인가 우리 사랑방으로 가세."

보다 못한 반장인 송씨가 두 사람을 데리고 자기네 사랑으로 들
어 갔다. 내용이야 숱하게 들어서 뻔히 알고 있는 것이었다. 둘 다

• 황소 •

똑같기 때문에 만나기만 하면 싸움질이었다. 그런데 그 싸움이 하루 이틀에 끝날 것이 아닐 것은 불을 보듯 뻔한 것이다. 그러나 우선 싸움은 말리고 봐야 한다고 송씨는 생각했기 때문이었다.

두 사람은 40대 후반인 나이도 동갑이지만 생각하는 것도 똑같았다. 어느 쪽도 한 치의 양보도 않으니 만났다 하면 으르렁거렸다. 술좌석이든 일터이든 어디서든 만났다 하면 티격태격 싸움이었다.

보다 못한 반장이 달복이한테 조용히 타일렀었다. 어차피 송아지를 낳을 수 있었던 건 순길네 황소 때문이니 눈 딱 감고 서운찮게 몇 푼 집어주라고 몇 차례나 귀뜸도 했었다. 그럴 때마다 안 줘도 될 걸 뭣 땜에 피 같은 돈을 주느냐며 펄쩍 뛰곤 하였다.

반장은 보름 때 먹다 남은 술을 내오래서 권하며 화해를 시킬려고 무진 애를 썼지만 모두 다 허사였다. 술이 취한 두 사람은 오히려 한 술 더 떠 윗통까지 벗어 젖히고 덤벼들었다.

가까스로 떼말려 각각 집으로 보냈지만 두 사람의 사이는 더욱 깊게 골이 파졌을 뿐이었다.

그런 일이 있은 후부터 양쪽 집은 앙숙이 되었다.

마을회관에서나 일터에서나 장에 가서나 만났다 하면 더욱 치열한 싸움이었다. 그리고 무엇이든 서로 안 질려고 수단과 방법을 가리지 않는 경쟁의 악순환만 거듭되었다.

한 집에서 모심을 날을 잡으면 또 다른 집도 질세라 똑같은 날을 잡았다. 그리고는 서로가 일 잘하는 일꾼들을 확보하려고 품값을 서로 올려준다며 마을 사람들을 끌어 모았다. 그렇게 되고 보니 고래싸움에 새우등 터지는 것은 애매한 동네 사람이어서 공연한 오해와 의심을 받게 되고 동네 인심만 자꾸 사납게 변했다.

그런가 하면 부인들은 부인들 대로 서로 못 잡아먹어 안달이었

다.　　이웃사람들을 초대해 누구 생일이다 누구의 무슨 날이다 해
서 없는 일도 꾸며내어 동네 사람들에게 잔치를 벌리며 은근히 상
대방의 흉을 보고 악담을 퍼부었다.

이 집에서 하면 저 집이 질세라 또 잔치를 해서 잔치에 잔치가
며칠들이로 벌어졌다. 그러니 자연 살림은 점점 쪼들리고 어려워졌
어도 그러나 살림이 망하고 흥하고가 문제가 아니었다. 어떻게 하
든 상대방한테 째이지 않는 게 문제였다.

싸움은 그 걸로 끝나는 것이 아니었다. 어른들이 그러니 아이들
까지도 만났다 하면 투닥거리고 싸움이었다.

같은 초등학교에 다니는 두 집 아이들은 나이도 같은 또래들이
라 같은 반이었다. 학생수가 적은 시골 초등학교니까 한 학년이라
야 겨우 한 반도 제대로 못 채우는 상황이라 자연히 같은 학급일
수 밖에 없었다. 그러니 그게 또 문제였다. 같은 반에서 반 친구들
한테 서로가 상대방의 흉을 보고 욕을 했다. 그러면 그 말이 그 당
사자들의 귀에 들어가면 머리가 깨지고 코피가 터지게 싸움이었고
그런 날은 또 어른들의 싸움으로까지 번지곤 하였다.

그리고 순돌인 달복이넬 찾아가 싸운 그날부터 자기네 황소를
외양간에만 매놓고는 일체 바깥 출입을 시키지 않았다.

그러는 사이에 추위도 물러가고 따뜻한 봄과 뜨거운 여름이 되
었지만 두 집의 감정은 좀체로 해소될 줄을 몰랐다.

그런데 순돌네 황소는 외양간에 갇혀서만 사는데 달복이넨 송아
질 떼어 팔아 돈을 많이 받았다며 동네가 떠들썩하게 자랑을 하여
순돌네 약을 올렸다. 그러나 그 자랑이 식기도 전에 암소가 또 암
청내가 나서 밤새도록 소릴 질러대 동네 사람들이 다 잠을 잘 수
가 없었다.

그러나 인근에 황소가 없었다. 목장에서도 맛좋은 암소만 키워 팔기 때문에 황소를 구할 수 없는 달복은 발만 동동 구르며 속수무책이었다. 그렇다고 순돌일 찾아가 사정을 한다는 건 자존심이 상해 죽으면 죽었지 못할 노릇이었다. 그래서 달복이네 암소는 며칠을 목이 쉬게 소리를 지르더니 잠잠하여 웬일인가 싶었는데 고요한 적막을 찢고

"아악 사람 살류."

하는 외마디 소리에 이웃 사람들이 소리가 난 순돌네로 달려가 보니 울타리가 모두 자빠져 난장판이었다. 그리고 마당엔 순돌이와 그 부인이 머리에서 피를 쏟으며 처참하게 기절해 쓰러져 있고 외양간 앞엔 달복이네 암소가 씩씩대며 외양간 앞을 막은 칸막이를 받아 제키고 있었다.

눈에 새파란 불을 번쩍이며 칸막이 쇠파이프를 두 뿔이 부러져라 받아제키고 있었다.

미운 까마귀

"이놈아! 정신 채려."

아버지의 호통에 정신이 번쩍 났다.

"여, 여봇…… 스텝. 스텝."

개팡은 아내의 숨넘어갈 듯 다급한 금속성에 정신없이 차를 세
웠다.

아스팔트길이 엿가락 부서지듯 와싹 잘라지고 금방 차를 삼킬
듯 무서운 기세로 달려드는 시뻘건 흙탕물이 눈을 콱 때렸다.

숨돌릴 사이도 없이 차를 후진시킨 개팡이는 핸들 위에 죽은 듯
이 엎어져 있었다. 가슴이 방망이질 치고 오금이 저려 손가락 하나
까딱할 수가 없었다.

뭐에 씌었나 하마터면 온 가족을 흙탕물 속에 쓸어박아 물귀신
을 만들 뻔했다 생각하니 정신이 아득하고 식은 땀이 후즐근하게
등을 적시었다.

"뭐하고 있댜. 얼릉 가지."

“……”

“여보 싸게 가. 날이 어둑어둑해지너먼……”

“가만이 좀 있어. 그물에 송사리떼 몰 듯 다구치기는.”

“정신이 나갔나. 날은 저물구 비는 저렇게 퍼붓는디 얼릉 집에 가야지 무슨 소리랴.”

하긴 말이야 아내의 말이 틀린 말이 아니었다. 그러나 아내의 기침 소리만 들어도 화가 벌컥벌컥 치미는 이 판에 개팡이는 웬 채근이 또 채근이냐며

“나두 다 알어. 잔소리 말구 처박혀 있어. 불난디 기름 붓지 말구.”

하기야 아내의 고함이 아니었던들 그보다는 아버지의 호통이 아니었다면 어떻게 되었을까 생각하니 아찔했다.

사는 것과 죽는 것이 간발의 차이라더니 바로 이런 경우를 말하는 것 같았다. 좁은 2차선 도로에서 오던 길로 가까스로 차를 되돌려 몰았다. 이런 위급한 판에 아까는 왜 하필이면 그런 쓰잘 데 없는 생각을 했는지 그걸 개팡이 자신도 모를 일이었다.

그 날도 소나기가 억수로 퍼부었다. 학교에서 돌아오는 길에 물이 불은 동네 앞개울을 건너지 못해서 발만 동동 구르며 울고 있었다.

그런데 어떻게 아셨는지 아버지가 허리까지 차 오르는 물살을 헤치며 성큼성큼 건너와선 개팡이의 눈물을 닦아주곤 자기를 업고는 시뻘건 흙탕물을 가르며 거침없이 냇물을 건넜다. 내리려 하자 아버지는 굳이 집에까지 업고 갔었다. 억수 같은 소나기 속에서도 아버지의 등이 어찌나 따뜻하고 포근했던지 잠이 들었던 그 기억이 왜 하필이면 그 순간에 되살아나 자기도 모르게 눈이 스르르

잠겼는지 그게 이해가 안 갔다.

하늘이 구멍이라도 뚫린 듯 비는 계속 퍼부었다. 이건 비가 아니
라 물을 동이채 쏟아붓는다는 게 더 정확한 표현일 것 같았다.

"빌어먹을 이리 가두 길이 끊기구, 저리 가두 길이 짤렸으니."

"그러길래 내가 뭐랬어유. 광수쪽으로 돌아가라구 했잖어유."

"올챙이 방귀 뀌는 소리 하구 있네. 멀쩡히 가까운 길을 둬 두구
30리두 더 먼 광수루 가."

"그래 이렇게 다시 되돌아 가는디두 빨른감유. 억세게 빠르기두
허네유."

"이게 누구 약을 올리나. 내가 뭐라구 했어. 일찍 떠나자니께."

"그래두 내 덕분에 생전 꿈도 못 꿨던 케블카두 타봤잖아유."

"케블카 좋아하네. 금싸라기 같은 고라실 논 30마지기가 왔다갔
다 하는디 케블카가 문제여. 괜히 속지르지 말구 가만히나 있어."

"그래두 아까 바닷가에서 회 먹을 때는 당신 덕분에 여름에 살
아있는 회를 다 먹어본다며 새벽에 안 떠나기를 잘 했다더니."

"닥치지 못혀. 속이 타 죽겄는디 자꾸 잔소릴 칠껴."

서너시간째 퍼붓는 비는 그치기는커녕 더욱 더 세차게 빗줄기가
굵어졌다. 거기다 이젠 바람까지 불어제껴 헤드라이트를 켜도 앞이
보이지 않고 정신을 차릴 수가 없었다.

날은 어두워지는데 그 놈의 광암리 앞 도로만 끊기지 않았으면
20분도 채 못 걸릴 거리였다. 그러나 집을 눈 앞에 두고 다시 100
여리도 넘게 길을 돌아야 되니 개팡이의 마음은 마음이 아니었다.

다른 때는 그토록 빠르게 잘 나간다고 자랑스럽게 생각되던 자
가용이 오늘은 굼벵이처럼 느리기만 했다. 그렇다고 급한 대로 차
를 몰다간 조금 전처럼 온 가족을 물귀신으로 만들 게 뻔해 속이

부글부글 끓어오르고 입술이 바짝바짝 탔다.

이럴 줄 알았으면 아내가 아무리 조르고 바가질 긁어제켜도 피서고 뭐고 때려 치웠을 터이었다. 아내의 전에 없이 살살 녹이는 꼬임에 그게 사람잡는 덫인 줄도 모르고 그만 그 마수에 덜컹 걸려들어 이 모양이 되었으니. 어떻게 생각하면 그게 다 자업자득이란 생각을 하며 이를 북북 갈았다. 그리고 말했다.

"여우 같은 여편네 어디 두고 보자. 여수여. 여수……."

"그게 아닌 밤중에 무슨 궁뼹이 오줌싸는 소리래유."

"……."

개팡이는 자기도 모르게 신음하듯 새어나온 말을 붙들고 늘어지는 아내한테 대꾸도 하기 싫었다. 저야말로 지금이 어느 땐데 지렁이 하품하는 소릴 하고 있었다. 금쪽 같은 문전옥답 30마지기가 지금 다 떠내려가고 있을지도 모르는 판국에 무슨 놈의 잔소리가 많으냐며 부애낌에 속도를 높였다.

"여봇. 사람 죽어."

"입이나 다물구 있어. 이게 다 누구 때문인디 그려. 애초부터 여자의 말을 들은 내가 잘못이지. 젠장헐."

"해수욕허구 회 먹을 땐 이게 다 당신 덕분이라고 고마워 죽겠다더니 지금 그건 무슨 소리랴. 변소갈 때 마음 다르고 나올 때 마음이 다르다더니 원."

"벤소구 지랄이구 가만히 좀 있어. 이 여우야."

개팡이가 동해안으로 피서를 떠난 것은 순전히 아내 때문이었다.

금년 여름은 전에 없이 폭폭 삶아제켰다. 낮은 낮대로 40도 가까운 불덩어리를 내리붓고 밤엔 밤대로 30도를 윗도는 열대야인가 뭔가가 계속되었다. 원래 더위 속에서 다져진 농촌 사람들도 숨을 헐떡이며 그늘 밑으로만 기어들었다.

이건 더위가 아니라 불바다였다. 죽음의 불바다였다. 땀이 흐르는 것이 아니라 땀이 나오자 마자 허연 소금으로 변했다. 그런데 그런 살인적 더위도 아랑곳하지 않고 일을 해제키는 건 개팡이네 뿐이었다.

게으르기로 마을에서 둘째 가라면 서러워할 개팡이가 죽으려고 환장을 했다고 동네 사람들의 입에 오르내릴 정도로 몸짝 붙이고 일을 했었다. 그러나 딴 뜻이 있었던 걸 뒤늦게야 눈치챈 마을 사람들은 그러면 그렇지, 그렇지 않고서야 그럴 리가 있겠느냐고 혀를 내둘렀다.

하루 종일 일에 지치고 더위와 싸우느라 힘겨운 개팡은 저녁 숟가락만 놓았다 하면 픽 쓰러져 코를 드르렁 드르렁 골았다. 그런 그를 사정없이 깨우는 건 그의 아내 순질이었다.

"여보, 저기 좀 봐유. 저 해수욕장, 아이 멋져."

"아아 졸려 건드리지 마."

"여보. 저것 좀 봐. 저 수영복, 어쩜……."

"왜 이려 졸려 죽겠는디……."

"여보 저것 봐유. 썬그라스, 아!……."

"나 잘려……."

이 말과 함께 쓰러진 그는 금방 코를 드르렁 드르렁하고 골았다. 또한 그의 아내 순질도 하루 종일 콩밭을 매랴 끼니마다 들밥을 해내가랴 눈코 뜰 새 없이 뛰어다녀 힘겹고 고단도 할 터이었다. 그런데 별처럼 초롱초롱한 눈으로 TV에 바짝 붙어앉아 채널을 정신없이 바꿔가며 해수욕장만 찾고 있었다.

끝없이 펼쳐진 파아란 바다. 그 바다만 나오면 가슴이 콩콩 뛰며 자기도 모르게

"여후 여후……."

괴성을 질러대며 제 정신이 아닌 사람처럼 팔짝팔짝 뛰며 발광을 하였다. 그런 모습을 남들이 보지 않았으니 망정이지 만약 그런 괴상한 짓거리를 누가 봤더라면 미쳐도 보통 미친 게 아니라고 동네가 떠들썩하게 소문이 퍼졌으리라.

어쨌든 연속극에서든 뉴스에서든 해수욕장만 나왔다 하면 미치고 환장을 하는 순질이었다. 저녁밥을 짓다가도 해수욕장만 나오면 밥을 새카맣게 태웠다. 그래서 옆집 아주머니가 불이라도 난 줄 알고 허겁지겁 달려온 후에야 정신을 차리고 보면 솥단지까지 새까맣게 타 못 쓰게 된 것도 한 두 번이 아니었다.

해수욕장이 나오면 수난을 당하는 건 언제나 개팡이었다.

초저녁이든 자정을 넘은 새벽이건 간에 해수욕장만 나왔다 하면 개팡일 깨웠다. 잠에 골아 떨어져 안 일어나면 꼬집어 비틀고 찬물을 끼얹고 별별 짓을 다해 깨워 놓고는 고단해 눈도 못 뜨는 사람한테

"저것 바유. 얼마나 멋져유. 우리두 얼릉 해수욕 가유."

"해수욕. 미칠려면 곱게 미쳐!"

"뭔 소리여. 언제는 만물 얼릉 끝내구 피서 가자더니."

"내가 원재 그랬어. 그러구 이 촌구석에서 나무 그늘이면 최고의 피선디 또 워딜 가."

"지난 장날 술에 취해 가지구 안 그랬슈?"

"술 취한 사람 말을 뭘 믿어. 술 먹고 한 말은 모두 무효란 걸 물러……."

개팡이 부인 순질이는 그 흔한 피서의 피자도 모르고 40평생을 살아왔다.

그래서 제일 부러운 것은 해수욕 복을 입고 썬글라스 끼고 나보라는 듯 백사장을 걸어보는 게 평생 소원이었다.

그래서 남편을 다그쳐 이 살인적 폭염 속에서 논 만물을 서두르게 했던 것이었다.

생각 같아선 이것 저것 다 때려치우고 당장 해수욕장으로 달려가고 싶었다. 그러나 지지리도 못 생긴 남편이라는 게 일 못하다 죽은 귀신 들렸나. 꼭 만물을 하고 보자는 터에 목숨을 걸고 만물을 서두르게 하는 수밖에 없었다.

놉이라도 사서 하고 싶지만 이 살인적 더위에 아무도 일을 올 사람이 없었다. 호라시로 하자니 일자린 나지 않고 헛심만 드는 판에 만나는 사람들마다 이 더위에 사람 잡으려고 일이냐며 혀를 내두르는 덴 겁도 났다. 하지만 일생일대의 소원 성취하는 판에 이 따위 무리가 없겠느냐며 남편만 볶아제켰다.

그렇게 천신만고 끝에 아이들을 데리고 동해안으로 2박3일 예정으로 피서를 갔었다. 그러나 순질은 경포대 해수욕장에 도착하자마자 온 김에 며칠 더 놀다 가자고 조르기 시작하였다.

고집이 쇠고집인 개팡이를 모르는 게 아니다. 열번 찍어 안 넘어가는 나무 있겠냐며 어떻게든 며칠 더 놀다 가려고 차에 펑크까지 내는 등 별별 짓거리를 다 해도 끄떡 안 했다. 순질이는 최후의 방법으로 생선회에 평소 같으면 꿈도 못 꿀 양주까지 한 병 사 안기며 별별 아양을 다 떨었다. 그러자 술김에 어물어물 허락을 했는데 그게 그만 큰 화를 불러오게 된 것이었다.

개팡은 홀아버지를 모시고 살았다. 50에 상처한 개팡이 아버지는 아내가 없는 20여년을 게으르기 짝이 없는 개팡일 끌고 다니며 소처럼 일만 해제켰다. 이웃 사람들이나 개팡이가 새장가 갈 것을 간곡히 권할 때마다

"그 씨도 안 먹는 허튼 소리 허지두 마."

한 마디로 싹 잘라 버리고 더는 말을 꺼내지도 못하게 했다. 낮은 낮대로 들판에 가 땅을 뒤지고 밤에는 밤대로 새끼를 꼬고 콩깍지를 까거나 멍석을 만들며 아내 없는 20여년을 하루같이 일 속에 파묻혀 살았었다.

그러나 개팡이 아버지의 가슴에 응어리로 맺혀 있는 근심은 개팡이 때문이었다. 늦둥이로 낳아 오냐오냐 하며 귀하게만 키운 것이 버릇도 없고 사리분별력이 없어 제 앞가림도 못하는 주제에 하는 짓마다 눈에 거슬리는 바보짓이고 게으르고 미련하기론 딱 곰이었다.

사나이 40이면 세상물정을 훤히 꿰뚫어 볼 나이였다. 그런데 그 아버지 눈에는 여나무살 때 지게를 처음 지우고 일을 시키던 때와 조금도 달라진 게 없는 것 같아 아들한테 농사일을 맡기지 못하고 자신이 주관을 했다.

그러나 못난 송아지 엉덩이에서 뿔 난다더니 일을 시키면 고분고분 듣는 게 아니라 으레껏 어깃짱을 놓으며 아버지에게 대들곤 하였다. 거기다가 한 술 더 떠 제 처까지 합세하여 아버지의 의견을 무시하고 나오니 자연 집안에서 큰 소리가 그칠 날이 없었다.

개팡이는 자기 아버지와 다투다 못해 할 수 없이 아버지의 뜻에 따라 일을 하다 보면 자기의 생각이 모자랐다는 걸 알면서도 아버지의 말이라면 머리를 싸매고 반대했었다.

농사일 때문에 의견충돌이 시작되는 부자간의 대립은 나이가 들

수록 심해졌다. 그러다가 걸핏하면 개팡은 일을 때려치우고 며칠씩 주막에 가 엎어져 집에 들어오지 않았다. 그럴 때마다 며느리는 대놓고는 말을 안 해도 부엌에서든 어디서든 혼자서 시아버질 빗대 놓고 어떻게나 욕설을 퍼붓는지 몰랐다. 생각 같아선 당장 때려 치우고 집을 나가고 싶었으나 자식 잘못 가르친 탓으로 돌리고 가까스로 참곤 하였었다.

그러던 어느날 술이 거나하게 취한 개팡이가 제 아내를 데리고 아버지방에 들어와 하는 말이

"아버니 연세도 70이 넘으셨으니 이젠 농사는 저에게 맡기고 편히 쉬셔유."

했다. 또 이어서

"그러셔유. 아버님 다른 사람들이 저희들을 욕해유. 아버님 일만 시켜 먹는다구유."

그렇게 한술 더 떴다.

"예끼 이 미련한 놈! 고작 한다는 소리가. 그래 농사꾼이 일을 안 하면 뭘 하며 산다더냐."

"이제 그만 일손을 놓으시구. 놀러두 다니구 정자 나무 밑에서 낮잠도 주무시구 장구경두 다니구 허셔유."

"이놈아 내 네놈 속 다 안다. 네 멋대루 하고 싶어서 그러지. 안 된다. 안 되여. 내 눈에 흙이 들어가기 전에는 안 되구 말구."

막무가내로 자기 고집만 세우는 아버지의 말에 속이 터진 개팡이는 그 길로 주막에 가 며칠이 지나도 집에 들어오지 않았다.

집에서는 보리 베고 모 심느라고 눈코 뜰 새 없이 바쁜 철에 그 짓을 하고 있었다. 또 며느리 순질이는 순질이대로 그 시아버지가 곱게 보일 리 없어 말 끝마다 어깃장을 놓았다. 그러자 개팡이 아

버지도 모내기가 끝나자마자 휑하니 집을 나가고 말았다.

개팡이는 처음엔 이웃들 체면도 있고 하니 이곳 저곳 찾아보는 척했다. 그러나 그 해 추수가 끝나자 땅 몇 마지기 뚝 떼어 팔아서 헌 집을 때려 부수고 새 집을 지었다. 그토록 사고 싶어 안달하다 아버지한테 지청구만 먹던 자가용도 사고 냉장고니 TV에 비디오에 칠 사람도 없는 피아노와 컴퓨터까지 터억 들여 놓았다. 그리고 누가 마실이라도 오면 그것들 자랑에 세월 가는 줄 몰랐다.

한참 가문 때라 논바닥이 거북이 등처럼 쩍쩍 갈라졌었다. 그래서 개팡이는 개울을 가로질러 세면 콘크리트로 물막이를 해 개울물을 다 끌여들여 물을 대었다.

원래는 만물을 한 논에는 많은 물이 필요없었다. 그러나 워낙 날씨가 가물으니 할 수 없이 벼가 타지 않게 물을 대는 것이었다. 그렇게 물꼬를 있는 대로 다 열어놓고 물 한 방울 새지 않게 개울을 막아 놓고 개팡이는 피서를 떠났다. 그러니 산골에서 내려 쏠리는 모래와 흙탕물이 다 자기네 논으로 덮쳐와 개팡이네 논 30마지기는 순식간에 자갈밭이 되었으리란 불길한 생각을 떨칠 수가 없었다.

워낙 비가 많이 내려 앞이 보이지 않았다. 또 물구덩이에 빠지고 급한 김에 빨리 달리다 앞차를 들이받아 피 같은 돈 100만원까지 물어주며 겨우 집에 도착한 것은 새벽이었다.

개팡은 차에서 내리자마자 삽을 들고 자기네 논으로 정신없이 뛰었다.

"어 멀쩡혀……."

"그거 봐유. 괜찮을 거라구 내가 말하지 않던감유. 괜한 걱정 사서 혔지."

"아녀 그게 아녀. 워찌 물꼬가 막혔나벼. 아무래두 이상혀."

"논이 이렇게 멀쩡헌디 뭘 이상해유. 집으루나 싸게 가유."

"아녀 우선 물꼬로 가봐야겄어."

개팡이 물꼬 있는 데로 가자 아니나 다를까 시뻘건 흙탕물이 개울둑이 철철 넘치게 폭포처럼 쏟아져 내렸다. 물이 콘크리트 물막이에 부딪쳐 까마득히 치솟으며 무섭게 쏟아져 내렸다. 그런데 누가 막았는지 개팡이가 파놓았던 물꼬는 꽉꽉 막혀 한 방울의 물도 들어오지 않았다.

그리고 그 높은 물꼬 위로 물이 잘름잘름 위태롭게 넘치려고 했다. 그래서 흙을 한 삽 떠 가지고 가 그 위에 얹고 무너지지 않게 발로 작근작근 밟는데 느낌이 이상했다. 다시 꽉 밟아도 역시 딱딱해야 할 논뚝이 물컹했다. 기분이 섬찟하며 머리 끝이 쭈뼛 하늘로 치솟았다.

개팡이는 급히 아내를 불러

"여기다 전등을 켜봐."

"물두 안 들어오는디 얼릉 가지 않구 후라쉬는 왜 키래유."

"여러 말 말구 싸게 켜봐."

"오나가나 재촉은……."

"……이거 사람 아녀."

"싸게 가유."

"아녀 바짝 비쳐봐."

"그류"

"……아니 아버지."

그랬다. 거기엔 물을 몸으로 막고 아버지가 쓰러져 있었다.

• 미운 까마귀 •

물꼬를 막던 흙 묻은 삽을 손에 쥔 채 개팡이 아버지는 물막이
로 누워 있었다.

쇠똥

"그게 어떤 손데 포기해. 내 팔다리가 끊어지게 쇠똥 쳐내며 일
한 피 같은 대가인데, 죽으면 죽었지 난 포기는 못해."

강식이는 한 달간 고민 끝에 그렇게 결론을 내리자 차라리 마음
이 한갓지고 안정되었다.

이것 저것 더러운 꼴 보기 싫고 인간 같지 않은 것들한테 시달
림을 당하며 싸우기도 이젠 지쳤다. 그래서 보따릴 싸 가지고 나가
버릴까도 생각했었다. 그렇지만 불의를 보고 그냥 눈감고 모른 척
하는 자체도 용납될 수 없는 일이었다. 더구나 피땀 흘려 일한 사
람은 도둑놈 사기꾼이 되고 진짜 사기꾼은 정의의 사나이가 된다
는 것 그건 도저히 참을 수가 없는 일이라고 생각했다. 그래서 죽
기 살기로 강식이는 자기의 양심을 지키기로 결심한 것이었다.

그렇게 결심하자 맺혔던 가슴이 스르르 풀리며 잠이 쏟아졌다.

근 한 달 동안 아무리 잠을 청해도 눈만 까칠까칠하고 정신은
별처럼 초롱초롱해 밤을 꼬박꼬박 새웠었다. 그런 다음 날은 하루

종일 잠이 소나기처럼 쏟아졌다. 그렇다고 한가하게 낮잠을 잘 수 있는 처지도 못 되고, 강의 시간에 자기도 모르게 깜빡 졸았다 하면 옆의 같은 과 친구들이

"야 쇠똥 웬일여."

하며 툭 건드려 소스라쳐 일어나면 자기가 졸곤 해서 창피해 어쩔 줄을 모르곤 하였다.

그런데 마음이 좀 안정되자 그 원수같이 안 오던 잠이 눈꺼풀을 마구 짓누르며 쳐들어오고 있는 것이었다.

그러나 지금이 어느 땐데 늦잠을 자다니, 말도 안 되는 일이었다. 안 그래도 공팔이가 눈에 불을 켜고 자기의 약점을 잡아 내쫓으려는 판에 늦잠이란 생각도 못할 일이었다.

새벽 4시 30분 다른 때보다 오히려 30분 일찍 밖으로 나갔다. 언제 내렸는지 함박눈이 소복이 쌓여 있었다. 강식은 우선 축사 주변의 눈부터 쓸고 소들에게 사료와 여물을 주고는 축사를 청소하기 시작했다.

열 개째의 축사 외양을 치울 때 공팔이가 나타나선

"야 오늘부턴 그만 두랬는데 웬 고집여. 응."

"……."

"걷어치우구 나와. 새벽부터 아구통 돌아가기 전에."

"……."

"이 자식아 말이 말같잖아 임마 이리 나와."

"청소부터 한 다음에 얘기합시다."

"얘긴 무슨 얼어죽을 얘기여. 냉큼 나와."

"이건 내 일이니까 우선 일부터 해야지요."

"이게 어째서 네 일여 짜식이 돌았나."

“……”

　강식인 공팔이가 무슨 말을 하든 누구 집 개가 또 짖느냐는 식으로 귀너머로 묵살해 버리고 우사의 청소만을 했었다.

　공팔이는 아무리 공갈 협박을 쳐도 강식이는 들은 척도 않자 제 분을 참지 못해 외양간으로 쫓아들어와 쇠스랑과 빗자루를 뺏으려고 옥신각신하며 큰 소리가 나자 주인 아주머니가 뛰어나와

　“공팔아 싸게 나와 새벽부터 일하는 사람 붙들고 왜 이 시비냐 응 얼릉 나오지 못혀.”

　“누님 이 일은 오늘부터 내가 하기루 했는디 저 자식이 또 미련을 피우며 일을 하잖유.”

　“누가 너한테 하랬어. 이젠 네가 우리 집 소까지 다 쥑일려구 작정을 했늬?”

　“소는 왜 죽여유. 내가 쟤보다 못한 게 뭐가 있다구. 일을 안 해서 그렇지 했다 하면 끝내주잖우. 누님.”

　“끝내줘? 얘 소가 배꼽을 잡겠다. 그만 웃기구 강식이 총각 일이나 허게 싸게 나와.”

　“참 누님은…… 임마 너 이따 봐.”

“……”

　강식은 공팔이 얘기를 주인 아주머니한테 수없이 들어서 누구보다도 잘 알고 있었다. 한 마디로 깡패에 도둑놈이었다. 공팔이가 자기 집에 왔다 하면 그건 사람을 때리고 경찰을 피해 도망쳐 온 것이었다. 뒤따라 경찰이 들이닥쳤고 어느새 공팔이 달아났다 싶으면 결혼 반지나 고급시계 무엇이든 값나가는 물건은 귀신같이 뒤져 훔쳐갔단다. 심지어는 장롱 깊숙이 감추어둔 돈까지 가져간 게 한두 번이 아니었다고 했다.

· 쇠똥 ·

그래서 공팔이가 나타났다 하면 하나 뿐인 친정 동생이지만 반갑기는커녕 겁부터 난다고 했다. 그렇게 주인 아주머니의 한숨 섞인 얘기를 수없이 들어온 터였다. 그래서 못 돼 먹은 인간인 줄 익히 알았지만 젊은 놈이 이렇게 치사할 줄을 강식은 미처 몰랐다.

그날도 새벽부터 그렇게 한바탕 실갱이를 하며 작업을 마쳤다.

강식은 약해지려는 마음을 절대로 한 발자국도 물러서선 안 된다고 수없이 다짐하면서 강의를 열심히 들었다.

옆에 있는 성자도

"야 쇠똥 오늘은 웬일로 안 졸아? 오늘 해가 어디서 떴드라."

어쩌구 하며 같은 과 친구들이 놀려대도 다른 때와는 달리 살짝 웃어주는 여유까지 생긴 것이었다. 다른 때는 누가 뭐래도 한숨만 푹푹 쉬며 풀이 죽어 성자를 비롯한 가까운 몇몇 아이들이

"쇠똥 왜 그래? 무슨 일인지 같이 좀 알자."

"아무것도 아냐."

"아녀 뭔가 있어. 혼자 썩지 말고 깨놔봐."

"아무것도 아니라는데."

그렇게 딱 잡아떼며 조심을 하려 했다. 아무리 조심을 해도 자기도 모르게 한숨이 새어나와 친구들한테 추궁을 받곤 했다. 그러나 끝내 자기의 고민을 털어놓지 않았다.

자기 혼자 힘으로 해결하기에 벅찬 감도 있어 때로는 가까운 친구들에게 상의를 하고도 싶었다. 그러나 그들의 대답이라는 게 뻔할 것이고 또 자기를 위한답시고 자칫 잘못하다간 일만 더 크게 벌려 망쳐 놀 것만 같았었다. 그리고 그만한 일 하나 해결하지 못하고 다른 사람의 힘을 빌리려고 한다는 것 자체가 강식의 자존심이 허락치 않았었다.

그 날은 마침 끝시간 강의가 휴강이었기 때문에 일찍 집으로 왔었다.

성자가 저녁을 산다는 것도 굳이 뿌리쳐 뾰로통해 눈을 흘기는 것도 모른 척 집으로 왔던 것이었다.

겨울철이라 일찍 날이 어두워 조금만 게으름을 피우면 밤까지 우사를 치워야 했기 때문이었다. 집에 오자마자 옷을 갈아입고 청소를 마치고 소들의 저녁 사료와 여물까지 다 주고 손을 털고 막 일어나려 는 순간이었다. 그런데 난데없이 누가 뒷덜미를 낚아채기에 휙 돌아서 보니 공팔이가 험악한 얼굴로 서있었다.

"임마 나 좀봐."

"알았습니다. 손 좀 씻고요."

"손은 무슨 놈의 손 따라나와."

험하게 일그러진 입에서 독한 술 냄새가 팍팍 뿜어 나왔다.

"왜 이러십니까. 손 좀 닦고 얘기하면 되잖아요."

"잔말이 많아 짜식. 따라와."

거기서 더 옥신각신하다간 아침처럼 주인 아주머니가 알고 또 쫓아 나올 것 같아 더 이상 고집을 부리지 않고 공팔이의 뒤를 따라 나섰다.

강식이 공팔이와 함께 간 곳은 신작로 가에 있는 근동에선 하나뿐인 허름한 술집이었다.

강식이 자전거를 타고 그 집 앞을 3년이나 지나 다녔지만 대문 안에 들어선 건 이번이 처음이었다.

대문 안에 들어서자 기다렸다는 듯 방문이 벌컥 열리며

"야 이리 들어와."

공팔이보다는 대여섯살 쯤 더 먹어보이는 놈들 같은데 인상이

예삿 놈들이 아닌 것 같아 머뭇거리고 있자

"짜식 싸게 들어가."

공팔이 등을 밀어제켜 얼결에 방으로 들어갔다. 방에 들어가며 기왕에 이렇게 된 것 아예 일찍 해결하는 게 좋을 것 같아 차라리 잘 되었다고 생각하며 각오를 단단히 하고 앉았는데

"임마 어른을 보면 인살 해야지."

공팔의 채근에 마지 못해

"안녕하십니까."

하고 머리만 까딱 숙였다. 그랬더니 다짜고짜

"너 땜에 안녕 못하시다. 임마 왜 공팔이 속을 썩여. 공팔이 재 저래뵈도 네가 그렇게 말랑말랑하게 볼 애가 아녀."

"그럼. 그럼. 왕년에 한 가닥 했던 아저씨야. 괜히 성질 건드리지 말고 썩 꺼져."

"야 임마 왜 말이 없냐. 오라 좌석에 들어왔으니 술이라도 한 잔 드시구 말씀하시것다 이 건가. 그럼 자 한 잔 받아."

"저는 술을 못합니다."

"고양이 개뻑다귀 핥는 소리하구 있네. 받아 짜식아."

"정말 못 먹습니다."

"야. 좋게 말로 할 때 처먹어."

"아닙니다. 정말로 못합니다."

"아쭈. 튄다 이거지. 튀어야 벼룩여 짜식아."

"자. 그럼 좋다. 술도 못 먹는 꽁생원 짜식아. 너 왜 공팔이 말을 안 듣냐?"

"제가 무슨 말을 안 들어요."

"야 너 자꾸 삼천포로 빠질껴. 너 공팔네 집에서 왜 안 나가?"

"무슨 오해가 있는가 본데 제가 자세히 말하지요."

"지렁이 오줌 싸는 소리하구 자빠졌네. 너 당장 거기서 나갈겨 안 나갈겨."

"저는 주인 아저씨에 의해서 들어갔으니 그분의 말씀에 따를 뿐입니다."

"아쭈 이게 아구창이 성해 꼬박꼬박 말 대답여 엉…… 퍽."

"……말씀으로 하시지요. 점잖은 분들이 어린 사람한테 이게 뭡니까."

입술이 터져서 피가 작업복으로 뚝뚝 떨어져 시뻘겋게 물들었다. 그러나 이미 각오가 되어 있던 터라 아프다는 말은커녕 눈 하나 까딱 않고 점잖게 앉아서 말을 건넸다.

"아쭈 공자님 앞에서 문자 쓰시네."

"나갈껴 안 나갈껴."

"그것은 제가 결정할 문제가 아니라니까요."

그때 우악스런 주먹이 또 날아오는가 싶더니 눈에서 불이 번쩍 나며 뒤로 벌렁 넘어졌다 일어나니 눈알이 빠지는 것 같았다. 그러나 아뭇소리도 않고 하던 말을 계속 이었다.

"아저씨의 뜻이라면 오늘이라도 나갈 수 밖에유."

"임마 그러면 공팔이 말은 말이 아니라 이거지 엉."

"그게 아니지요. 저의 고용주는 아저씨니까 아저씨의 말씀에 따른다는 얘깁니다."

"너 임마 그리고 아주머닐 살살 속여 송아지까지 열 마리나 사기쳤다며?"

"그건 저한테 물어보시지 말고 저의 아주머니한테 여쭤보면 확실하게 아실 겁니다. 사기라니요?"

• 쇠똥 •

“이 자식 말끝마다 아주머니여. 주둥아리가 성하다 이거지.”

그러고는 주먹과 발길질이 수없이 들어와 짓이겨지면서도 입 하나 열지 않고 그 매를 다 맞았다. 술집 아주머니가 윗방에 있다가 샛문을 열어 보더니만 사람 살리라고 외쳤다. 그 바람에 그들은 일어서며

“임마 이건 시작이야. 너 그 집에서 당장 꺼지지 않았다간 뼈도 못 추릴 줄 알아, 알았냐 엉!”

그 말만 걸레 뭉치처럼 내던지곤 휑하니 가버렸다. 그들이 가자 술집 아주머니가 병원에 연락을 한다는 걸 뿌리치고 집으로 왔었다. 그러나 기왕 이렇게 된 바에야 끝까지 해 보겠다는 굳은 결심을 하고 쓰러졌다. 새벽에 일어나려니 눈이 시퍼렇게 퉁퉁 붓고 여기 저기가 결리고 아파 손 하나 까딱할 수가 없었다.

그러나 엉금엉금 기다시피 하여 우사로 가 또 아침청소를 마치고 소들에게 여물과 사료를 주는데 어찌나 소들이 좋아하는지 불현듯

“사람 미련한 건 소만도 못해.”

하시던 어릴 때 아버지의 말씀이 떠오르며 집 생각이 왈칵 나 눈물이 나오려 했다. 그러나 약해지려는 마음을 이를 악물고 참으며 손거울을 보며 말라붙은 핏자국을 닦았다. 아침을 먹으라는 것을 밥 생각이 없다며 일찍 학교로 갔다. 첫 강의가 없었지만 그날은 집에서 빨리 나가고 싶었기 때문이었다. 다른 학생들을 만나기도 싫고 혼자 있고 싶어서 학교 뒷동산으로 올라갔다.

야트막한 산자락에 조그만 바위가 몇 개 있는 아늑한 곳이었다. 강식이 혼자 있고 싶을 때 자주 찾는 곳이었다. 종강이 얼마 남지 않은 추운 겨울이라 학생들의 발이 끊겨 바위 윗쪽만 겨우 눈이

녹아 있었다. 주변에는 이번 겨울에 내린 몇 차례의 눈이 녹지 않
고 그대로 소복이 쌓여 있었다.

사람이 산다는 게 이렇게 힘든 것인 줄 강식은 처음 알았다. 아
무 잘못이나 그릇된 일도 없이 속수무책으로 공매를 맞고도 찍소
리 못하고 오히려 괴로워 해야 되는 자기가 미웠다. 이런 게 인생
인가 싶기도 하고 또 그런 것만은 아닌 것 같기도 하여 혼자 골똘
히 생각에 잠겼는데

"내가 누구게……."

눈이 으스러지는 것만 같았다. 뒤에서 눈을 가리는 장난은 예삿
일이고 아무것도 아니었다. 그러나 워낙 심한 상처투성이의 얼굴에
갑작스런 일이라 깜짝 놀라며 통증이 어떻게나 큰지

"아. 아퍼……."

"꾀병 마 아프다면 놔줄까봐. 맞추면 놓치."

"성자야 성자……."

"진작 이름을 댈 일이지 엄살은 웬 엄살."

성자가 옆에 와 앉았다. 반가웠다. 사람을 이렇게 반갑다고 느껴
보기는 난생 처음이었다.

"야 쇠똥 왜 도서관엔 안 오고 아침부터 궁상이야."

"오늘은 혼자 있고 싶어서."

"아니 웬 쎈치야…… 야 너 얼굴이 왜 그래?"

"왜 그렇긴 소한테 받쳐서 그래. 참 소라더니 3년간 키운 제 애
비도 몰라보고 받아제켜, 나 참 기가 막혀서."

"그럴 리가, 아냐 소가 아냐 너 싸웠지……."

"싸우긴 소라면 손 줄 알구 가만히 있어. 너 딴 소문내면 알아서
해."

"알았어. 그런데 병원에 가봐야 되는 거 아냐. 그래 병원에 가자."

"아냐 다 낳았어. 괜찮아."

"안 돼 병원에 가 응."

"성자야 난 지금 병원보다 혼자 있고 싶어, 나 도와주고 싶으면 제발 나 혼자 있게 해 줘. 응 성자야."

"아이 어떡해……."

성자는 이 학교에서 맨 처음 알게 된 친구였다. 입학원서를 내기 위해 예산에서 기차를 내려 또 청양 가는 버스로 갈아타려고 종합 버스 터미널에서 두리번거리는데 예쁜 여학생이 가까이 오더니

"청양 갈려면 어떤 버스를 타야 되나요?"

"아. 예 저도 지금 청양에 가는 버스를 타려던 참인데 함께 찾아 보지요."

그렇게 만나서 함께 버스를 탔다. 버스에서 이 얘기 저 얘기하는 동안에 그 학생 역시 자기와 똑같은 국립 칠갑농과대학에 원서를 내러 가는 길임을 알게 되었다. 둘은 그때부터 자연히 친해지게 된 사이였다.

둘이 다 합격했다. 성자는 학교 기숙사에 들어갔다. 강식이도 처음엔 기숙사에 들어갔다가 두 달이 채 되기 전에 아르바이트 자리를 구해 기숙사를 나왔다. 그렇게 해서 현재 거주하고 있는 운곡면 영실에서 학교를 다니고 있는 것이었다.

강식은 본래 서울에서 나고 자랐다. 아버지는 고급 공무원이고 어머니는 고등학교 선생님이셨다. 위로는 형들이 둘 있는 유복한 가정의 막내로 태어났다. 어릴 때는 부모님과 두 형들의 사랑을 독차지했었다. 무엇이든 원하는 것은 다 가질 수 있는 누구도 부러울

게 없는 어린 시절이었다. 그런데 그런 강식이 시련이 찾아온 건 초등학교 입학 후부터였다.

학교에 입학하고도 숙제든 공부든 모두 형들의 차지였다.

그런데 문제는 성적이었다. 형들이 다 해주다 보니 공부를 안 해 시험만 봤다 하면 매번 꼴찌였다.

부모님들은 아들 셋 중에서 제일 영리하고 똘똘하여 두 형들보다 월등히 뛰어나리라 믿었단다. 그런데 믿는 도끼에 뭐 찍힌다는 격으로 고학년이 될수록 더욱 형편없는 성적이었다.

하라는 공부는 않고 꽃가꾸기, 빈 화분에 채소 심어 가꾸기, 강아지 키우기 토끼 키우기 등 식모나 해야 할 일을 제가 했다. 그러면서 공부는 죽어라 하고 안 했다. 그래서 부모님의 눈밖에 날 수밖에 없었다.

형들은 법대를 다 수석으로 나와 그 어렵다는 고등고실 식은 죽 먹듯 당장 합격했다. 그리고 판사다 검사다 하는데 유독 강식이만 밑바닥에서 허우적거렸다. 그러니 그 부몬들 얼마나 속상하고 안타깝겠는가.

어쨌든 고등학교에 그것도 인문학교엔 성적이 처져 가지 못하고 실업학교에 겨우 진학할 수 있었다. 그러나 고등학교에 들어간 후 머리를 싸매고 공부한 덕에 수능 점수도 자기 학교에선 다섯 손가락 안에 들 정도로 잘 나왔었다.

그래서 그래도 서울에 있는 대학에 진학은 할 수 있어 다행이라고 부모님과 형들은 한시름 놓았다. 그러나 강식인 그게 아니었다.

어떻게든 집을 떠나 멀리 시골 같은 곳 특히 농대 쪽으로 가고 싶었다. 그것은 강식이 어릴 때부터의 이상이자 꿈이었다.

그래서 고등학교 때 이를 악물고 공부하게 되었는지도 모른다.

수능이 끝나고 대학입학 원서를 쓸 때 그게 또 큰 걸림돌이 되어 집안에선 매일 큰 소리가 터져 나왔다.

아무리 혼을 내며 설득을 하고 이해를 시켜도 듣지 않았다. 시골에 있는 농과대학만 가겠다고 우겨대었다. 그러자 아예 자식 하나 없는 심 잡겠다고 포기하여 버린 상태에서 강식은 칠갑농과대학에 입학하게 되었다.

그렇게 부모 형제와는 진학문제로 담을 쌓고 왔었다. 그러니 누구 하나 관심을 가지고 입학식 날 와줄 리도 없었다.

또 강식은 강식 대로 돈달랠 염치도 없어 고민하던 중 마침 장학생으로 4년간 등록금을 면제받게 되어 그나마 큰 다행이었다. 그리고 아르바이트로 숙식은 해결하고 거기서 받는 월급 10만원으로 모든 게 다 해결이 되었다. 용돈이래야 교내서 먹는 1000원 짜리 점심식사에다 책값들이었다. 비가 오나 눈이 오나 작업복에 자전거로 통학을 했다. 그러니 오히려 그 돈도 남아 저축하며 생활하는 처지였다.

아르바이트를 하게 된 것도 이상한 인연이었다. 입학한 후 일요일 오전엔 밀린 빨래와 공부를 하고 오후엔 으레껏 머리도 쉴 겸 농촌을 돌아다녔다. 그러면서 농촌을 익히기도 하고 또 집에 대한 그리움도 잊을 겸 천천히 걸어서 몇 십리고 시골을 돌아다니곤 하였었다. 그날도 운곡쪽으로 터벅터벅 걷고 있었다.

그런데 앞에서 짐을 가득 실은 경운기가 어설티 고개를 넘어가지 못하고 애를 먹고 있었다. 그걸 본 강식은 윗통을 벗어젖히고 경운기를 밀어주었다. 그랬더니 경운기 주인이 고맙다고 하며 어디까지 가느냐고 물었다. 운곡쪽에 간다니까 같이 타고 가자고 했다.

같이 가며 이 얘기 저 얘기를 나누고 그 집에까지 가서 사료 떼는 것도 도와주었다. 그랬더니 저녁이나 먹고 가라며 붙들었다. 저녁을 먹으며 이런 저런 얘기 끝에 아르바이트 얘기를 했다. 그러자 자기 집에 와 있으라고 했다. 그래서 숙식제공 받고 월 10만원의 아르바이트를 하게 되었다.

그런데 그 자리를 난데없이 나타난 공팔이가 자기를 쫓아내고 소까지 뺏으려고 하는 것이었다.

그 날도 다른 날과 마찬가지로 5시에 일어났다. 우사를 청소하고 사료를 주는데 느닷없이 나타난 공팔이가 또 시비였다.

"이 자식 그래도 정신 못 차리고 죽치고 있어."

"……"

"야 귀먹었냐. 짜식이."

"……"

"너 사료주는 거 그만 두지 못해."

"왜 이러십니까. 무엇 때문에 이러는 거요."

"임마 이 일은 내가 할 거야. 너는 꺼져."

"그렇겐 안 되지요. 주인 아주머니가 나가라고 한다면 몰라도."

"이 자식이 그래도 안 꺼져. 그만 했으면 알 조지 왜 이렇게 미련해."

"……"

"임마 그만 두지 못해."

사료푸대를 뺏는 바람에 강식인 우사 앞에 나뒹그러지고 말았다. 그러나 벌떡 일어나 공팔이에게 빼앗긴 사료푸대를 나꿔챘다. 그러자 성이 난 공팔인 강식일 때리고 걷어차며 구타를 해댔다. 그 바람에 소들이 놀라 뛰고 야단이었다. 방에서 자고 있던 주인 아주머니는 깜짝 놀라 뛰쳐나와

· 쇠똥 ·

"공팔아 너 이게 무슨 짓여 가만히 일하는 학생 왜 치구 야단여. 네가 우리 집을 아주 망하게 할 참여."

"누나는 알지두 못하면서 왜 그려. 이 자식만 내쫓으면 다 잘될 텐데."

"안 된다. 네가 뭘 한다구 그려. 앞으로 한 번만 더 이 학생 건드렸다간 우리 집에 발도 못 붙일 줄 알어."

"학생 미안혀. 어디 다치지 않았어. 저 자식 말 한 쪽 귀로 흘려 버리구 일이나 혀. 동생이라구 하나 있는 게 웬수여 웬수, 빨리 우사에서 나가 꼴두 보기 싫어."

그 날은 아주머니 덕에 더 이상 아무 일도 없이 보낼 수가 있었다.

그 후론 조용했다. 이상할 정도로 조용했다.

그 일이 있은 후부터 공팔은 며칠째 강식 앞에 얼씬도 안 했다. 그러나 강식의 마음은 오히려 집적거리며 공갈협박을 칠 때보다 더욱 불안하고 초조했다. 태풍전야의 고요라는 예감이 들기 때문이었다. 강식은 머리를 저으며 저도 인간인데 저의 누나가 그렇게 우악스럽게 나오는데도 또 무슨 일이 있으랴 하며 불길한 예감을 애써 떨쳐 버리려고 애썼다.

그러나 그 예감은 며칠 끌 것도 없이 당장 그날 오후 현실로 나타나고야 말았다.

강의가 끝나 막 책가방을 짊어지고 강의실을 빠져 나오려는데 성자가 잡아끌더니

"쇠똥, 날씨도 추운데 한 잔하고 갈래."

"……글쎄."

"무슨 대답이 그래."

"글쎄 말야."

"가자 내가 살께. 할 얘기도 있고."

"안 돼. 집에 가야 돼."

"또 소야. 젊은 사람이 왜 그래 영감처럼. 그게 난 싫어."

"나 간다 미안……."

소를 생각하니 단 1초도 더 머물 수가 없었다. 눈이 올려는지 하늘은 뿌옇고 차가운 11월 말의 바람은 자전거 폐달을 밟는 광식이의 귀때기를 사정없이 후려쳤다. 참새 떼가 지붕 추녀를 향해 날아들고 행길가 동네에서 토장국 냄새가 구수하게 풍기는 걸 보니 저녁때가 다 된 것 같아 강식은 발에 힘을 실어 자전거 폐달을 밟았다. 어설티 고개를 힘겹게 오르고 있는데 시커먼 그림자가 저만치 앞에서 어른거리는가 싶더니

"야, 너 거기서!"

"……."

"말이 말 같잖아. 짜식."

자전거에서 내리는 광식 앞에 시커먼 게 스치는가 싶었는데 그만 정신을 잃고 말았다.

"학생 정신 차려. 학생."

주인 아주머니가 몸을 흔들며 부르는 소리에 강식은 소스라쳐 일어나려다 다시 쓰러지고 말았다. 머리가 깨지는 듯 아프고 온 몸의 뼈란 뼈가 다 부러지는 듯한 통증, 아무리 이를 악물고 일어나려 하였으나 그것은 마음 뿐 몸이 말을 듣지 않았다.

"이제 정신이 좀 드는 모양이구먼."

"하마터면 큰일 날 뻔했어. 이장 어른이 봤으니 망정이지 안 그랬어 봐. 이 추운 겨울에 언 길바닥에 넘어져 있었으니 어떻게 될

• 쇠똥 •

뻔했나."

"감사합니다. 감사⋯⋯."

강식은 어디가 어떻게 되었는지 말을 할 때마다 숨이 콱콱 막혀 말을 이을 수가 없었다.

"감사는, 그만하기 다행이지. 그럼 나는 가겠네 몸조리 잘혀."

이장 어른한테 인사를 하러 일어나려고 애를 써도 도저히 일어날 수가 없었다. 주인 아주머니가 세숫대야에다 뜨거운 물을 떠다 피범벅이 된 얼굴을 씻기는 것 같았는데 어찌나 쓰라리고 아픈지 참을 수가 없었다. 그렇다고 아프다고 말을 할 수도 없고 입만 꽉 다물고 신음이 새어나오지 않게 참는데 진땀이 났다.

"학생 그런데 어떻게 된 거여."

"⋯⋯."

누구에 의해서 그렇게 되었는지 뻔한 거지만 그러나 강식은 아무 말도 하고 싶지 않아 입만 꾹 다물고 있었다.

주인 아주머니가 갖다 주는 약을 먹고 어떻게 잠들었는지 눈을 뜨고 불을 켜보니 정확히 새벽 5시였다. 몸을 일으켜 한 발자국 걸으려다 그만 앞으로 콱 고꾸라지고 말았다.

다시 통증을 참으며 일어서려 했으나 한 쪽 다리가 말을 듣지 않았다. 엉금엉금 기어나와 작대길 짚고 쩔뚝거리며 한 손으로 사료 푸대와 여물 가마닐 끌고 다니며 소에게 주는데 저쪽 우사 그늘에서 누군가가 이 쪽을 독기 어린 눈으로 쏘아보며 중얼거리고 있었다.

"짜식 죽을려구 환장을 했구먼⋯⋯."

그랬다. 강식은 환장을 했다. 그 몸을 해 가지고 일을 한다는 게 상상이나 할 일인가, 미쳐도 보통 미친 게 아니었다. 그러나 강식은 최후의 혈전을 하고 있는 것이었다.

자기의 의지가 얼마나 확고부동한가를 보여주고 싶은 것이었다. 일을 하다 쓰러져 죽는 한이 있더라도 이까짓 일로 꼼짝 못하고 방에 누워 있는다는 것은 모든 걸 다 포기하겠다는 것밖에 더 된단 말인가.

강식이도 사람이다. 모든 걸 다 때려치우고 당장 이 집에서 나가고도 싶었다. 그러나 그렇게 한다면 그러는 자기를 깡패들이나 동네 사람들이 얼마나 비웃겠나. 그게 싫었다. 아니 그보다도 자기 자신에게나 자기를 아는 모든 사람들에게 실망을 시키고 싶지가 않았다.

자전거를 산 후 처음으로 버스를 타고 학교에 갔었다. 늦게 강의실에 들어가니 교수는 물론이고 아이들까지 배꼽을 쥐고 웃었다. 그도 그럴 것이 계절에 맞지 않게 머리엔 플라스틱 차양만 달려 햇볕을 가리는 여름모자에 머리는 붕대로 칭칭 동여매고 있었다. 그리고 붕대를 두껍게 감은 한 쪽 팔엔 쇠똥이 덕지덕지 붙은 지팡이를 짚고 있었다. 얼굴엔 입술이 터지고 눈텡이가 시퍼렇게 멍든 그 꼬락서니가 코미디나 깽 영화에서도 볼 수 없는 진귀한 모습이었기 때문이었다.

보다 못한 교수가 하도 한심하여

"자네 그 꼴이 무엇인가?"

"예 소한테 받쳤습니다."

"아니 무슨 소가 그렇게 골고루도 받는단 말인가."

그러자 교실이 발칵 뒤집히게 또 웃는 학생들, 그러나 단 한 사람 성자만은 웃지 않았다. 아무래도 쇠똥한테 무슨 일이 있는 것만은 분명한 것 같았다. 그것도 쇠똥으로는 감당키 어려운 어떤 무서

• 쇠똥 •

운 일이 벌어지고 있는 게 틀림없을 거라는 생각이 들자 소름이 끼치며 눈물이 났다. 그렇다고 모든 사정 얘기를 고분고분 해줄 쇠똥도 아니고 뭘 물어보면 소한테만 미루니 답답해 죽을 지경이었다.

그러나 그 답답한 성자의 궁금증도 며칠 가지 않아 풀리게 되었다. 강식은 그날도 지팡이를 짚고 절름대며 가방을 들고 강의실을 옮겨가는데 복도에서 기다리고 있던 우락부락한 불량배들이 쫓아오더니

"야 임마 너 아직 살았구나. 짜식 명 한 번 길다."

"……."

그러나 강식은 상대도 않고 그냥 가려 하니

"야 임마 가기는 워딜 가. 얘기 좀 해."

"당신들 누구요. 누군데 무슨 얘길 하자는 거요. 난 지금 바빠요. 저리 비키쇼."

"아쭈 이게 제법 큰 소린데. 야 조용히 따라오는 게 신상에 좋을 거야."

"당신들이 도대체 누군데 왜 이러는 거요?"

"그거야 가보면 알지. 여러 사람 앞에서 망신 당하기 전에 따라오시지."

듣다 못한 성자가 나섰다.

"이렇게 걷지두 못하는 학생을 어디로 가자는 거예요."

"아쭈 넌 뭔데 나서."

"말 조심 하세요. 너라니요."

"야 요것봐라. 이 자식이 누군 줄이나 똑똑히 알구 끼어들어 이 자식은 주인집 소 열 마리씩이나 사기친 사기꾼여 알았습니까? 요

귀여운 공주님."

"뭐요. 내가 사기꾼이라니 당신들 무슨 근거로 그 따위 모략을 하는 거요?"

"모략 좋아하네. 순진한 주인집 아주머닐 꼬셔가지구 네가 송아지 열 마릴 네 거로 만들었다며, 사료와 여물도 주인 집 소는 형편 없이 먹이고 네 소만 다 줘 살이 디룩디룩 찌게 키운다며. 그래도 할 말이 있어 엉."

"강식이 정말야."

"정말이지 그럼 백주 대낮에 거짓말 하겠어. 직업이 학생여 사기꾼여 내 돌대가리론 구분을 못 하겠어."

깡패의 빈정대는 말에 참다 못한 강식이

"여보슈. 내용도 모르면서 무슨 말을 함부로 하는 거요. 남의 말이라고 당신들 멋대로 해도 되는 줄 아슈. 무책임하게."

"터진 입이라구 변명은, 뻔뻔스런 사기꾼 같으니라구."

"당신들이 누군데 신성한 학교에 들어와서 이 행패요, 행패가 썩 나가요."

듣다 못한 성자가 소리를 꽥 질렀다. 그러나 깡패들은

"아쭈 이게 어디다 앙탈여. 너는 뭐여. 이 사기꾼 애인여?"

"말 조심해. 누구한테 사기꾼이래. 누가 할 말을 누가 하고 계시네."

"뭐 임마!"

"당신들이 뭔데 남의 일에 이래라 저래라 하는 거요. 썩 나가요."

"아쭈 나가라 이거지. 망신 더 당하기 전에, 그래 가자. 나가자니까."

"당신들이 뭣 땜에 나한테 가자고 강요하는 거요. 나는 여기서

• 쇠똥 •

한 발자국도 못 움직여."

"이 자식이 뭐 믿고 까불어."

간다 못 간다 끌고 당기며 실갱이를 하는 사이에 학생들이 우루루 달려와 깡패들과 맞서 패싸움이 터지기 직전에 마침 그때 형사가 들이 닥쳤고 공팔이와 귓속말로 속닥이던 형사는 강식 앞으로 다가오더니 다짜고짜

"학생이 강식인가."

"예 그렇습니다만."

"서에까지 같이 가야겠어."

"왜 제가 서까지 가야 합니까."

"음 학생에 대해서 고소가 들어왔으니 일단 가지."

"고소라니요. 제게 무슨 죄가 있다고……."

"서에 가서 자세히 얘기하기로 하고 우선 가지."

하는 수 없이 강식은 형사와 함께 차에 실려 경찰서로 떠나고 모였던 학생들은 믿기지 않는다는 표정으로

"쇠똥이 사기꾼 그럴 리가……."

"아무래도 이상혀. 아까 그 형사란 사람들도 그렇구……."

"그래 형사가 범인을 연행하려면 경찰차를 타구 왔어야 헐 틴디 차도 그렇고 낌새가 이상해 꼭 깡패 같애."

"우리 뒤따라 가 볼까?"

그래서 성자와 강식과 친한 몇몇이 재빨리 택시를 잡아타고 형사가 탄 차를 쫓아갔다.

그런데 아니나 다를까. 형사의 차는 경찰서 입구에서 경찰서와는 정반대인 운곡쪽으로 방향을 바꿨다. 그리고 쏜살같이 달려가고 그 뒤엔 학교에 나타났던 깡패의 차까지 함께 달려가고 있었다.

성자 등은 택시 운전수한테 두 대의 앞차를 놓치지 말고 따라 붙으라고 신신당부했다.

전속력으로 달리던 두 대의 차는 어설티 고개 꼭대기의 공터에 차를 댔다. 그리고 쩔뚝거리며 걸음도 못 걷는 강식을 차 밖으로 잡아끌어 내동댕이쳤다. 그리고 일어서라고 고함을 지르며 짓밟았다.

작대기를 짚고 가까스로 일어난 강식이를 빙 둘러싼 깡패들의 손엔 몽둥이가 하나씩 쥐어져 있었다. 그걸 본 성자 등은 참나무와 소나무를 분질러 가지고 깡패들이 있는 곳으로 접근해 갔다.

깡패들은 강식이를 몽둥이로 쿡쿡 찌르며 그 집에서 나가라며 공갈 협박을 했다. 그래도 대답을 않자 한 놈이 몽둥이로 때리기 시작하자 여기 저기서 몽둥이 찜찔을 가했다.

그 걸 본 성자 등이 일제히 고함을 지르며 달려들었다.

그러나 무지막지한 깡패들이 휘두르는 몽둥이에 세 명의 남학생은 힘없이 쓰러지고 남은 건 성자 하나 뿐이었다.

전신이 피투성이가 된 채 부들부들 떨며 간신히 작대기를 짚고 비틀비틀 금방 쓰러질 듯 안간힘을 다해 일어난 강식은

"성자야 그만둬. 빨리 도망쳐."

"아냐 강식아 이런 놈들은 혼을 내줘야 돼."

"뭐 혼을 내줘? 너 같은 계집애한테 어디 혼 좀 나봐야겠다. 어디 혼 좀 내봐."

"그래 한 놈씩만 덤벼."

"아쭈 이게 하룻강아지 뭐 무서운 줄 모른다더니 원……."

"그만둬, 성자야 빨리 도망쳐."

강식은 소고 뭐고 모든 걸 다 포기해야겠다고 생각했다.

• 쇠똥 •

자기로 인해 세 명의 친구가 깡패들의 몽둥이 아래 쓰러졌다. 그리고 이제 나약한 성자마저 당하게 할 수는 없다고 생각했던 것이었다.

모든 걸 다 포기한다 생각하니 지나간 일들이 새삼 떠올랐다.

강식이 처음 아르바이트를 시작하던 첫날 우사를 청소하러 들어가서 코를 확 찌르는 쇠똥냄새에 밥 먹은 걸 다 토하던 일이 생각났다. 소가 무서워 우사에 들어가지 못하고 식은땀만 비질비질 흘리던 일이며, 과 친구들이 항상 옷에서 쇠똥내가 난다 해서 쇠똥이라고 놀려대던 일도 떠올랐다.

소 값이 돼지 값만도 못하게 떨어졌을 때 농민들과 함께 분개하던 일도 생각났다. 재산을 톡톡 털어 소를 샀다가 그 모양이 되자 속이 상해 술을 먹고 집에 오다 교통사고가 나 병원에 입원한 주인 아저씨와 아직도 퇴원을 못하고 고생하는 농민들의 아픔이 떠올랐다. 소 값은 떨어지고 사료값은 치솟아 송아지가 굶어 죽는 판에 소가 가엾어 여름부터 가을까지 강의가 없는 토요일과 일요일날, 그리고 방학 내내 산에 가 풀을 베어 말린 걸 겨우내 소들이 배불리 먹게 한 일도 새삼스럽게 떠올랐다.

아르바이트 값 월 10만원을 줄 돈이 없다 하여 한 달에 송아지 한 마리씩 받기로 해서 마침 옆집에 빈 우사가 있어 그걸 잠시 빌려 제 송아지를 키우며 앞으로 대축산가가 되려는 꿈에 부풀었던 일도 새삼스럽게 떠올랐다. 그렇게 축산가의 꿈이 너무나 성급하게 이루어진 것이 탈이었다.

호사다마라더니 주인 아저씨 처남인 공팔이가 IMF로 인해 다니던 회사가 부도났다며 내려온 게 탈이었다. 그때부터 강식의 일을 철저하게 방해하고 3년간 피땀으로 이룩한 소 열 마리를 생으로 뺏으려 했다. 그래서 안 되니까 깡패를 동원해 자기의 생명까지 위협하는 비겁한 놈을 상대로 하여 제 한 몸이야 죽든 말든 불의에 굽힐 수 없다고 지금까지 버텨 왔었다. 그렇지만 성자까지 위태로운데 어찌 제 고집만 세우느냐며 이제 소고 뭐고 다 주겠다고 결심하고 눈을 막 떴는데

"야 야 얏!"

귀를 째는 기합소리가 나 깜짝 놀라 바라보았다. 그랬더니 성자의 참나무 몽둥이에 거대한 덩치의 깡패가 픽픽 쓰러지고 있었다. 아니 이게 꿈인가 생시인가. 그 연약한 성자가 무지막지한 깡패들을 때려 눕히다니…….

삽시간에 깡패가 다섯 놈이나 쓰러졌다. 그러자 나머지 공팔이 등 세 놈은 겁에 질려 죽을 둥 살 둥 튀어 달아났다.

너무 놀라워 벌린 입을 다물지 못하고 멍하니 서 있는 강식을 부축하며

"별 거 아녀, 내가 검도를 좀 했거든."

강식은 그렇게 말하는 성자가 전혀 딴 사람으로 보였다.

강식이 성자와 또 쓰러졌던 친구들과 함께 택시를 타고 아르바이트 집에 도착했다. 그런데 도망쳤던 공팔이가 언제 트럭을 빌려 왔는지 강식의 소를 트럭에 싣고 있었다.

강식이 성자들과 함께 택시에서 내리는 걸 보자마자 공팔은 저의 패거리들과 함께 냅다 튀더니 산으로 도망쳐 달아나고 있었다.

눈이 올려고 뿌옇던 하늘이 활짝 개 구름 한 점 없는 하늘에 기러기 떼가 삼각편대를 이루어 날아가고 있었다. 트럭에서 내려져 다시 우사에 들어온 강식의 열 마리 소들은 아픈 강식이 대신 성자가 주는 여물과 사료를 볼따귀가 터지게 먹고 있었다.

• 쇠똥 •

강남 제비

1

'그려 떠나야 혀. 눈 딱 감고 떠나야 혀.'

밥은 고봉떼기로 삼시 세때 배터지게 먹어도 몸은 점점 삐쩍 말라 갔다. 겨울이라곤 하지만 나무도 하고 소 외양도 치는 등 하루 종일 종종거리며 일손이 놀 새 없어 고단도 할 터인데 석만이는 잠을 이룰 수가 없었다.

이래선 안 된다고 마음을 잡고 일에 몰두하려 해도 자기도 모르게 한숨만 나왔다. 그리고 추수가 다 끝난 황량한 들판처럼 가슴이 텅 빈 것만 같았다.

석만이가 이렇게 갈등을 느끼는 것은 처음 있는 일은 아니었다.

그러나 이제는 남들한테 이유 없이 오해받는 것도 지겨웠다. 더구나 아무리 피땀을 쏟으며 주인집을 위해 일을 해줘도 그게 다 오해로 돌아오는 게 너무나 억울했다.

육체적인 위협이나 협박도 참을 수 없었으나 정신적인 스트레스는 더욱 견딜 수가 없었다.

　그래서 석만이는 삼년간을 제 집처럼 살던 이곳을 미련 없이 떠나려는 것이었다.

　석만이가 이곳 청양군 운곡면의 열두고패 아래 험악한 산골짜기 영실에 자리를 잡게 된 것은 3년 전의 일이었다.

　석만이가 천하에 없는 이 험한 산골에 오게 된 것은 생전 보도 듣도 못한 IMF 때문이었다.

　연변의 석만이가 한국에 온 것은 다른 사람들과 똑같은 이유에서였다. 하도 가난에 찌들다 못해 한국에 가면 팔자를 고친다고들 너도나도 집 팔고 빚 얻어 한국으로 오는 바람에 남들이 장에 간다니까 무르팍에 망건 쓰고 따라온 격이었다.

　그러나 막상 한국에 나와 보니 그게 말처럼 쉬운 것이 아니었다. 정식으로 허가를 받아 체류하는 것이 아니라 위법으로 숨어 다니며 일을 하다 보니 돈 벌어서 여기 저기에 뜯기다 보면 본국에 송금하는 것은 벼룩의 간만큼도 되지 않았다.

　이역만리 타향에서 사람취급은 커녕 개 돼지만치도 대우를 받지 못하면서 일만 고되었다. 그렇다고 돈이나 제대로 버느냐 하면 그렇지도 못하고 몸만 망가뜨리느니 차라리 연변으로 돌아갈까도 생각했었다. 그러나 자기 하나만 기다리고 있을 가족들과 자기가 떠나올 때 세웠던 계획을 시작도 못하고 떠난다는 것은 자존심이 용납치 않았다. 그래서 차일피일 고된 일을 하다가 어느 날 갑자기 다니던 공장이 부도가 났었다.

　그래서 몇 달치 월급도 받지 못하고 빈 손으로 공장에서 쫓겨나게 되었다. 외국 근로자 누구나 똑같은 상황이겠지만 석만이도 오

· 강남 제비 ·

고 갈 데 없이 거리로 나앉게 되었다. 그래서 말로만 듣던 서울역 지하도에서 신문 한 장 깔고 노숙을 하게 되었다. 그러다가 농촌 일손이 부족하여 모내기를 못하고 있다는 신문 보도를 보게 되었다. 차라리 농촌으로 가자고 태국 등 국적은 다르더라도 똑같은 처지에 있던 10여명의 근로자들이 이곳 영실로 오게 되었다.

영실에 오자마자 노동자들은 모내기와 보리 베기에 투입되었다. 가뭄에 비를 만난 듯 대우가 대단했다.

워낙 바쁜 철이라 서로가 자기네 일을 해달라고 아우성이었다. 몇 년만에 사람 대접을 받는 것 같았다. 그러나 그것도 잠깐 모내기와 보리 타작까지 끝나자 일거리가 없었다. 일거리도 없는데 더 머물 수도 없고 가자니 갈 데도 없고 난감했다.

그러나 다른 방법이 없어 모두들 떠나기로 하고 이 마을에 올 때처럼 허름한 비닐백 하나씩을 들쳐메고 또 정처 없이 떠나야 했다. 잠시나마 정들었던 마을을 떠나는 날 아침 석만이는 그간 머물렀던 주인댁에 고맙다고 인사를 했다.

그랬더니 친 가족처럼 잘해 주던 주인 아주머니가 쫓아 나오며 물었다.

"워디 갈 데가 정해져 있슈?"

"안유 일거리가 끝났으니 떠나는 거지유."

"그럼 일거리만 있으면 머물러 있어도 괜찮다는 얘긴가유?"

"그거야 그렇지유마는……."

"그래유. 그럼 됐네유. 우리 집에서 일 좀 더 해 줄래유. 품값은 서운치 않게 쳐줄께유."

"일꺼리두 없잖아유."

"우리 집 주인 어른이 몸이 좀 불편해서 일을 못하고 있어유. 그

러니 일거리가 천지지유. 소 외양간도 치워야 하구. 논두 매야 되
구. 논에 농약도 줘야 되구 농사일이 끝이 있나유."

"그런디 제가 잘할 수 있을런지 모르겠어유. 그러나 힘 닿는 데
까지 열심히 할께유."

"고마워유 총각. 잘 부탁헐께유."

"그게 아니라 제가 감사를 드려야지유. 열심히 할께유. 그리구
시키실 일이 있으시면 뭐던지 시키셔유."

"그류. 잘 좀 부탁헐께유."

그렇게 해서 태국 등 동남아에서 온 일꾼들은 다들 떠났지만 석
만이 혼자만 남게 되었다. 석만이는 어찌나 고마운지 뼈가 부서지
는 한이 있더라도 열심히 일을 해서 보답하리라 굳게 결심했다.

다음날부터 작업복으로 갈아입고 새벽같이 일어나 들일은 말할
것도 없고 무슨 일이든 닥치는 대로 했었다. 마당도 쓸고 소깔도
베어다주고 외양간도 치우고 몸을 아끼지 않고 하루 종일 뛰어다
녔다.

그러는 사이에 여름이 가고 가을 추수를 마치고 겨울이 되었다.
벼 매상까지 깨끗이 다 마치자 주인 아주머니가 석만일 조용히 안
방으로 불렀다.

"석만 아저씨 너무 수고했어유. 아저씨 덕분에 금년 농사는 전에
없이 대풍이었어유. 고마워유."

"아주머니두 별 말씀을 다 하십니다. 제가 일이 서툴러서 실수한
것이 많았을 겁니다."

"원 당치도 않은 말을 하는군유. 자 여기 지금까지 품값이유. 더
좀 많이 줘얄틴디 미안해유."

"이렇게나 많이유 제가 한 게 뭐 있다구유."

"어쨌든 가지구 사랑방에 가서 계산을 잘 해봐유. 맞는가 어떤가. 그러구 부족허면 솔직히 말해 줘유."

"부족하긴유. 우선 받겠습니다. 감사합니다."

코가 땅에 닿게 허리 굽혀 석만이는 인사를 했다. 그리고 자기가 거처하는 외양간 옆 사랑방으로 갔다. 그리고 봉투가 터지게 가득 담긴 돈을 꺼내었다. 봉투 속엔 수표와 빳빳한 만원짜리만 들어 있었다. 돈을 세어보니 너무 많은 액수였다.

석만이가 처음 일을 시작한 날부터 날짜를 따져보니 날이 궂어서 일을 못한 날이나 명절날과 쉰 날까지 모두 합쳐서 일을 한 걸로 계산한 돈이었다. 그래서 석만이는 자기가 일한 날짜를 달력에 동그라미를 꼬박꼬박 쳐놨었는데 그러기를 참 잘했다고 생각했다. 그리고 자기가 일한 날짜만큼만 품값을 계산하고 나머지 돈은 다시 주인 아주머니한테 갖다 줬다. 그러나 주인 아주머니는 펄쩍 뛰며 안 된다는 것이었다. 그래서 석만이는 간곡히 말을 했다.

"아주머니 오갈 데 없는 저에게 이렇게 일자릴 주신 것만도 감사합니다. 그런데 제가 쉰 날도 품값을 쳐주신다는 것은 저를 당장 나가라는 것이나 다름없습니다. 그러니 제발 일한 날짜 것만 받게 해 주십시오."

"아니 아저씨가 놀은 날이 워딨대유. 들일을 안 하면 집에서 외양치구. 여물 쓸구. 나무허구……. 내가 다 알아서 계산한 거니께 그냥 받아두구 앞으루두 계속해서 일 좀 잘 부탁해유."

"감사합니다. 계속 일을 하게 해 주셔서 감사합니다만. 이 돈은 받을 수가 없으니 넣어두셔유."

옥신각신하다가 결국은 그 돈은 주인 아주머니가 잠시 보관한다는 조건으로 다시 받았다. 그런 얘기가 주인으로부터 동네에 알려

졌는지 동네 사람들도 석만이가 비록 품팔러 다니긴 하지만 양심
적이고 정직한 청년이라고 칭찬이 자자했다. 그리고 그때까지 데면
데면하고 말도 잘 않던 마을 청년들도 서로가 친구로 사귀자고 앞
을 다투어 손을 내밀었다.

다음해도 석만인 열심히 일을 했다. 첫해는 농사일이 서툴러 일
일이 주인 아주머니한테 물어가며 일을 배웠었다. 그러나 다음해부
터는 일에 자신이 생겨 시키지 않더라도 미리 알아서 척척 일을
해 주인 아주머니는 더욱 석만일 고맙게 생각했다.

그런데 그 해 여름에 서울서 직장을 다니는 주인집 딸인 선희가
여름 휴가차 집에 왔었다. 선희는 모르는 총각이 집안 일을 하는
걸 보고 어머니한테 누구냐고 물었다.

"어머니 저 사람 누구예요? 처음 보는 사람인데."

"응. 석만이. 우리 집에서 일하는 일꾼여."

"언제부터요?"

"너의 아버지가 편찮으신 작년부터 우리 집 일을 도맡아 해주는
연변 총각여."

"연변 총각요. 연변에서 온 사람이 농사를 지을 줄 알아요?"

"저 총각, 보기엔 어리숙허구 좀 모자라 보이지만 마음은 아주
착해. 그러구 제 몸 안 아끼구 일두 잘 허구."

"증말로요."

"그럼. 그래서 작년 농사는 너의 아버지가 지을 때보다 소출이
훨씬 더 많었어."

"그것 참 잘됐네요."

"그런디 말도 잘 않구. 일만 혀서 좀 답답허긴 허지만 사람 마음
은 정직한 것 같어."

• 강남 제비 •

"일꾼이 일만 잘 하면 되지 뭐 뭘 더 바래요. 어쨌든 잘 됐네요."

그렇게 말하면서도 선희는 연변 총각이라는 말에 말이라도 한 번 붙여 보고 싶은 호기심이 생겼다.

그 다음날 구름 한 점 없는 하늘에서 햇볕은 사정없이 불을 퍼붓고 바람끼 하나 없는 날씨는 숨이 턱턱 막히게 삶아 제키는데 석만이는 그 더위 속에서도 콩밭을 매고 있었다.

콩 뿌리가 상할까 조심하며 부지런히 호미를 놀리었다. 땀은 온 몸을 적시고 땀이 나다 마른 곳마다 허연 소금이 버걱버걱 맺혀 있었다. 그러나 석만은 쉬지 않고 계속 밭을 매는데 누군가 자기를 부르는 것 같아 밭고랑에서 일어났다. 그랬더니 밭 끝 뽕나무 밑에서 어떤 아가씨가 자기 쪽을 향해 부르는 것 같았다.

그러나 생판 모르는 사람이 왜 자기를 부르겠는가, 그 소리는 다른 사람을 부르는 것일 거라고 생각하며 그 쪽은 쳐다도 보지 않고 다시 밭고랑에 앉아 밭만 부지런히 매었다. 그런데 바로 앞에서

"아니 왜 불러도 못 들은 척 하세요?"

그때서야 석만은 자기한테 하는 말인 줄 알고는

"저 말인가유?"

"그럼 여기에 누가 또 있어요. 가서 식사하세요."

"식사라구요. 누구신디유?"

"아 참 내 정신 좀봐. 전 이 밭 주인 집 딸이예요. 선희라고요."

"아 예……."

"석만씨라면서요. 연변에서 온."

"……야."

그런 말을 주고 받으며 뽕나무 밑에까지 오게 되었다. 선희는 들고 온 고무다라에서 밥과 반찬을 뽕나무 그늘에다 내 놓으며

"석만씨 맛있게 식사하세요."

"야."

"더운데 시원한 냉수부터 들구요."

"……."

선희는 상냥하고 친절하게 말을 했어도 석만은 별로 말없이 밥만 먹었다. 정말로 어머니 말마따나 좀 모자라는 사람인가도 싶었다. 어떻게 하든 연변 얘기를 좀 듣고 싶은데 석만은 필요한 대답 외엔 말을 안 하는 사람 같았다. 옆에서 밥을 다 먹기를 기다려 선희는 또 말을 붙여본다.

"연변서도 농사를 짓나요?"

"야."

"거기서도 농사일을 많이 해봤어요?"

"별루유."

"석만씬 그럼 거기선 뭘 했나요?"

"그럭저럭 지냈지유."

"그런 대답이 어딨어요?"

"글쎄말유."

"연변에 학교도 있겠네요."

"그렇지유."

"그럼 석만씬 학교는 어디까지 다녔어요?"

"다 쓸 데 없는 일들이지유."

"뭐라구요."

선희는 도저히 말이 통할 수 없는 덜 된 사람이라고 생각했다.

그렇게 부족하니까 그 흔해 빠진 도시의 공장에도 취직을 못하고 이 험한 촌구석에까지 밀려와서 농사품이나 팔 거라고 생각했

· 강남 제비 ·

다.

선희는 집에 가자마자 겉은 멀쩡한 것 같은데 사람이 왜 그러냐고 석만이 흉을 봤다. 그러자 그 어머니는

"그래두 사람은 아주 정직하구 양심적이더라."

"정직은 무슨 미련해서 그렇지."

"그게 아녀 부족한 것과 양심적인 것은 틀려."

그렇게 말하면서 작년의 품삯 계산할 때의 얘기를 다 해 주었다. 그러나 선희는 어머니가 뭐라고 하든 좀 부족한 사람이라고 생각했다.

다음날도 또 콩밭을 매는 석만이한테, 점심을 어머니가 가지고 가겠다는 것을 굳이 선희가 가지고 갔었다.

점심을 다 먹기를 기다려서 선희는 또 확실하게 석만일 테스트해 볼 요량으로 말을 시키기 시작했다.

"석만씬 총각이라면서요?"

"……야."

"연변엔 애인이 있겠네요."

"그런 거 없슈."

"그렇다면 한국 여자와 결혼을 해도 되겠군요?"

"저 같은 거와 결혼할 한국 여자가 어디 있겠슈."

"왜요. 연변 처녀들도 시집을 많이 오는가 보던데."

"……."

"허기사 어떤 여자들은 위장결혼을 하고는 주민등록증이 나오면 패물을 싸가지고 도망가서 공장에 취직을 한대서 말도 많았지만서두."

"……."

"석만씬 어떻게 생각하세요?"

"뭐가유."

"위장결혼 말이예요."

"그걸 왜 저한테 물어 보시나유. 저는 그런 사람이 아니니까 걱정 마유."

"제가 왜 석만씨 걱정을 해요. 그 행위를 물어 본 거지요."

"그거야 물어 보나마나한 얘기가 아닐까유. 결혼은 순결한 영혼과 영혼의 결합이어야 할 숭고한 것인디 어찌 얄팍한 거짓 수단으로 양심을 속인단 말인가유. 실제 그런 여자들이 있었는지 어쨌는지는 잘 모르겠지만 그런 말을 듣는 것 자체만으로두 불쾌하네유."

"그런 소문이 있었다는 거지요. 뭐."

"저두 그런 사람으루 보이나 보죠."

"아니. 미안해요. 나는 그런 뜻이 아니었는데 오해하셨나 보군요."

"아녀유."

선희는 깜짝 놀랐다. 사람이 시원찮은 것 같아서 연변 처녀들의 그릇된 결혼관을 꼬집어 한 번 놀려주면 어떻게 나올까 하고 무심코 해 본 얘기였다. 그런데 정색을 하고 또박또박 말하는 석만이의 말은 어디 하나 나무랄 데 없는 논리 정연한 말이었다. 어떻게 배웠는지 서투른 충청도 사투리까지 써서 이상한 말같이 들리기도 했지만 이론은 정연했다.

빈 밥그릇을 챙겨 집으로 돌아오며 곰곰이 생각해 봐도 부족하거나 바보 같은 사람이 아니라는 생각이 들었다. 한 마디 한 마디의 말이 무식하고 부족한 사람으로는 도저히 생각도 못할 말이었다는 생각이 들자 정신이 퍼뜩 났다. 그리고 지금까지 바보로 생각하고 멋대로 지껄인 자기 자신이 너무나 미안하고 챙피해서 쥐구멍에라도 숨고 싶은 심정이었다.

집에 와서 선희는 다시 어머니한테 확인이라도 하듯 또 물어보았다.

"어머니 그 연변 총각 정말 바보예요?"

"그려. 왜 너더러 뭐라구 하데."

"아녜요. 뭘 물어봐도 대답도 잘 않구 그래서요."

"그려 말수가 적어. 꼭 할 말이 아니면 말을 안 혀. 가끔 웃기만 할뿐 너무 말이 없어 어떤 때는 답답할 때두 있어."

"어머니 연변 총각 꼭 바보만은 아닌 것 같애."

"그렇데. 나는 잘 물르겠어."

선희는 연변 총각은 결코 바보가 아니라고 생각했다. 그리고 그게 큰 다행인 것처럼 생각이 되었는데 왜 그런 생각을 했는지 그 이유는 선희도 잘 알 수가 없었다.

선희가 다른 때 같으면 집에 왔댔자 잘 해야 하루를 묵고는 훌쩍 서울로 올라가거나 친구들과 놀러 다녔었다. 그런데 이번 휴가 때는 고스란히 3일간을 집에서 있는 것도 석만이에 대한 호기심 때문이었다.

3일째 되는 날도 또 고추밭을 매는 석만이한테 점심을 가지고 갔었다. 선희 어머니는 아무리 바쁜 철에도 논밭엔 코빼기도 안 내미는 애가 별 일이라며 얼굴이 탄다고 말리었다. 그러나 해수욕장에 가서 일부러 얼굴을 태우기도 하는데 뭐 걱정이냐며 굳이 제가 점심을 가지고 가겠다고 우겨 점심을 가지고 나왔었다.

"석만씨, 밥요 밥."

"……"

석만은 점심밥을 보면 반가우련만 쓰다 달다 말은 커녕 화난 사람처럼 땀만 쓱 닦고 뽕나무 밑 그늘로 어슬렁어슬렁 와서 숟가락을 집기가 무섭게 밥을 먹으려 하였다.

"냉수부터 우선 먹고 드셔요."

"……."

"석만씬 본래 그렇게 말이 없는 사람이예요? 그래요."

"……."

그러나 역시 한 번 쳐다볼 뿐 말을 않기는 여전히 마찬가지였다. 선희는 자꾸 말을 시키고 싶어졌다. 그래서 밥을 다 먹기를 기다렸다가 또 말을 꺼냈다.

"석만씬 연변에서 연애 좀 해봤어요?"

"……."

"아니 왜 말을 안 해요. 연변 사람들은 어떻게 연앨 하는지 얘기 좀 해 주세요. 예?"

"난 그런 거 물러유."

"석만씨는 안 했더라도 다른 사람들이 하는 걸 봤을 게 아니어요. 그 얘기를 좀 해 주세요."

"그런 것 모른다니께유."

선희는 무뚝뚝한 그 말이 왜 싫게 들리지 않는지 몰랐다.

싫기는 커녕 오히려 그 말에 무슨 마력이라도 있는 듯 자꾸만 더 듣구 싶어졌다. 왜 그럴까. 아무 매력도 없는 나무때기처럼 무뚝뚝한 부족한 사람이 무슨 매력이 있다고 그 목소리가 귓가에 맴돌까 선희는 자기 자신도 이상하게 생각되었다.

그날 저녁때 서울로 가는 길에, 길에서 한참을 더 들어가는 고추밭에서 밭을 매는 석만이한테 선희는 일부러 찾아가서 작별인사를 하였다. 누가 시킨 것도 아닌데 괜히 그러고 싶었다.

"지금 나 서울로 가요. 앞으로 또 만나요. 잘 있어요. 석만씨."

"……"

그러나 눈만 멀뚱멀뚱 뜨고 쳐다볼 뿐 아무 말도 없었다.

아니 인사를 하면 답이 있어야 할 게 아닌가. 잘 가라고 인사하면 어디가 어떻게 되나. 아무래도 모자라는 사람이 틀림없을 거라고 선희는 단정하면서도 뭔가 아쉬움을 떨쳐 버릴 수 없었다. 강아지도 주인을 보면 꼬리를 치며 아는 체를 한다 하는데 하물며 사람이 그럴 수가 있는가 싶기도 했었다. 길도 없는 밭 속을 고추밭까지 가느라고 구두에 흙만 잔뜩 묻힌 게 분한 마음도 들었다.

그러나 이상한 일이었다. 그토록 바보스럽고 미워 죽겠던 석만이가 서울에 온 뒤에도 머리에서 지워지지 않고 자꾸 떠오르는 것은 자기도 이해가 안 되는 일이었다.

생시 뿐 아니라 밤마다 꿈에서까지 나타났었다.

선희는 몇 년째 사귀는 대재벌 회사의 촉망받는 엘리트인 준호가 있었다. 며칠 전까지만 해도 이 세상에서 준호가 제일 멋진 남자라 생각되었고 준호 없인 못 살 것만 같았다. 그런데 휴가 때 석만일 본 후부턴 자꾸 준호와 비교가 되곤 하였다.

똑똑하고 잘 생기고 장래성이야 석만이가 준호와 비교도 안 되겠지만 그러나 저 혼자 잘난 척하고 사람을 무시하는 준호에 비해 석만인 소박하고 서민적인 것이 또 선희의 마음을 끌었다.

전 같으면 아버지야 편찮으시든 말든 아랑곳하지 않고 하루가 멀다 하고 준호한테 전화를 걸고 또 만나기에 정신이 없었을 것이다. 그러나 석만일 만난 후부턴 아버지의 병 문안을 핑계로 준호를 피해 일요일마다 시골집으로 달려갔다. 서울서 시골집까지래야 기차와 버스를 갈아 탄다 해도 두 시간도 못 걸리는 거리였다. 그러나 지금까지는 회사 일이 바쁘네 몸이 피곤하네 어쩌고 이유를 대며 준호만 만나고 시골집엔 일년에 잘해야 뒤서너번 다녀갈까 말까 했다. 그것도 작년에는 한 번도 가지 않고 일년을 건너뛰었었다.

그렇던 선희가 갑자기 일요일마다 시골집에 내려왔다. 이유야 아버지가 편찮으시니까 또는 어머니 혼자 일하시느라고 고생하시니까 등 그럴 듯한 이유를 붙이었지만 기실은 석만이 때문이라는 걸 처음엔 아무도 몰랐었다.

선희가 토요일 날 집에 오면 옷부터 작업복으로 갈아입고 생전 안 해보던 들일을 하러 나갔다. 빨간 고추도 따들이고 다 익은 콩도 거둬들이고 고구마도 캐고 무엇이든 닥치는 대로 했다. 선희네 논과 밭은 한 곳에 쪼르르 있기 때문에 들에만 나갔다 하면 일하는 석만이를 만날 수 있기 때문이었다. 석만이를 만나는 회수가 거듭될수록 낯이 익고 흉허물도 없으련만 석만이는 말이 없고 무뚝뚝하기는 처음이나 매일반이었다. 그러거나 말거나 선희는 이것 저것 물어보고 서울의 회사 애기며 외국 노동자들의 문제 등등 입을 쉬지 않고 계속 떠들었지만 석만이는 그저 듣고만 있을 뿐이었다.

그러니까 하도 답답해서 하루는 선희가 소리를 빽 질렀다.

"석만씨! 석만씬 입도 없어요. 말을 하면 무슨 반응이 있어야지. 도대체 왜 그래요?"

"……뭐가 말유."

"말을 하면 무슨 대답이 있어야 대화가 되지요. 내가 싫어서 그러는 거예요?"

"안유. 뭐 대답할 게 있어야 말을 하지유."

"왜 없어요. 로봇튼가요. 석만씨는 석만씨 대로 의견이 있을 게 아니예요. 그 생각을 말하면 되는 거지 뭐."

"안유. 의견 없슈."

"내 참. 기가 막혀 그만둬요. 나 이 고추 안 딸래 혼자 다 따."

"……."

너무 속이 상한 선희가 화를 부르르 내며 빨간 고추 따던 바구니를 집어던지고 집으로 뛰어와도 멍청이 바라보고만 있을 때는 정말 바보같이만 생각되었다.

석만이도 선희가 왜 그러는지를 모르는 바 아니었다. 그러나 자기도 선희와 재미있는 대화도 하고 싶고 함께 토론도 왜 하고 싶지 않겠는가. 그러나 지금 자기는 어떤 처지인가. 자기는 이 집의 머슴이고 선희는 주인 집 딸이 아닌가. 또 더 무서운 것은 자기는 여권도 없이 눈을 피해 도망 다니는 신세가 아닌가. 자칫 잘못 하다간 오해를 받게 되고 더구나 남녀관계의 오해란 엉뚱한 결과를 가져와 결국은 자기만 파멸될 것이 너무나 뻔하기 때문에 일부러 바보인 척하고 있는 것이었다.

그리고 자기 같은 떠돌이 노동자를 누가 제대로 사람대우나 해준단 말인가. 앞뒤를 생각하면 너무나 쉽게 답이 나오는데 자기가 왜 미련스럽게 처신한단 말인가. 석만이는 빨리 고향 연변으로 가고 싶었다. 그러나 자기가 조금만 고생을 더 하면 고향의 식구들을 가난에서 벗어날 수 있게 할 수 있을 것이라며 이를 악물고 참고 또 참았다. 더구나 주인들의 마음씨도 곱고 자기에게도 더 이상 잘할 수 없을 정도로 잘 해 주었다. 그리고 위험하거나 임금을 떼일 걱정도 없는 이런 좋은 자릴 구했는데 조금만 더 참자고 다짐하며 선희가 아무리 찍어도 한눈 팔지 않겠다고 굳게 결심하였다.

가을도 점점 깊어가 가을걷이가 끝날 무렵에는 선희는 노골적으로 덤벼들었다. 집에 올 때마다 자기 식구들 몰래 양말도 사다주고 손수건이며 비싼 옷도 사다주었다.

그럴 때마다 석만이는 펄쩍 뛰며 거절을 했지만도 석만이가 일터에서 돌아와 보면 조그만 메모와 함께 자기 방에 선물이 놓여 있곤 하니 다시 돌려 줄 수도 없고 괴로움만 더해 갔었다.

그러던 어느 날 주인 아주머니가 부르더니

"연변 아저씨 미안헌 부탁을 허야겠네유. 선희가 금년엔 웬일루 배추 김칠 먹구 싶다며 보내달라구 허니 워쩐대유. 다른 때는 준대두 싫다더니 금년엔 별나게 그러내유. 그려서 그 김치를 내일 갖다 주구 오면 어떨까 해서유. 미안해유. 내가 환자 땜에 집을 비울 수도 읎구."

"걱정 마셔유. 잘 다녀올께유."

다음날 첫 버스를 타고 예산까지 나가서 기차로 옮겨 탔다.

그리고 서울역에 도착하니 선희가 나와 기다리고 있어서 어렵지 않게 선희네 아파트까지 김치를 갖다주었다.

석만이는 선희네 아파트까지만 김치를 갖다주곤 그 길로 다시 서울역으로 나오려 하였다.

그런데 선희가 꼭 붙잡으며

"이럴 수가 있어요? 우리 집까지 저 무거운 김칠 들고 왔는데 들어가 식사나 하고 가세요. 석만씨."

"안유 됐어유. 그냥 갈튜."

"안 된다니께요. 식사도 하고 또 제가 할 얘기두 있고요. 빨리 들어가세요. 그렇게 해도 시간은 충분해요. 어서요."

"……"

아파트 문을 열고 들어가자 살림은 많지 않지만 깨끗이 정돈된

아담한 거실은 별천지에 온 것 같이만 생각되었다.

선희는 미리 음식을 준비해 놓았는지 식탁 위엔 불고기며 생선 찌게니 뭐니뭐니 생전 보도 못한 맛있는 음식이 식탁 가득 놓여있었고 양주까지 내놓으며 권하는 것이었다.

사양하다 못해 억지로 그 독한 양주를 먹으니 정신이 얼떨떨했다. 그만 먹겠대도 선희는 계속 양주를 따라주고 자기도 같이 마시며 연신 이것 저것 반찬도 집어주고 야단이었다.

어쨌든 난생 처음 그런 맛있는 술과 식사를 대접받고 나니 또 후식이라며 차와 과일을 먹으라고 했다.

그러더니 느닷없이 선희가 하는 말에 석만인 넋을 잃을 뻔했다.

"석만씨 저 어떻게 생각해?"

"어떻게는유."

"나 사랑하지 않아 석만씨?"

"그 그게 무시기 말입네까?"

하두 놀라 석만이의 입에선 자기도 모르게 요즘은 잘 쓰지도 않는 연변 사투리가 쏟아져 나왔다.

"아니 석만씨 왜 그렇게 놀라세요. 나 싫어요. 난 석만씨와 단둘이 만나려고 일부러 어머니한테 배추 김칠 담가서 석만씨 편에 보내 달라고까지 했는데, 난 석만씰 사랑하나봐."

"……."

"왜 말이 없어요?"

"사랑 같은 거 전 모릅니다. 그리고 저 같은 게 누굴 사랑한다는 말입니까. 말도 안 될 얘기지유. 품 값 몇 푼에 인생을 다 저당 잡힌 쓰레기 같은 제가 사랑이 다 뭡니까. 그런 얘기 다시는 입밖에 내지두 마셔유. 잘못 하다간 전 동네 사람들한테 몰매 맞어 죽습니다. 부탁입니다. 저를 가만 놔두셔유."

"아니 왜 무엇이 무서워서 그래요. 남자가 그만한 용기도 없단 말예요?"

"용기가 문제가 아닙니다. 지금 제 처지를 몰라서 그러십니까. 제발 그러지 말어유."

"왜요. 국제결혼도 하는데 다 같은 동포끼리 왜 사랑을 못 하고 결혼을 못 해요."

"그건 선희씨가 세상을 몰라서 하는 말입니다. 안 됩니다."

"제가 다 책임질 터이니 걱정 말아요."

"안 됩니다. 저는 사실 돈을 좀 벌어서 집에 송금하고 여유가 생기면 여기서 대학원이라도 다닐려는 계획이었지만 모든 게 뜻대로 되지 않아 여기서 배운 농업기술을 토대로 연변에 가서 과학영농 시설재배를 할까 합니다. 그러니 딴 말씀을 하지 마세유."

선희는 대학원을 들어갈 계획이었다는 말을 듣는 순간 너무 기뻐서 숨이 멎을 뻔하였다. 그러고는 어떤 일이 있어도 이 남자와 결혼하고 말겠다고 굳게 결심을 하였다.

석만이는 서울을 다녀온 뒤에도 전과 다름없이 나무도 하고 여물도 쓸고 소 외양도 치며 열심히 일을 하였다.

그렇게 한 열흘 쯤 지났는데 안에서 좀 들어오라고 하였다. 마침 저녁을 먹고 좀 쉬다가 안방에 들어가니 언제 왔는지 선희가 와 있고 그 어머니가 전에 없이 화난 얼굴로 석만일 쏘아보고 있었다.

"아니 연변 아저씨 이게 무슨 날벼락이래유, 예?"

"……."

"말 좀 해 봐유. 이럴 수 있는 건지 말을 좀 해봐."

· 강남 제비 ·

“어머니 사람만 진실하면 되지 뭐가 어때요. 국제결혼도 예사롭게 하는 세상에 교포는 다 같은 한민족인데 왜 안 된다구 반대세요?”

“그것도 서로가 엇비슷하게 맞아야지. 이건 엇비슷은커녕.”

“어머니 모르는 말씀 마세요. 석만씨도 연변에서 당당히 4년제 대학을 졸업하고 한국의 대학원에 진학할려고 왔었대요. 그 꿈이 IMF 때문에 아직은 잘 이루어지지 않았지만요. 그리고 어머니도 말씀하셨잖아요. 사람 하나 진실한 것 그게 최고라고요. 그런데 어머니도 정직하고 진실하다고 저한테 늘 칭찬하시던 석만씨는 왜 안 되는 거지요?”

“애가 정신이 있는 앤가. 아니 너 어떡헐라구 그러는겨. 그러구 연변 아저씨 속시원히 말 좀 해봐유. 회사에 잘 다니는 애를 어떻게 했기에 애가 이렇게 됐어유. 이래두 되는 거유?”

“주인 아주머니 제가 솔직히 말씀 드릴께유. 저는유 한 번도 선희씰 사랑한다, 결혼해야 되겠다는 생각은 꿈에서조차 가져본 일이 없으니 걱정 마세유.”

“그게 정말유. 연변 아저씨?”

“정말이구 말구유. 제 말을 믿어주셔유. 저는 여기에 돈벌러 왔지. 사랑 같은 사치스런 것 때문에 온 게 아닙니다. 그러구 현재의 제 처지로 그게 가당키나 한 일인가유. 사랑이니 결혼이니 하는 건 저의 고향에 가서두 얼마든지 할 수 있으니께 걱정 마세유.”

“그류 그럼 연변 아저씨 말만 믿을 게유.”

그렇게 해서 그 사건이 마무리 된 줄 알았는데 그게 아니었다.

발 없는 말이 천리 간다더니 어떻게 말이 새어 나갔는지 동네에 소문이 파다히 퍼진 모양이었다.

　동네를 지나가면 부인들이고 아이들이고 자기를 돌려놓고 쑤군 쑤군 흉을 봤다. 석만인 애써 태연한 척 일에만 열중했다. 한 일주일 쯤 무사히 지났는가 싶었는데 아랫마을 막길이가 장날 저녁때 주막에서 만나자는 연락이 왔다. 석만인 선희 문제와 연관이 있는 것이 아닌가 싶어 기분이 찜찜했지만 그 일은 자기는 아무 연관이 없음이 증명되고 선희도 체념하고 그 다음날 서울로 간 상태니 더 문제가 있으랴 생각하며 약속된 주막으로 갔었다.

　막길이는 석만일 만나자마자

　"야. 너 보자보자 하니께 못하는 짓이 없어. 너 선희가 누군 줄 알구 건드려. 앞으루 나하구 결혼할 사이야 임마."

　"……."

　말도 말 같지 않아서 우두커니 서 있었더니 다짜고짜 주먹으로 사정없이 두들겨 패기 시작했다. 석만인 고등학교 때까지 태권도를 배워서 유단자이니 이까짓 촌놈들 몇 때려 눕히는 건 식은 죽 먹기였으나 그럴 수 없는 자기의 처지를 생각하며 그 매를 고스란히 다 맞고 상처투성인 채 집으로 왔었다. 뒤에 들은 얘기지만 막길이는 선희를 짝사랑하는 동네에서 내놓은 날 건달이라는 얘길 듣고는 쓴웃음이 났었다.

　다음날 아침 쇠죽을 퍼다 주고 집 안팎 청소까지 끝내고 아침을 먹은 다음 주인 아주머니한테 할 말이 있다며 안방으로 들어갔다. 주인 아주머니는 석만이의 상처투성인 얼굴을 보자마자

　"아니 연변 아저씨 어떻게 된 거유. 누가 이랬대유 야."

　"안유 넘어져서 그류."

　"그게 아니구먼 말을 해 봐유. 내 가만 놔두지 않을팅께."

　"그것보다도 저 때문에 여러 가지로 걱정을 끼쳐 드려서 면목이

없슈. 그래서 그만 떠날까 해서유."

"워디 좋은 일자리가 있대유. 그렇다면 그리루 가야지유."

"그게 아니구유. 저같은 것이 워디 좋은 일자리가 있겠슈. 워딜 가던지 여기보다 더 좋은디는 없을뀨."

"그럼 왜 그류. 모든 오해두 다 풀렸구. 아저씨의 깨끗한 마음두 알았는디 뭘 딴 생각이래유. 우리 집 어른이 몸이 다 낳을 때까지 일년만 더 있어줘유."

"그래두 될지 모르겠네유."

"다른 맘 먹지 말구 꾹 참구 있어유."

"야 감사해유. 주인 아주머니."

그러나 세상일이 자기 뜻대로 단순하게 끝나는 것이 아니었다.

그 후 일주일 쯤 지나서 상처가 거의 아물어 갈 때였다. 저녁을 먹고 석만이는 제 방에서 라디오를 듣고 있었다. 그런데 반장이 찾아와 마을회관으로 가자는 것이었다. 무슨 일이냐고 물어봐도 반장은 가보면 안다고만 하였다. 마을회관엔 40대 이상 마을에서 가장 연세가 많은 분들로 가득 찼었다.

석만이가 회관에 들어가자마자 머리가 허연 상예 할아버지가 점잖게 말씀을 꺼냈다.

"석만이라고 했지. 묻는 말에 솔직히 대답허게 알았어?"

"예 알았슈."

"자네 선희한테 결혼하자고 했다는데 사실인겨?"

"아뉴. 전 절대루 그런 말한 일이 없슈."

"불 안 땐 굴뚝에서 연기가 날까?"

"결코 그런 일은 없었어유. 그건 며칠 전에 선희씨 어머니께서두 삼자대면해서 확인을 한 일입니다. 지금이라두 저의 주인 아주머니한테 확인해 보시면 아실 일입니다."

석만이가 하두 완강히 부인하자 반장한테 확인을 시켰다. 반장이 석만이 주인 아주머니한테 가서 자초지종 얘기를 듣고 와서야 사실이 증명되었다.

석만이는 기분 나쁘고 속이 상했었다. 그러나 혐의가 없음이 공개적으로 밝혀진 게 오히려 잘된 일이라고 생각되었다.

또 10여일이 지난 다음 나무를 한 짐 해 가지고 다 저녁 때 집에 오는 길이었다. 매서운 바람이 몰아치는 엄동설한인데도 땀이 이마에서 비오듯 흘러내렸다. 그렇게 욕심껏 나무를 한 짐 잔뜩 해지고 헉헉대며 산에서 내려오는데 앞에서 만수가 길을 막고 나무지게를 받치라고 했다. 나무지게를 받치자마자 느닷없이

"이 자식 동네 여잘 다 건드릴려구 혀. 영자는 왜 또 건드렸어. 그러구두 네가 무사할 줄 알았어. 임마."

말이 끝나자마자 눈에서 불이 번쩍하며 눈알이 빠지는 것 같았다. 그러나 석만인 약해져선 안 된다고 이를 악물고 이렇게 죽어 살단 동네북이 된다고 생각하며

"그게 무슨 소리유. 난 영자가 누군지 알지두 못 해유."

"이 자식 거짓말 하지 마. 맛 좀 봐야 버릇을 고치겠어."

또 다시 솥뚜껑 같은 주먹으로 늘씬하게 두들겨 맞았다.

가만히 생각하니 지난 여름 밭을 매고 어둑어둑할 때 집에 오는데 어떤 처녀가 얘기 좀 하자는 걸 대답도 않고 그냥 왔는데 아마그 앙갚음을 하는 것 같았다. 전혀 사실무근인데 너무나 억울했다. 그리고 더 이상 굴욕적인 삶을 살 수는 없다고 생각했다. 아무런 잘못도 없이 연변에서 왔다는 이유만으로 손 한 번 까딱 못하고 이 사람 저 사람한테 공매를 맞는 게 너무나 슬프구 억울했다.

그러나 누구도 미워하거나 원망하고 싶지가 않았다. 오직 자기 자신이 미웁고 불쌍하게만 생각되었다. 그러나 사람이 사람대우를 받지 못하며 살 때의 아픔은 가난보다도 더 치욕스럽다는 것을 깊이 깨닫게 되었다.

이젠 모든 걸 다 잊고 연변으로 돌아가서 사람답게 살고 싶은 마음뿐이었다. 하루를 살더라도 인간답게 살고 싶었다.

절뚝거리며 가까스로 나무지게를 지고 와 헛간에다 부리고 저녁도 먹지 않고 제 방에 가서 쓰러졌다.

그리고 다음날 새벽같이 일어나 짐을 싸들고 서울 가는 첫 차에 몸을 실었다.

2

석만은 대학원에 입학했다. 꿈만 같았다. 그간 얼마나 많은 세월을 소처럼 모진 일만 했던가. 이런 날이 오리라곤 꿈에도 생각지 못했다.

그러나 이건 엄연한 현실이었다. 꿈도 망상도 아닌 석만이의 땀의 결실이었다. 오늘의 영광이 있기까지는 전적으로 헌신적인 선희의 덕택이었다. 선희가 아니었으면 어림이나 있을 일이었던가.

선희의 공을 생각해서라도 머리가 깨지는 한이 있어도 열심히 공부하고 연구하리라 굳게 결심을 했다.

"축하해요. 석만씨."

"감사합니다, 이게 다 선희씨의 덕분입니다."

"웬걸요. 모두 석만씨의 피나는 노력의 결실이지요."

"선희씨의 고마움, 영원히 잊지 않을게요. 정말로 감사합니다."

"몰라요. 자꾸 그러시면 싫어요. 자 오늘은 석만씨 입학을 축하하는 특별한 음식을 만들었어요. 시장하실 텐데 식사부터 하세요."

"오늘은 배가 고픈지 워떤지 얼떨떨해서 모르겠어요."

"음식 다 식어요. 어서요."

"감사합니다. 선희씨."

"아이 싫어요. 석만씨가 남인가요 뭐."

"……."

언제 만들었는지 식탁 가득 음식이 차려졌고 평소에는 꿈도 못 꿀 소 갈비찜까지 해놓았다. 진정으로 감사했다. 비싼 양주까지 준비해서 잔을 부딪치며 부라보를 계속 외쳐대며 둘은 정말로 행복한 식사를 했다.

적어도 이날만은 오직 석만과 선희 두 사람을 위해서 하느님이 창조한 특별한 날인 것만 같이 생각되었다.

식사가 끝나자 선희는 또 결혼문제를 꺼냈다.

"석만씨. 우린 이제 어떻게 되는 거예요?"

"뭐가요?"

"몰라서 하는 소리예요. 시침떼기는."

"선희씨 무슨 얘긴데 그래요?"

"으응. 그래도 모른 척하기야. 우리 결혼?"

"아 또 그 얘긴가요."

지금까지 수없이 들어왔고 또 수시로 조르는 말이었다. 하기는 여자 나이 30이 넘었으니 조급하기도 할 것이다.

더구나 선희네 집에서는 요즘에 와서 부쩍 더 다그치는 모양이었다. 선희 아버지가 몇 년간 병으로 누워 꼼짝 못하더니 결국은 작년에 세상을 뜬 후부턴 선희 어머니는 선희의 결혼을 더 조급히 서둘렀다.

그래서 매주 일요일마다 집에 다녀가라고 성화였다. 그리고 그런 날은 어김없이 선을 보게 했다. 그리고 집에 다녀온 선희는 한숨만 푹푹 쉬었다. 처음 몇 번은 선을 봤다고 하며 무척 괴로워하며 석만이한테 큰 죄를 졌다며 미안해 어쩔 줄을 몰라 했다. 그러나 요 근래에 와서는 그저 그런 일이 있었다는 식으로 아무렇지도 않게 남의 얘기하듯 쉽게 말을 하곤 했지만 은근히 석만일 원망하는 눈치였다.

선을 보면 또 중매쟁이와 선희 어머니는 그런 자린 죽었다 살아나도 다신 찾을 수 없다며 결혼할 것을 강요했다. 남자 측에선 또 남자 측대로 죽자 사자하고 매달리며 결혼하자고 성화를 부려서 한동안씩 곤혹을 치르곤 했었다. 그러나 선희의 마음은 조금도 움직이지 않았다.

초지일관 오로지 석만에게만 일편단심이었다. 그러나 선희네 집에서는 석만이가 선희네 아파트에서 함께 살고 있다는 사실은 꿈에도 생각지 못하고 있을 것이다. 만약에 같은 아파트에서 살고 있는 사실을 선희 어머니가 알았다면 석만인 벌써 쫓겨나고 말았을 것이다. 석만이가 선희네 시골집에서 나가던 길로 연변으로 갔을 것이라고 믿고 까맣게 잊혀진 존재일 터이었다. 그리고 현재까지 선희네서 머슴살이할 때와 별로 달라진 것도 없는 자기가 아닌가. 그런데 선희와 결혼하겠다면 선희 어머니가 허락해 줄까. 허락은커녕 몽둥일 들고 두들겨 내쫓을 것이 뻔했다. 선희와 석만이의 고민은 바로 거기에 있었다.

선희한테 결혼을 조르다 못한 선희 어머니는 바로 밑의 남동생과 또 그 밑의 여동생까지 앞세워 결혼을 시키고 말았다. 그래서 선희는 집안에서 아예 폐차 정도의 골치 아픈 존재가 되고 말았다.

그러니 선희가 결혼문제를 기회 있을 때마다 끄집어 내는 것은 어떻게 생각하면 당연한 얘기가 될지도 모른다.

그러나 석만인 달랐다. 물론 석만이도 인간인 이상 사랑하는 사람과 결혼을 해서 왜 단란한 가정을 꾸리고 행복한 삶을 살고 싶지 않겠는가. 그러나 지금은 때가 아니라는 것이었다. 어떠한 일이 있더라도 선희 어머니가 특별히 좋아는 않더라도 펄쩍 뛰며 몽둥이 들고 쫓아내지는 안 할 정도의 자격이 갖추어진 다음에 결혼을 하자는 것이었다.

거기에 대해선 선희도 반대 의견이 있을 수가 없었다.

그러나 문득 문득 그걸 잊고 애기처럼 결혼을 졸라 석만이의 마음을 상하게 하기도 하였다.

그런데 이제 목표의 첫 단계인 대학원 석사과정에 입학을 하였다. 그렇기 때문에 겨우 계획의 첫 단계에 막 입문한 것 밖에 안 되는데 선희는 또 결혼문제를 들고 나왔다. 그러니 석만이 얼마나 곤혹스럽고 답답하겠는가.

"선희씨, 시작이 반이라구 이제 첫 발을 내디뎠으니 이제 몇 년 안 남았네요. 조금만 더 참읍시다."

"조금만 더 조금만 더 하며 미루다 잘하면 환갑때나 면사포 쓰겠네요?"

"설마하니 그럴 리가요. 내가 그렇게 무능한 사람으로 밖에 안 보여요?"

"그런 건 아니지만. 그래도 집에서 어머니가 저렇게 달달 볶으니 저는 어머니 성화에 말라 죽겠어요."

"조금만 참읍시다. 성경 말씀에도 '참는 자에게 복이 있나니 참을 지어다'라고 했다잖아요."

"그래도 난 결혼 생각만 하면 미칠 것만 같아요. 결혼이란 말만 들어도 스트레스가 쌓이고 신경이 곤두서 못 견디겠어요."

"선희씨 마음 다 알고 있어요. 자 자 우리 이제 우리 문제의 첫 단계를 정복했으니 조금만 참읍시다. 이제 머지 않아 우리 앞에 찬란한 태양의 새 아침이 열릴 겁니다. 희망을 가지고 조금만 참읍시다."

선희도 더는 투정을 부리지 않았다. 그러나 선희를 그토록 마음 고생시키는 석만이의 가슴은 찢어질 듯 아프기만 하였다. 그리고 어떠한 일이 있어도 선희와 꼭 결혼해서 선희를 지금까지 고생시킨 이상으로 행복하게 해 줘야겠다고 굳게 다짐할 때 기억 저편으로 까맣게 사라진 옛일이 새롭게 떠올랐다.

그때 석만이가 선희네 시골 집에서 떠난 걸 처음 발견한 건 선희 어머니에 의해서였다.

언제든지 새벽같이 일어나 쇠죽을 쑤던 석만이 보이지 않자 선희 어머니는 사랑방에 가서 문을 열어 보니 석만인 떠나고 없었다. 늘 시렁에 얹어뒀던 석만이의 싸구려 비닐백과 작업복이 없어진 걸로 봐서 집을 완전히 나간 것을 알고 매우 마음 아파 했다. 그래서 혹시나 하고 선희한테 전화를 걸었지만 선희는 전혀 모른다고 하였다.

선희는 회사에 막 출근하려고 옷을 갈아입다가 어머니의 전화를 받았다. 정신이 퍼뜩 난 선희는 회사에 사정이 있어 늦게 출근한다고 전화를 했다. 그리고 부랴부랴 김포공항으로 달려갔다. 숨이 턱에 닿게 출입구 쪽으로 달려가자 마침 석만이가 막 출입구를 빠져 나가려는 순간이었다. 정말로 아슬아슬한 순간이었다.

"석만씨 어디 갈려고요?"

"아니 선희씨가 웬 일이셔유."

"우선 나하고 얘기부터 해요, 예."

"선희씨완 할 얘기가 없어유. 전 지금 연변으로 떠나유."

"석만씨 안 돼요. 그건 안 돼. 우선 나하고 얘기 좀 해요."

"저는 할 얘기가 없어유. 비행기 늦겠네유."

"석만씨 어찌 그리 매정하세요. 우선 저쪽으로 가서 얘기나 좀 해요."

"……."

비행기가 곧 떠난다는 안내 방송이 계속 나왔다. 석만인 시간이 없다며 빨리 가겠다고 보채기만 하였다. 선희는 자기의 마음을 몰라주는 석만이 야속하고 미웠다.

그러나 이제 가면 영영 못 만난다는 것을 너무 잘 아는 선희로선 자존심이니 체면 같은 게 문제가 아니었다.

무조건 석만일 붙잡고 늘어질 수밖에 딴 방법이 없었다.

"석만씨, 왜 갑자기 연변으로 간다는 거예요?"

"연변 사람이니 연변으로 갈려는 거지유."

"한국에 올 때는 목표가 있었을 터인데 그 목표를 달성했나요?"

"목표 달성은유. 아직 시작도 못 했어요. 그러나 여건이 안 되니 하는 수 없지유."

"석만씨. 왜 그렇게 마음 약한 말만 하세요. 그러지 말고 나하고 같이 가요. 제가 도와 드릴께요."

"제가 왜 선희씨의 짐이 됩니까. 싫어유."

"짐은 무슨 짐이예요. 제가 좋아서 하는 일인데."

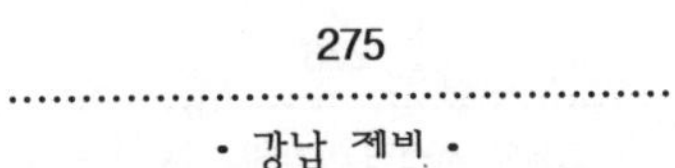

"놀리지 마셔유. 저 같은 걸 누가 좋아한단 말유. 전 떠날뀨."

"석만씨가 워디가 어때서요. 왜 그렇게 자학을 하세요. 제가 거짓말 하는 것 같아요. 석만씰 끔찍이 좋아하는 사람이 여기 이렇게 있잖아요."

그렇게 말을 하며 정면으로 바라본 석만의 얼굴은 엉망이었다.

여기 저기 멍이 들고 입술은 터져서 딱지가 덕지덕지 붙어 있고 사람의 얼굴이 아니었다.

"아니 석만씨 얼굴이 왜 그래요?"

"나물 해 오다 뒹굴었어유."

"그게 아닌데요. 우선 저의 집으로 가요. 안 되겠어요."

"아녜유. 저는 연변으로 돌아갈래유."

"갈 땐 가더래두 몸이나 나은 다음에 가야지 이게 뭐예요. 석만씨 부모님이 이 모습을 보시면 얼마나 놀라겠어요. 어서 가요."

석만이가 다시 생각해 보니 이렇게 상처 투성이로 간다면 고향 사람들이나 부모님들이 자기를 얼마나 시원찮은 바보로 생각하겠는가 하는 생각도 들었다.

친구들의 얼굴이 떠올랐다. 가난한 친구들이긴 하지만 마음만은 그 누구보다도 뜨겁고 착한 친구들이었다. 떠나오기 전날 송별회까지 열어주고 울먹이며 꼭 성공하여 돌아오라던 친구들, 없는 돈을 털어 비행기표까지 사주던 고마운 친구들이었다. 어디 그 뿐인가. 떠나오기 며칠 전부터 밥이라도 맛있게 먹고 가라며 닭 한 마릴 가져오고 조기 한 마리에 콩나물 한 바가지와 된장 한 보새기에 돼지고기 한 근까지 사들고 찾아오던 이웃들이 생각났다.

떠나 오던 날 동네 앞 멀리까지 나와서 환송해 주던 고마운 동네 어른들의 모습도 떠올랐다. 어디 그 뿐인가, 자기의 성공만을 눈

빠지게 기다리실 늙은 홀어머니가 떠올랐다. 70도 채 안 되셨는데도 80이 넘은 것같이 늙으신 어머니, 40대에 아버지를 여의시고 5남매를 키우시기에 고생이란 고생은 다 하셔서 허리가 바짝 꼬부라진 어머니만 생각하면 참던 눈물이 저절로 쏟아졌다. 그리고 자기 때문에 학교도 제대로 다니지 못하고 고생만 하는 동생들이 생각났다.

지난 번 편지에도 빨리 성공해서 돌아오라던 동생들, 그 날을 생각하면 밥을 안 먹어도 배부르고 행복해 죽겠다는 동생들이라고 하였다. 이대로 돌아간다면 그들을 어떻게 대할 수 있단 말인가. 차라리 여기 한국에서 죽는 한이 있더라도 그들에게 실망을 시킬 수 없다고 생각했다.

그래서 못 이기는 체 선희네 아파트로 우선 가기로 하였다.

석만일 저의 아파트로 데리고 간 선희는 약을 발라주고 병원엘 데리고 가 치료를 받게 해 주는 등 성의를 다했다.

그러나 아무리 극진한 대우를 해줘도 석만인 바늘 방석에 앉은 것만 같았다.

석만인 상처가 거의 아물자 전날의 결심을 잊은 듯 또 연변으로 가겠다고 떼를 썼다.

"선희씨 성의는 고맙습니다만 저는 연변으로 가야겠어유."

"석만씨 그토록 연변으로 가고자 하는 이유가 뭐예요. 혹시 숨겨논 애인이라도 보고 싶어서 그래요?"

석만은 한국에 와서 과학영농, 시설재배법을 배운 것만도 큰 성과라고 생각했다. 그리고 한국에서 성공 못하는 걸 연변에 가서 이루리란 생각을 했다. 그래서

"천만에 오해 마세유. 저는 연변에 가서 한국서 배운 과학영농,

시설 재배를 멋지게 하고 싶어유."

"대학원은 어떻게 하고요. 대학원엘 들어가 공부하는 것이 목표가 아니었던가요?"

"그도 그렇지만 여건이 허락치 않아서유."

"여건 그건 걱정 마세요. 제가 다 해결해 드릴 테니."

"싫어유. 아무 이유 없이 남의 신셀 지고 싶지 않아유."

"제가 남인가요 뭐. 그렇대두 상관 없어요. 다음에 여건이 좋아지면 갚으면 될 게 아녜요."

"그건 저의 자존심이 허락치 않어유."

"그래요. 석만씨가 정 그러시다면 방법을 바꾸는 거예요. 우선 시설재배를 해서 돈을 벌어가지고 그 돈으로 대학원을 가면 되겠네요."

"땅이 있어야 농사를 짓지유."

"그건 제가 우선 해결해 줄 테니 다음에 돈을 벌어서 갚으면 자존심 상할 것도 없고 떳떳하잖아요."

"글쎄유……."

일단 그렇게 결론을 내리고 연변행을 포기함과 동시에 과학영농 시설 재배에 대한 세부적인 계획을 세우고 하나씩 실천에 옮기기 시작했다.

우선 농업에 관련이 있는 각 기관을 찾아가 시설재배가 잘 되고 있는 곳을 알아봤다. 그렇게 자료를 수집한 다음 선희가 시간 여유가 있는 토요일 오후와 일요일에 시설재배농을 같이 찾아갔다.

책도 사다 읽고 현지를 답사하며 정보를 확보한 다음에는 선희가 알뜰히 적금 들었던 돈을 찾아서 땅을 사기로 했다.

석만은 서울서 멀리 떨어진 강원도나 경기도 휴전선 근방인 전

곡 등의 싼 땅을 사자고 했다. 그러나 선희의 생각은 달랐다. 대학원을 다니기도 그렇고 또 판로 문제 등을 생각하면 서울서 그리 멀지 않은 곳이 훨씬 경제성과 성공률이 높다고 했다.

그래서 서울서 30분도 안 걸리는 시흥쪽의 산골짜기의 비탈밭을 샀다.

말이 좋아 밭이지 이건 몇 년째 묵어 자빠진 완전한 황무지였다.

그러나 석만인 너무 좋아서 날이 밝기도 전에 밭으로 달려가 하루 종일 밭을 일구었다. 그렇게 천신만고 끝에 밭을 마련한 다음엔 재배할 작물의 선정이 문제였다.

쉬운 대로 한다면 채소를 재배하는 게 큰 기술도 필요 없고 판매도 수월할 것 같았다. 그러나 가격변동이 심하고 자칫 때를 맞추지 못하면 신선도가 떨어져 제 값을 받지 못하거나 아예 썩어서 버려야 하는 위험이 따른다는 단점이 있었다. 그래서 두 사람이 상의를 거듭한 끝에 수출 전망도 좋고 가격 변동도 심하지 않은 화훼를 재배키로 했다.

첫해는 대성공이었다. 수출 단가도 상상외로 좋았다. 그리고 품질도 우수해서 물량이 달려 수출을 못할 정도였다. 그래서 다음 해는 같이 붙어 있는 이웃 땅까지 더 사서 시설을 배로 늘리었다.

그런데 다음 해는 그게 아니었다. 화훼 재배가 전망이 좋다니까 너도나도 콩밭을 갈아엎고, 과수원을 때려치우고 다 화훼로 뛰어들었다.

자연히 과잉생산이 되었다. 그러니 제 값을 받을 리가 없었다.

그래서 석만이도 완전히 실패하고 실의에 빠져 있었다.

그런 석만이를 위로하고 힘을 불어 넣은 건 역시 선희였다.

"석만씨 실패는 성공의 어머니라잖아요. 힘을 내요."

• 강남 제비 •

그래서 또 정보를 수집하고 현실적 여건에 맞는 작물을 면밀히 분석하고 연구했다. 특히 대학원에 다니며 농사를 지어야 하기 때문에 그런 문제 등도 참작하여 확실한 계획을 세웠다.

그렇게 해서 결정한 것이 머위 재배였다. 특히 머위는 어디서든 무성히 자라고 병충해도 없었다.

거름만 조금 주면 일년에 몇 차례씩 수확이 가능했다. 겨울부터 이른 봄까지는 비닐하우스에서 뾰족뾰족 나오는 새잎을 나물감으로 내다 팔았다. 그리고 봄부터 가을까진 한 달에도 몇 차례씩 머위대를 베었다. 그리고 위생적으로 처리하고 포장해서 일본 등지로 수출했다. 노력만 하면 그에 따라 무진장으로 돈을 벌 수 있었다. 그렇게 해서 2년만에 땅 구입비로 선희한테 꾼 돈을 다 갚을 수가 있었다.

대단한 성공이었다. 그리고 그 해에 꿈에도 그리던 농과대학원 석사과정에 입학을 하게 된 것이었다.

머위밭에서 일을 하면서 대학원에 가 공부하고 또 연구하자니 눈 코 뜰 새 없이 바빴다. 그러나 석만인 너무 기뻤다. 작기는 하지만 자기 소유의 농장도 있고 대학원에서 공부도 할 수 있다는 것이 꼭 꿈만 같았다. 그래서 아무리 바쁘고 피곤해도 열심히 연구하고 머위 수출도 차질없이 신용을 지켜 최선을 다 했다. 대학원 졸업할 땐 호박 덩쿨에서 수박이 열리는 실험에 성공하였다. 맛은 수박 맛이면서 성분은 호박 성분이어서 인체에 더 없이 좋은 건강 식품이라서 부르는 게 값이었고 그 방면의 특허까지 따게 되었다.

더구나 호박은 이른 봄부터 겨울까지 거름만 주면 무지무지하게 많이 열렸다.

겨울에는 겨울대로 비닐하우스에서 재배하면 또 주렁주렁 열리는 게 호박이었다.

특허를 일본과 미국 유럽 등지에서도 받아 일본과 미국 그리고 유럽에 수출길도 열려 혼자의 힘으로는 도저히 불가능했다. 그래서 사무실을 짓고 사원을 모집해 회사를 만들게 되었다. 그 때는 이미 석만이는 의젓한 사장이자 박사학위 과정에 입학까지 하게 되고 박사과정 3학기엔 대학교수가 되었다.

그런데 호사다마라고 경리로 채용한 아가씨가 돈 몇 억을 빼 가지고 도망가는 사건이 일어났다. 그런가 하면 또 어떤 놈이 다 된 호박밭에 소금을 뿌려 일년 농사를 완전히 망치게 한 사건도 있었다. 그것만이 아니었다. 대학강의와 연구에 몰두하다 보니 시간이 없어서 수출을 전문업자에게 위탁했더니 일년 치의 수출 대금을 몽땅 받아가지고 도망갔었다. 그래서 사원들의 월급도 못 주는 수난까지 당하는 어려움도 겪어야 했다.

선희도 평탄한 생활만은 아니었다.

회사에 입사해서 얼마 되지 않았을 때부터 알게 된 준호는 처음에는 선희가 좋아서 짝사랑을 했었다. 그런데 석만이가 나타난 후 준호를 만나주지 않자 매일 회사 앞에서 지키며 대재벌 회사의 후계자라는 힘을 과시하며 별별 짓을 다하며 괴롭혔다.

심지어는 제 차에다 강제로 선희를 태우고 멀리 교외로 가 밤새도록 집에 못 가게 한 일도 있었다. 그 일로 선희와 석만이 사이에 자칫 금이 갈 뻔도 했었다. 그러나 석만이가 선희의 진실한 마음을 잘 알기 때문에 오해는 곧 풀렸지만 시련이 많았다.

선희는 죽어도 싫다고 하는데 준호가 끝까지 따라다니며 결혼하자고 공갈 협박을 하자 참다 못한 선희가 다니던 회사에 사표까지 냈었다.

　마침 그 때 석만이가 한국호박회사를 설립하자 선희는 부사장으로 근무하게 되었다. 그러나 실질적인 책임은 선희가 도맡아 회사를 운영했다.

　그 때 잠잠하던 시골의 어머니한테서 또 연락이 왔다.

　가문도 좋고 직장도 완전한 일등 신랑감이 나타났으니 선을 보러 오라는 것이었다. 그러나 선희는 결혼하지 않을 선을 봐서 애매한 사람에게 상처만 주고 싶지 않았다. 그래서 회사 일이 바빠서 못 간다고 했더니

　"선희야 그깐 회사 때려치우고 시집가야지. 회사가 뭣이 중요하다구 못 온다는 거냐 엉."

　"어머니 그렇게 할 수가 없어요. 제가 명색이 부사장인데 책임감 없이 어떻게 그럴 수 있어요?"

　"아니 얘가 너 그러단 처녀 몽달귀신 된다. 다 그만두구 싸게 내려와 응."

　"안 돼요. 그리고 제 결혼은 걱정 마세요."

　"아니 얘가, 부모가 돼 가지구 30이 넘은 과년한 딸을 워찌 걱정을 않는단 말이냐. 난 너만 결혼하면 오늘 죽어도 한이 없다. 내 소원 좀 풀어다구 응 선희야."

　"어머니 제 일은 제가 알아서 할께요. 걱정 마세요."

　"그래 알아서 하는 애가 그렇게 잘해서 30이 넘도록 시집을 못 갔니. 네가 뭐가 부족해서 그려 응 학벌이 남만 못허냐. 직장이 읎냐. 가문이 시원치 않으냐. 얼굴이 미우냐. 난 참 알다가두 무를 일이다. 딴 말 말구 이번 굉일날 꼭 내려와. 알았지?"

　선희 어머닌 그 말만 하고 딸이 또 무슨 말로 거절할까 봐 서둘러 전화를 끊고 말았다.

선희는 이제는 더 미룰 수 없는 막다른 단계에 이르렀다고 생각했다.

선희는 심란해서 석만의 방으로 들어갔다.

"웬일이세요, 갑자기."

"갑자긴 제가 연구하시는 데 방해가 됐나 보죠."

"아 아닙니다. 그런데 무슨 일루……."

"조금 전에 어머니한테 전화가 왔어요. 또 선보라고 성화예요."

"그러면 또 선보러 가면 되지 뭐, 선희씬 선보는 데 이제 이력이 났잖아요."

"석만씬 지금 누굴 놀리시는 거예요. 나는 지금 심각하게 말하는데, 사실 처음부터 어머니의 강제에 못 이겨 거짓으로 선을 보러 가긴 했지만 그러나 저는 얼마나 괴롭고 미안하고 마음 아팠는지 몰라요. 저도 더 이상 다른 사람을 골탕 먹이고 속이고 싶지 않아요. 석만씨 이번 주에 같이 고향집에 가서 어머니 허락을 받아요 예."

"허락을 받는다……."

"석만씨 왜 아직도 자신이 없어요?"

"어머님께 말씀 드리면 우리 결혼 허락해 주실까요?"

"그럼요 그만하면 특등 사위감이지요. 걱정 말고 함께 가셔요."

"알았어요. 그간 너무 애를 태우게 해서 미안해요."

"석만씨 고마워요."

"고맙긴요. 너무 마음 고생을 시켜서 정말 미안합니다."

다음 토요일 날 회사에서 퇴근하자마자 둘이는 고향으로 차를 몰았다. 석만인 몇 년만에 다시 보는 시골 풍경에 만감이 교차되었다. 선희네 고향집에 도착하니 처음에는 식구들이 석만일 몰라보았

• 강남 제비 •

다.

"얘 선희야 이 남자분은 누구냐?"

"예 제 신랑감요."

"뭐 신랑감이라구. 이런 좋은 신랑감을 왜 지금까지 꼭꼭 숨겨놨다 인제서 선보이냐 응. 이 에미 맘을 그렇게 태우더니 나쁜 것."

"대기만성이라잖아요."

"그런디 선희야 찬찬히 뜯어보니께 워디서 많이 본 것두 같이 낯이 익은디 잘 생각이 안 난다 누구지?"

"어머니 정말로 모르세요?"

"그래 물르구 말구."

"어머님 저 석만입니다."

"뭐여 연변 총각 석만이라는 말여?"

그렇게 말하는 선희 어머니는 좀 전과는 달리 금방 얼굴이 싸늘하게 바뀌었다. 그걸 본 선희가 재빨리

"어머니 석만씨 옛날 우리 집에서 품이나 팔던 그 때의 석만씨가 아니예요."

"그럼 달라진 게 뭐 있단 말여?"

"우선 서울에 있는 우리 나라에서 최고 명문대학인 관악대학교 교수이자 호박줄기에서 수박이 열리게 하는 연구로 성공해서 세계적인 발명왕이 되었고 또 지금 한국 호박회사 사장이셔."

"뭐여 그 말 틀림없나?"

"그럼 왜 어머니한테 거짓말을 하겠어. 사실은 진작 어머니한테 말씀을 드릴려고 했지만 어머니가 반대할까 봐 사윗감으로 손색없이 모든 걸 갖추는 오늘까지 기다렸던 거야. 어머니, 어머니 큰딸이 장하지 응."

"참 장하기두 허다. 선희야 너 아직도 정신 못 차리고 이 에밀 속일 작정이냐 엉. 바른 대로 말해 봐."

"어머니 제가 뭘 속였다고 그러세요. 전 있는 그대로 말씀드린 건데요."

"너 정말 거짓 없는 사실이란 말이지. 시골 구석에 파묻혀 있다구 아무것도 모를 줄 알지만 난 훤히 다 알구 있어."

"어머니 뭘 어떻게 아신다는 거예요. 아무려면 이 딸이 어머닐 속일 것 같아요?"

"얘가 그래도 거짓말만 계속이네. 네가 네 입으로 실토를 안 하면 내가 하지. 너 준호라는 청년 알지?"

"예 그런데 준호는 왜요."

"그 청년이 우리 집에 다녀갔다. 그래두 할 말이 없냐?"

"그 사람은 자기 지위만 믿구 저를 몹시 괴롭혀 온 한 마디로 깡패요 깡패."

"사람만 점잖게 생겼더면 깡패가 뭐여. 너 그렇게 사람 볼 줄 몰러. 허긴 그러니께 굴러들어온 복두 내쳤지."

"아니 그 사람이 뭐라고 했기에 그러셔요."

"한 마디로 네가 연변에서 온 알거지한테 사기를 당허구 있다더라. 더구나 그 사람은 연변에 처와 자식이 둘씩이나 딸렸다더구나. 대학 교수니, 호박 박사니 허는 것두 다 거짓인디 네가 홀딱 미쳐서 사리 판단두 못 허구 속구 있으니 잘 알아보라구 허더구나. 그러면서 네가 욕심이 나서가 아니라 사기꾼한테 속는 게 안타까워서 귀띔을 해 준다더라. 이래두 거짓말이냐. 응."

"어머니 그건 모함이야. 나한테 행패를 부리다 부리다 안 되니까 못 먹는 감 찔러나 보는 치사한 모함이야. 어머니야말로 어수룩하게 그런 깡패의 말을 곧이 듣구 있어요. 어머니는 이 딸도 못 믿겠다 그건가요. 석만씨가 사길 칠라면 진작 쳤어야지 왜 몇 년씩 질질 끌었겠어요. 잘못 하면 다 탄로나게시리."

"가만 있자. 그두 그럴 것 같구나."

"석만씨는 무슨 일이든지 저와 같이 상의하고 일을 추진했으니 추호도 거짓이 없어요. 못 믿겠으면 지금이라도 당장 회사와 대학에 전화를 하면 확인될 게 아녜요?"

"네 말을 들으니 또 네 말두 그럴 듯허구나."

"준호라는 사람 지금 뭣하는지 아세요. 날건달예요. 날건달."

"아니 그게 무슨 소리냐. 우리 나라 굴지의 대재벌 후계자라더면."

"한 때는 그랬었지요. 그러나 회사가 부도나고 그 아버진 지금 형무소에 들어가 있대요. 아셨어요?"

"그럴 리가 있겠냐. 사람은 아주 멀쩡하던데."

"정 못 미더우면 지금이라도 당장 전화를 해 보셔요. 이럴 게 아니라 제가 속 시원히 전화를 걸어드릴 테니 직접 확인해 보세요?"

그러면서 선희가 전화를 걸어서 그 어머니에게 건네줬다.

그러자 선희 어머니가 이것 저것 물어보더니 전화를 끊고는

"선희야 미안하다. 내가 큰 실수를 할 뻔 했다. 여보게 미안허게 됐네."

"어머님 괜찮습니다. 다 저의 불찰입니다."

"아닐세 그래. 석만이 자네가 고생이 많았겠구먼. 사람이 몇 번 된다더니 이런 걸 두구 하는 말인가 부네."

"어머님 그간 말씀을 못 드려서 죄송합니다."

"아녀 석만이 자네가 장하네 암 장하구 말구."

"어머니 그럼 우리 결혼 승낙하는 거야 응."

"승낙이구 뭐구가 있어. 이미 너희들이 다 약속해 놓구 미운 것
들."

그러나 선희 어머니는 말은 그렇게 했어도 마음은 매우 흡족한
것 같았다.

그날 저녁은 완전히 축제였다. 선희 어머니 뿐만 아니라 선희 동
생들도 모두 모여 매우 기뻐했다. 특히 선희 어머니는 본래 석만이
가 심덕이 굳고 정직한 청년이라고 매우 좋게 생각하고 있었다.

그런데 거기에다 공부까지 열심히 해서 대학교수가 되고 또 회
사를 만들어 사장까지 되었다니 얼마나 기쁜 일인가. 그래서 선희
와 석만이의 결혼은 기정 사실화 되었다. 결혼식은 연변의 시집에
가서 먼저 올리기로 했다. 그리고 선희네 고향 마을에 와서 다시
결혼식을 올리기로 선희 어머니와 합의를 보았다.

다음날 김포공항에서 석만과 선희가 나란히 중국행 비행기에 오
르는 것을 준호가 멀찍이 숨어 훔쳐보고 있었다.

잔뜩 꾸겨진 얼굴로 그들을 훔쳐보고 있었다.

· 강남 제비 ·

IMF시대의 농촌 현실과 농민상

─김윤완의 소설세계─

임 헌 영(任軒永)

1. 지구촌 시대의 향수

남의 나라 관광지 호텔에서 제사를 지내는 사람이 늘어나고 있다는 데도 설날과 추석의 귀향 행열은 좀처럼 줄어들지 않고 있다. 지구촌 시대란 구호가 요란해질수록 이에 뒤질세라 '신토불이(身土不二)'의 깃발은 더욱 높이 올라가고 있다.

우리 민족에게 고향이란 농촌의 대명사였고, 농촌이란 그저 땅을 갈아 먹고 살아가는 생산수단에 그치는 지역이 아니라 조상 대대로 생존의 법칙과 예절과 전통과 인간존재의 모든 가치 규범의 척도의 기능을 겸한 삶의 울타리였다. 말새끼는 제주도로 보내고 자식은 서울로 보내라는 속담에도 아랑곳 없이 고향을 사수하는 것은 효심의 기본이어서 우리 나라의 농촌은 수도작(水稻作) 문화지역 중에서도 가장 그 정도가 심하여 이동이 적은 나라였다. 밀이나 보리 같은 농사와는 달리 대량의 물을 필요로 하는 벼농사는 복수한 관개시설이 따라야 하기에 일단 어느 한 지역에 정착한 농민은 쉬 이동할 수 없게 된다는 뜻이다. 바로 그런 장소 고착화의 정서

가 고향에 대한 남다른 향수로 굳어져 산업화 혹은 근대화의 물결을 외면한 채 '아시아식 정체성'이라는 별명을 얻었는지 모른다.

그러나 이런 우리의 농촌 모습은 이미 옛 이야기가 되어 버렸다. 통계에 따르면 1997년 말 현재 농촌인구는 446만 8천명으로 한국의 총인구 비 9.8% 밖에 안된다. 바로 이 9.8%를 찾아 나머지 90%의 인구가 이동해야 하는 게 오늘의 우리 현실임을 감안한다면 왜 명절 연휴의 교통이 복잡한가를 짐작할 수 있을 것이다. 농촌인구가 줄어드는데도 명절의 귀향 인파가 줄어들지 않는다는 사실을 말하려는 게 아니라 이런 변모 속에서 오늘의 농촌 현실은 어떻게 달라졌는가를 보고자 함에서이다.

저 1930년대의 계몽의 대상으로서의 농촌은 프로문학에 의한 혁명문학의 주력부대로 전환되어 8·15와 6·25를 겪었다. 휴전 이후 농촌은 수탈의 대상, 여당 지지의 기반, 도시인의 휴양지 역할로 전락하여 아예 문학사에서 삭제라도 당해 버린 양 소외되어 왔다.

오영수, 오유권, 유승규, 하근찬을 비롯한 몇몇 작가에 의하여 농촌이 재조명되면서 '농촌문학'은 한때 현실 참여문학의 물꼬를 터서 이문구, 방영웅의 60년대적 농민문학으로 승화, 박정희 대통령 통치 시기의 근대화 경제정책에 의한 농촌분해 현상을 비판하게 되었다. 그 뒤에도 농촌은 여전히 수탈의 대상이자 도시인의 머슴이란 이미지는 가시지 않았는데, 여기에다 우루과이 라운드까지 겹쳐 농산물 수입이 자유화 되면서는 더더욱 농촌은 도시인의 관심으로부터는 멀어져 갔다.

포스트모더니즘이란 미학적 기교가 농촌을 다루기란 제비족에게 밭매기 일처럼 어울리지 않는 터라 아예 농촌은 기행문학의 한 분야로 편입은 될지언정 농민문제로의 접근대상으로는 기대키 어려운 풍토가 되어 버렸다.

이런 분위기에서 시인 김윤완이 소설을, 그것도 농촌소재 소설을 썼다. 젊은 시절에는 도시적 서정을 노래하기도 했던 그가 점점 토지에 애착을 가지면서 《농토》《토박이새》등 시집을 내기도 했는데, 1997년 월간 문예지 『문예사조』에 소설 신인상으로 당선되어 본격적으로 소설을 창작하게 된 그가 소설집 《흙의 눈물》로 제16회 흙의 문예상을 받기도 했던 경력을 감안하다면 그리 낯설지는 않다.

오늘의 농촌—산업화사회의 삶의 가치관이 지배하는 90년대 후반기의 한국농촌은 수치로만 따진다면 농가 호당 연평균 소득이 2400여만 원에 부채는 1200여만원이나 평균 저축액이 1600여만원이라 대재벌에 비하면 튼실한 살림살이로 구태여 IMF를 초래할 염려가 없는 경영구조를 갖추고 있다. 농촌에서의 절대빈곤이 사라진 지 오래라 보릿고개를 겪었던 세대에게는 격세지감을 느끼게 하건만 그래도 여전히 농촌문제가 애물인 것은 도시에 비하여 상대적인 빈곤이 엄청나게 커지기만 하는 탓이다.

김윤완은 바로 이런 시대의 농촌을 소설적 관찰의 대상으로 선정했다. 웬만큼 살게 되었는가 싶었을 때 들이닥친 IMF는 순리대로라면 제 힘으로 제 밭 갈아먹는 농투사니들에게는 아무런 영향을 못(안) 미쳐야겠건만 실상은 그 직간접적인 여파로 평지풍파가 일고 있는 게 오늘의 우리 농촌현실임을 김윤완은 목소리를 높이지도 않은 채 차근차근 이야기해 준다. 여전히 소박 근면한 농민들이 산업화의 물신화 풍조 속에서 더 잘 살아보려고 발버둥치며 만들어내는 음모와 투지는 삶의 비애를 느끼게 하면서도 그 순수성 때문에 한 폭의 동화처럼 아름답기도 하다.

2. 농촌문제의 변모

이문구의 농민소설에서 가장 큰 쟁점은 생존권 확보를 위한 경제적인 갈등과 애정문제였다. 앞의 문제로는 자영농이나 소작농과 머슴들이 한결같이 겪어야 했던 절대빈곤으로서의 배고픔, 영농 과정에서 지게 된 빚에 이자까지 덕지덕지 붙어 본전보다 더 많아진 농가 부채, 생산가에도 못 미치는 추곡 수매가를 둘러싼 농민 투쟁, 선거철이면 심정 상할 만큼 여당 조직으로 파고 들었던 금품 공세, 여기에다 도시인이 야금야금 파고 들어오는 공업단지로 인한 농촌의 피해 등등이 어우러져 도시배경의 드라마 못지 않게 독자들의 조바심을 자극했다. 여기에다 더더욱 흥미를 돋굴 수 있었던 건 후자로, 농촌 여인들이 지녔던 전통적인 정절을 외면한 채 암내를 풍기며 전개하는 애정의 갈등이 첨가된 점이었다.

그런데 김윤완의 농촌소설은 그 앞 시대의 문제점을 말끔히 바꿔 버린다. 여기에는 한 사람의 농민운동가도, 계몽가도 없는 그야말로 농투사니들만 나오는데, 그 배경은 칠갑산으로 유명짜한 충남 청양군 운곡면 영실이라는 마을이다. 예외로 공주 부근을 비롯한 다른 지역이 없는 바 아니나 이 소설집의 기본무대는 영실이래도 그리 틀리지 않을 것이다.

김윤완의 90년대적 농촌진단서에 따르면 가장 시급한 문제는 잘 돌아가고 있는 농촌을 외지인이 느닷없이 끼어들어와 유식한 경제 이론으로 소득증대를 시켜 준답시고 농민을 현혹하는 것으로 작품 〈하얀 깜부기〉가 바로 여기에 속한다. 주인공 맹추는 그 이름과는 달리 "서울에서 중소기업을 운영하던 사장"이었으나, "경리사원을 잘못 써 회사 공금을 싹 쓸어가지고 도망가는 바람"에 회사를 망친

• 작품해설/ 임헌영 •

경력이 있다. 그가 어떻게 산골 마을 성심리에 들어오게 되었는지
는 정확히 밝혀지지는 않았으나 짐작으로는 "사전에 마을의 모든
걸 다 알아본 다음 만만하니까 털어먹기로 계산하고 음흉스럽게
거지꼴로 들어와 동정을 산 다음 본색을 드러낸 배은망덕한 사기
꾼"이라는 게 지배적인 견해다.

맹추는 이 마을에 자리를 잡고는 이내 사람들을 꼬득여 반장이
되어 태도를 표변하고는 '농업의 빅딜'을 주장한다. 그의 주장은 모
든 기업이 전문화 되어가는 판에 농사도 빅딜화 하여, 온 마을이
계획적인 농사를 지어야 한다는 논리였고 농민들은 소득 증대란
유혹에 넘어갔다. 농사빅딜이란 "매년 겨울에 반회를 열어 벼를 심
을 사람, 보리를 심을 사람, 콩을, 팥을, 담배를, 참깨를, 무와 배추
를, 그리고 파를 심을 사람 등등을 지정해 줬다. 그러면 동네 사람
들은 다음 해 정해진 그 농사만 지어야 했다."

논리적으로는 그럴싸 해보이는 이 농사빅딜의 결과는 "벼농사를
지은 사람은 콩이나 팥 채소와 심지어는 파, 마늘같이 하찮은 양념
에서부터 무엇이든지 다 사 먹어야 했다." 여기서 사 먹는 것조차
도 다른 마을 것은 안 되고 오직 그 마을 것만 사도록 규정하여
빅딜을 어기면 왕따를 시키는 등 독재는 점점 가혹해졌다.

이렇게 해서 맹추가 얻는 것은 무엇일까. 자기 일파(빅딜파)에게
는 비싼 농산물을 심게 해서 마을 사람들로 하여금 사 먹도록 만
들어 이익을 챙기려는 게 그 속셈인데, 그나마도 중국산 싸구려 참
깨 따위를 몰래 들여와 그 마을에서 지은 것인 양 비싸게 팔아 챙
긴 "빼돌린 돈으로 서울에다 집을 두 채나 샀다고 했다."

이런 지경이고 보면 반대파가 생기기 마련인데, 그 대치점에 선
인물이 개동씨였다. 왕따를 당하던 그가 결연히 일어서게 만든 계

기는 맹추가 서울로 입원해 간 공백기였다. 새로 반장을 선출하게
되자 빅딜파와 반대파의 대립이 첨예화되어 빅딜파의 협박과 회유
가 지배적인 듯이 보였으나 개표결과 개동씨의 압도적인 몰표 당
선이라는 행복한 결말은 소설의 맛은 떨어지지만 농촌현실에 대한
작가의 애정이 엿보인다. 그러나 현실은 아마도 맹추의 빅딜파가
승리하지 않을까 싶은 생각도 든다.

　여기서 맹추와 같은 인간상이 지배하는 농촌을 학대하면 바로
오늘의 한국 사회를 지배하는 인간상으로 대치시킬 수 있음을 간
과해선 안 된다. 사실 빅딜파와 반대파의 선거전은 우리 정계가 늘
상 보여주는 선거전에 다름 아니다.

　〈억새꽃〉은 또 다른 농촌 갈등상을 보여준다. '퇴출농장'이란 새
술어가 나오게 된 배경은 퇴출 당한 도시 직장인이 농촌에다 자리
를 트고 앉은 경우를 말한다. 이치로야 도시를 떠나 농촌으로 돌아
간 그들을 환영해야 옳겠으나 기존의 농민들에게 직간접적인 불이
익을 주면서 갈등이 빚어지니 딱히 환영할 바도 아닌 것 같다. 그
렇다고 나쁜 것도 아닌 것이 하향한 인물의 입장에서는 열심히 소
득을 올려 잘 살아보겠다는 것 말고는 다른 어떤 야심도 없기 때
문이다.

　거식회장으로 지칭되는 〈억새꽃〉의 경우도 이런 퇴출농장과 토
착 농민 사이의 미묘한 이해관계의 대립과 갈등을 다루고 있다. 물
량적인 우세를 점하고 있는 퇴출농장 측은 깡패까지 동원하는 토
착 농민들에게 위협적인 존재로 군림하는데, 누가 옳고 그르다는
식의 선악적인 윤리 판단에 앞서 위기에 처한 한국 농촌 정책의
부재를 읽을 수 있는 대목이다.

　좀 다른 이야기지만 기업체 사장님 사모님이었다가 파산하자 남

편은 피신하고 여인 혼자서 산골 폐허를 개간해서 억척스럽게 농사에 재미를 붙이고 지내는데 그 땅을 노리는 건달들의 끈질긴 협박을 이겨내는 고민자 같은 여인상도 퇴출농장의 범주에 든다고 하겠다.

〈상실의 늪〉도 퇴출농장이랄 수밖에 없다. 영식은 절친한 친구회사의 유능한 간부였으나 사장의 문란한 사생활이 문제되자 그를 위해 퇴출 당해 준 속죄양이었다. 생활문제를 보장해 주겠다던 애초의 약속은 간데 없어지고 되레 사장 자신의 비리를 영식에게 몽땅 뒤집어 씌워 욕해대자 그는 세상이 싫어져 가족도 몰래 청양 산골로 내려와 염소를 기르며 지내던 중 가족들이 알고 찾아오게 된다는 행복한 결말은 농촌이야말로 그래도 인간 구원의 안식지임을 새삼 일깨워 준다.

3. 합작농장의 농민 수탈

오늘의 한국 농민을 울리는 두 번째 요인으로 작가가 든 것은 외국인과의 합작농장 추진이다. 〈황소개구리〉란 제목이 상징하듯이 외국 자본의 농촌 유입은 횡재가 아니라 폐농에다 죽음이란 결말은 새삼 IMF의 진정한 해결책이 무엇인가를 되묻게 만드는 진지한 소재가 된다. 충남의 알프스라는 청양에서도 30여리 더 들어가 있는 산골에서 논 50마지기 밭 20마지기를 가진 명구씨는 부러울 거 없는 배부른 부농이었다. 신작로 노씨가 자기 사위의 친구중 외국 대사관에 다니는 사람이 소개했다며 슬며시 끄집어 낸 합작농장 이야기에 귀가 솔깃해진 명구는 가족들의 억센 반대를 무릅쓰고 냉큼 계약하고 말았다. "외국사람이면 돈두 많을 것이구 또 농산물을 외국에 수출할 수 있는 길도 열릴 것이니 얼마나 좋으냐”던 꿈은 애시당초부터 글러먹기 시작했다.

외국인 찰리는 “모두 거저 버리다시피 떠나는 사람들의 소유지”를 싸게 사들여 명구씨의 전답과는 비교도 안 되는데다 영농방법에서도 사사건건 대립되었다. “무엇보다도 제일 힘든 것은 농작물 재배를 놓고 의견이 대립될 때였다. 비과학적이니 전근대적이니 하며 그럴듯한 명분을 내세워 명구씨가 50년 경험하고 농사 지은 우리의 농법을 싹 무시하고 자기네 식대로 하라고 명령조로 말할 때는 제일 기가 막혔다. ……툭하면 우리의 농업기술의 낙후성을 성토하며 후진국 취급을 하며 자존심을 짓밟는 데는 더 참을 수가 없었다.”

그러고도 결산의 가을이 오자 “비료값도 터무니없이 많이 지출되었고 농약값과 품값도 이해할 수 없이 비싸다며 70%만 지불해야 된다는 것이었다.” 온갖 부당성을 들이댔지만 찰리는 “자기 나라에서 수십년간 영농의 통계에 의한 과학적 근거에 의해 산출된 금액이라며 한 치도 양보를 하지 않았다.”

여기에다 찰리는 한 술 더 떴다.

“내년부터 우리 나라 씨앗을 심어요. 여기 품종 가지고는 경쟁력도 떨어지고 수출도 안됩니다. 지금이 어떤 세상입니까. 치열한 국제경쟁 시댑니다. 그러니 내 말대로 하시오.”

이 말 역시 거역할 수 없어 외국 품종을 심은 명구에게 찰리는 또 다른 요구를 해댄다. “자기네 곡식 품종에 맞는 비료와 농약도 자기 나라 것을 써야 되고, 심지어는 트랙터와 이앙기, 탈곡기 등도 자기 나라에서 수입해야 된다는 것이었다. 농기구를 구입한지 일년도 안된 새 것이니까 그대로 쓰자고 했다. 그러나 자기네 영동기계를 써야만 능률도 오른다고 했다. 또 그런 우수한 농기계로 재배한 농산물이어야만 비싼 값으로 수출을 할 수 있다는 데는 더 할 말이 없었다.”

수확량이 더 많은 것도 아닌데다 전량 수출이란 약속도 차일피일 미루다가 끝내는 “농산물을 여기서 처분해야겠어요. 우리 나라엔 전에 없던 대풍년이 들어 값이 형편없이 폭락했으니 여기서 처분해요. 미안해요”라는 게 찰리의 해결책이었다. 이미 추곡 수매기도 지나버린 낭패 속에서 다시 내년을 기약했지만 역시 같은 강요가 잇따를 뿐이었다. 수출을 기대 말고 한국산 품종을 심자는 명구의 주장을 맞서 찰리는 “금년엔 그럴 리가 없습니다”면서 외제를 심었는데, 온갖 잔소리에다 “지금까지 보도 듣도 못한 풀들이 논바닥 가득 나제켜 뽑아도 뽑아도 계속 죽지 않았다. 그리고 삽시간에 논둑까지 뒤덮여 제초제를 뿌려도 멀쩡히 커제켰다. 그리고 그 놈들은 어찌나 번식력이 왕성한지 일년 사이에 우리의 풀을 다 죽이고 그 자리를 독차지하게 되었다. 또 그 풀은 소는 말할 것도 없고 그 먹성 좋은 돼지도 거들떠보지 않는 무용지물인 데는 더욱 속이 상했다.” 그리고 사시사철 물이 질척거리는 물쿵뎅이 논에 보리를 심으라고 강요했다.

그러나 결과는 씨도 찾을 수 없는 실패작이었는데 이듬해엔 아예 찰리와 싸움이 깊어지자 그는 나오지도 않고 읍내의 방텡이가 찰리 대신이라며 나타나 감독한답시고 껍죽대더니 가을이 되자 수확물을 3등분하자는 거였다. 엄연히 찰리 대신이라면 그와 나눌 일이지 왜 그러냐니까 자기도 일을 했다는 억지였는데, 찰리는 나 몰라라 하며 그건 당신네 한국 사람들끼리의 일이라고 물러서고 말았다. 울화통이 터진 명구가 첫 발설자였던 노씨를 찾아가 해명을 요구하자 그제사 밝혀지기로는 대사관 운운은 거짓말이고 읍내 복덕방 송씨의 소개란 거였고, 이건 숫제 외국의 날강도가 합작을 빌미로 한국 농촌을 싹쓸이 하자는 수작임이 밝혀진다. 해약을 하재도 안되자 멍구는 술에 취해 찰리의 강요로 사들인 농기구를 때려 부수다가 기진해 곡괭일 안고 쓰러져 버렸는데 그 위에 함박눈이 내려 쌓인다.

필시 작가는 멍구를 울분으로 죽게 만들 작정인데 이건 멍구만의 울분이 아니라 한국 농민 모두의 통분이기도 하다. 세계화란 구호가 설마한들 이렇게야 되랴만 딱히 전망과 소망대로 잘 되란 법이 없고 보면 기대 반 우려 반인지라 멍구 팔자가 비단 한 농민의 이야기가 아니라 우리 모두의 운명을 예시하는 것인지도 모르겠다.

이런 사실을 더욱 뒷받침해 주는 작품으로 〈들쥐와 두더지〉가 있다. 외국 자본을 등에 엎고 광활한 농지를 사들여 이를 기업식 영농조직으로 바꿔 소득을 증대시키겠다는 꼬득임으로 당을 팔게 만든 뒤에는 기계화로 일손이 필요 없게 되자 아무런 일꺼리나 소작도 안 준 채 알거지로 만들어 버리는 행패를 그린 이 소설은 멀잖은 미래의 우리 농촌 모습이지 않을까 싶다. 물론 이런 추세에 맞서 버텨 보려는 판돌이는 건달 맹포의 훼방공작으로 논에 물도 못대는 따돌림을 당한다. 인근의 모든 토지를 싹쓸이하듯 다 사들이겠다는데 지장을 주는 농민에게 가해지는 방해공작이나, 농촌 구조조정이란 미명으로 불려지는 이런 횡포가 우리 산업계의 구조조정과 다를 바 없음은 이내 눈치 채게 된다.

지구촌 시대답게 우리 농촌을 갉아먹기 시작한 세력은 어느새 외세로 변모되어 나타나고 있음을 이 계열의 작품들은 보여준다.

· 작품해설 / 임헌영 ·

4. 농민적 인간상의 변모

우리 농민문학에 나타난 인간상은 소박이 그 기본 바탕이었다.
모든 악은 농촌 밖으로부터 잠입해 들어온 것이지 농촌은 소박이
근본 정서로 인식되어 왔다. 그런데 김윤완에 이르면 이미 농촌도
악의 감염지대에서 예외가 아닌 것으로 나타난다. 앞에서 본 것처
럼 맹포는 토착 건달이지 굴러 들어온 강패가 아니다.

〈생쥐〉의 뺑돌이도 부정적인 농민상의 전형이며, 〈미운 까마귀〉
의 개팡이도 같은 항열에 속한다. 이들은 게으름과 사치로 농사조
차 지을 자질이 못되는 인간 망나니인데, 연만한 아버지를 몰아 내
고는 농사를 망치다가 물난리가 났건만 해수욕을 하고 돌아와 보
니 홍수를 막고자 아버지가 물구멍을 막느라 물에 빠져 죽어 있는
참극을 그린 〈미운 까마귀〉에서 극대화 된다.

이기주의자로 이웃의 불행도 아랑곳 않는 옹팔이가 형편에도 가
당찮은 자가용을 사서 떵떵거리다가 대형사고를 내어 곤경에 빠진
사건을 다룬 〈꼬리 잘린 생쥐〉나, 암소에게 황소를 접붙여준 대가
를 과도하게 받아내려는 싸움이 아득바득 커져서 끝내는 교미기를
놓친 암소가 발광해 버리는 희극을 그린 〈황소〉의 등장인물들도
선량한 농민상으로부터는 먼 거리에 서 있다.

이런 부정적인 인간상과 대조적으로 작가는 〈푸른 갈대〉에서 천
애 고아로 동생을 대학까지 보내고자 자신은 농촌에 틀어박혀 온
갖 고생을 다 하며 살던 질식이란 인간상을 내세운다. 그는 서울의
동생 집에 갔다 귀로 중 서울역에서 깡패들에게 납치 당해 가는
상경 처녀를 구출하고자 격투를 벌여 그녀들을 구한 용감한 시민
으로 부각된다.

선량한 인간은 농사에도 열심이나 그 반대는 모두가 나쁘다는 식의 농민상에 대한 이분법적 구분은 너무 도식적이지만 실상 그렇기도 하다. 〈무녀리〉의 차돌이는 돼지 파동으로 버려진 불쌍한 돼지들을 가여이 여겨 이웃으로부터 미쳤다는 핀잔을 들으면서도 온갖 고생을 마다 않고 돼지들을 살뜰히 키우는 인간상으로 그려져 있다. 이 선량한 차돌에게 돼지값 폭등이란 쾌보가 아니라 언덕에 픽 거꾸러져 처박혀 죽어가는 모습으로 끝막음해 버린 이 소설은 다른 작품에 비해 농촌 현실을 사실적으로 접근한 것으로 보인다.

〈쇠똥〉의 강식이는 또 다른 한 유형의 남성상이다. 서울의 좋은 집안 출신인 그는 형들이 다 일류 법대를 나와 고시에 식은 죽 먹기식으로 합격하건만 강식 자신은 죽도록 공부가 싫어 자진하여 칠갑농과대학으로 내려와 농업에 일생을 투신할 각오를 하는데, 아르바이트로 일하는 목장집인 아주머니의 남동생인 깡패 공팔이와 대조를 이룬다. 공팔이를 사회악으로 보는 반면 강식을 선으로 대치시켜 그에게 성자란 여학생까지 따르게 한 구도는 소설적으로는 너무 안이하지만 독자에게 안도감을 주는 결말이다. 더구나 깡패에게 폭행을 당할 때 나타난 성자가 검도를 익힌 솜씨로 그들을 일격에 물리치고 강식을 구출하는 장면은 통쾌하면서도 '착한 자에게 복을!' 이란 행복한 결말이다.

행복한 결말은 또 있다. 중국 연변에서 한국으로 돈 벌러 온 석만이란 청년은 IMF 때문에 도시의 공장에서 시골로 내려가 농민이 되는데, 서울 직장에 다니는 주인댁 딸 선희가 뒤를 돌봐줘 대학원까지 나와 농학 교수로 일약 유명해지게 될 뿐만 아니라 그들 둘은 결혼하게 된다는 〈강남 제비〉는 냉혹한 현실에서 보기 드문 미

담인데, 석만의 성공은 선희를 짝사랑하던 깡패 준호 집안이 IMF
로 거덜나 버린 사실과 대조를 이룬다. 입국 후 불법 취업으로 밀
입국자가 되어 버린 석만이 한국 농촌의 부도덕성에 실망코 부랴
부랴 귀국을 서둘러 김포공항으로 나간 낌새를 채고 선희가 그곳
으로 가 주저앉힌 장면은 좀 비현실적이기는 하지만 연변 동포에
대한 작가의 애정을 전해 주는 대목이다.

이런 권선징악적인 흑백 논리에 의한 긍정적인 인간상을 부각시
키면서 작가가 의도한 것은 말할 것도 없이 농촌과 농민에 대한
사회적인 관심과 애정이다.

그럼에도 불구하고 너무 등장인물들이 단조롭다는 인상을 불식
시키지는 못하지만 순박한 농민상보다는 오히려 농촌의 악한을 그
리는 데 작가의 고발의식이 강하게 표출되고 있어 인상적이다.

작가는 시종 등장인물들의 대화나 장면 묘사에서 토착적인 속담
을 적절히 활용하여 독자들의 지루함을 덜어주는데 예를 들면 아
래와 같은 구절들이다.

"지렁이 풀 뜯어먹는 소리 하지 말구……" 하는 대꾸로 "번갯불
에 벼룩 갈비 궈먹겠네"로 대꾸하는 〈생쥐〉나, "남의 싸움에 칼 빼
들지 말구"라는 말의 응대에는 "개구리 방귀 뀌는 소리랴."(〈푸른
갈대〉)하는 것이다.

"여우 장딴지 긁는 소리"에다 "복쟁이 이빨 가는 소리"(〈꼬리
잘린 생쥐〉) "굼벵이 오줌 싸는 소리"나 "지렁이 하품하는 소리"
"지렁이 오줌 싸는 소리" "고양이 개뼈다귀 핥는 소리"(〈미운 까
마귀〉) 등등 다 상대편 말을 무위와 허사로 돌려 버리려는 공격과
방어 겸용의 수사법이 많이 등장하고 있다.

농촌과 농민을 따뜻한 인정 삽화로 본 작품도 있다. 서울 친구

집에 갔다 길을 잃고 도둑으로 몰린 삽화인 〈촌닭〉 같은 소품이 그것인데, 한결 같은 인정담이다.

　김윤완은 이제 농촌문학에서 나름대로의 경지를 개척했음을 이 작품집은 보여준다 하겠다.

・작품해설/ 임헌영 ・

김 윤 완

1939년 충남 청양에서 태어나 동국대학교 국어국문학과 및 단국대학교 교육대학원을 졸업하고 천안여상 교사, 단국대학교 강사로 출강하고 있다.

1959년 박종화, 서정주 선생의 추천을 받아 시집 《노타리 부근》을 간행하여 시인으로 등단하였고, 월간 『문예사조』에 소설부문 신인상 당선으로 소설가로 데뷔하여 한국문인협회·국제펜클럽 한국본부·현대시인협회·한국농민문학회 회원으로 작품활동을 하고 있다.

또한 한국문인협회 천안지부장과 한국예총 천안지부장을 역임하였고, 제3회 예술문화공로상(1989), 제8회 천안시민의 상(1991, 문화부문), 제36회 충남문화상(1992, 문학부문), 제1회 농민문학 작가상(1996), 제10회 단국문학상(1998, 본상), 제16회 흙의 문예상(1998) 등을 수상하였다.

시집으로 《노타리 부근》(1959), 《암흑의 계보》(1965), 《녹슨 태양》(1967), 《도시71》(1971), 《잿더미》(1976), 《백발의 밤》(1977), 《농토》(1982), 《달아 달아 밝은 달아》(1986), 《개미의 춤》(1989), 《민들레야 그러나 민들레야》(1992), 《참새는 날지 않는다》(1995), 《토박이새》(1997) 등이 있고, 수필집으로 《견우와 직녀가 남긴 말》(1980), 《그대 무엇을》(1983) 등이 있으며, 논문 〈김용호론〉(1983)과 소설창작집 《흙의 눈물》(1998), 《하얀 깝부기》(1999) 등이 있다

저자와의
협약으로
인지생략

하얀 깝부기   값 8,000원

1999년 6월 1일 인쇄
1999년 6월 5일 발행

저 자 / 김 윤 완
발행인 / 김 재 엽
발행처 / 한누리미디어

등록 제16-467호(1993. 11. 4)
서울·중구 을지로 2가 148-73 신화빌딩 401호
전화 / (02) 2268-4514, Fax / (02) 2268-4524

ⓒ 1999 김윤완 Printed in KOREA

*잘못된 책은 바꿔드립니다. ISBN 89-7969-054-1 03810